富貴閒中求

上

風文創 1163

清圓 著

風文創 1163

目錄

序文

清圓

這本書的靈感，其實和現實生活息息相關。

如今網路上，大家時常提及一個熱門字：「卷」。

生活中處處都是一個「卷」。小時候卷成績、才藝；長大卷學歷、工作；再卷財富、伴侶。

卷無窮、卷無盡。

我們漸漸忘記初心與理想，活在世俗的眼中。

最終我們會疑惑，明明很努力很認真，心卻不快樂。

這本書的女主角就是如此，前世的她卷了一輩子，她成功了，成了皇后，一人之下，萬人之上。

可她卻精疲力竭，覺得不快樂。

如果重新選擇，要怎麼做？她決定順心而活。最終，她活出了自己想要的樣子。

其實，女主角是我內心的投影。

我出生在一個傳統家庭，按照長輩的期待去生活，但內心充滿掙扎與痛苦，我為什麼要聽他們的？明明我不喜歡。

這樣掙扎多年後，有一天，我終於做出了改變，我開始順從內心，全心全意去做自己喜歡的事。

將「卷」撕開，慢慢的，我領悟到一種新的生活方式。當然，真正的隨心而活距離我還很遙遠。

但慶幸的是，它不再是虛無縹緲，而是一個明確的目標。

我會為之努力。

希望這本書給讀者們帶來的不僅是溫暖和快樂，更是一種全新的生活領悟。

祝福，期待。

第一章　重生之琴斷改命

皇宮花園，中秋盛宴。

明秋意是這次宮宴的焦點，席間不少妙齡貴女總是有意無意的看向明秋意，目光或羨慕、或嫉恨。

原來，皇后主持這場宮宴，名為與民同樂，實則醉翁之意不在酒。

皇帝近來有感龍體欠安，便把太子的婚事提上日程，而太子妃的人選則成了迫在眉睫的事。皇后想要借這次宮宴，定下太子妃人選。

明秋意——京中第一才女，也是皇后心中合適的人選。

她的父親明太傅深受皇帝器重，而明秋意雖然容貌不算出眾，品行和才華卻無可挑剔，連皇帝都誇讚她知書達禮，沈穩大方。

幾個舞女魚貫而入，開始表演歌舞，為宮宴助興。

皇后看向明秋意，面帶微笑。

明秋意低著頭，額間冒汗，她雙手擱在桌下，握緊拳頭。

為什麼偏偏是今天？若她能早重生一天，也不至於到這般局面！

明秋意是重生的人，她重生在不久之前，坐車輦來宮中赴宴的途中。

給她準備的時間太少了。

原先她的一生剛剛完結。三十三歲的明秋意，身為皇后，卻淒然病死。

隨後，明秋意重生在十七歲的今天。

而恰好是這一天，影響了她一生的命運。

就在今晚中秋宮宴，皇后會讓她獻奏七弦琴，原來一世的明秋意，演奏得非常精彩，得到了皇后的讚許，皇后誇讚她「才德兼備，宜室宜家」，當眾表明她是太子妃的人選。

接著，皇帝頒下聖旨，她嫁入東宮成為太子妃。一年後，太子登基，她一路相伴，最終成為皇后，卻英年早逝。

那樣步步為營的一生，她不想再過了。原來那一世，皇帝厭棄她，而她親生的公主，也對她沒有母女之情。

她得到了榮華富貴、地位權勢，卻似乎沒有快樂過。

如果能重生在早幾天，明秋意可以想到無數個周全的辦法，避免自己成為太子妃。

可偏偏是現在。

皇后讓她撫琴，她不得不從。其實皇后不過是借個名目讓在場眾人明白，她有意明秋意為太子妃。

也就是說，眼下她成為太子妃幾乎是板上釘釘的事，很難有變數。

除非……破釜沈舟！

明秋意的指甲深深嵌入掌心的肉裡，她必須當機立斷，做出決定……如果她想改變命運，那麼今晚是眼下最佳的契機。

「秋意，妳的琴藝在同輩中是佼佼者，也是京中一絕，本宮許久沒聽到了，今晚月色很好，配上妳的琴音，再合適不過了。」

明秋意終於聽到了自己最害怕的聲音。她垂下眼簾，心中暗暗做了決定。重生是上天給她的機會，她不能辜負。

明秋意站起身來，走到庭中屈膝行禮。「是，皇后。臣女獻醜了。」

皇后微笑著點頭，對身邊的大宮女說：「去把本宮的綠綺拿來。」

綠綺是傳世的古琴之一，十分珍貴，也是皇后封后那天，皇帝送給她的禮物。皇后十分看重這柄琴，不會輕易拿出來使用，更別說給別人用了。

因此，皇后把綠綺拿給明秋意使用，讓眾人既驚訝又了然。

看來太子妃人選已經塵埃落定，不少少女暗中狠狠絞起了手帕。

太子身邊的六皇子對太子道：「恭喜太子哥了。」

太子微微一笑。

他也是滿意明秋意的。明秋意家世好，人品大方賢德，對他也溫柔體貼，是太子妃的最佳人選。

「謝皇后，但是綠綺珍貴，臣女不敢擅用。請這位姊姊給我取一柄普通的琴就好。」明秋意再次屈膝。

皇后卻擺擺手。「不過一柄琴，好琴才配得上好音。」

和原先那一世一樣，宮女最終把珍貴的綠綺拿來了。

時隔十數年，明秋意的琴藝並沒有生疏，反而更上一層。身為皇后，她從不敢懈怠。

她不但要賢德無雙，還要才藝雙全，才能讓覬覦后位的妃嬪們無計可施！

所以今晚要彈奏一曲驚豔四座的曲子，於她不過舉手之間，可如何打消皇后讓她做太子妃的念頭，卻是難事。即便她發揮得不太好，皇后也不會改變心意，畢竟彈琴不過是一個名頭而已。

唯有，劍走偏鋒！

明秋意坐下撫琴，琴音悠揚，王孫公子們有的閉目欣賞，也有不懂琴的草包如三皇子之流，似乎什麼也沒聽到，依舊喝酒吃菜，一副置身事外的樣子。

那些小姐們則多是不屑又氣悶的模樣。

忽然，「砰」的一聲，琴音戛然而止，明秋意一臉驚恐地跪下，聲音恐懼。「娘娘，臣女罪該萬死！」

皇后一愣，這才發現琴弦斷了一根。

眾人譁然，明秋意居然弄斷了皇后的綠綺琴?!這下有好戲看了！

皇后神色難看。這可是她心愛之物，今夜為了向眾人表示自己對明秋意的看重，才捨得拿出來給明秋意使用。

結果這個明秋意竟然損壞了琴。

當然，皇后不會為了一柄琴和明秋意計較，可原先準備好的誇讚之詞，卻再也沒有說出口。

在這麼重大的事上犯了錯，即便是無意之舉，也說明了明秋意不堪大用。那麼，她適不適合成為太子妃，也得另說了。

「母后，明小姐可能是一時緊張，還請母后不要怪罪。」太子起身為明秋意求情。

皇后揮了揮手。「這點小事，本宮怎麼會怪罪明小姐，明小姐也無須放在心上，去一旁歇著吧。」

明秋意謝恩，回到了自己的席位。

在場所有人都注意到，皇后此前還直呼明秋意的閨名，現在卻稱她為明小姐，不少人揣摩到其中的差別與深意，眼中露出了笑意。

如此看來，這太子妃人選花落誰家，猶未可知。明秋意今晚觸怒了皇后，想要再得皇后歡心，只怕難上加難。而其他的貴女便有了機會。

斷琴一事，雖然影響重大，不過眾人有意迴避淡化這件事，不再提及。

隨後宮宴如往常一般，大家說說笑笑，歌舞助興，很快就結束了。

中秋宮宴的事，很快就傳開了。

明太傅明宣在家中等著女兒，他忐忑不安，心急如焚，待明秋意回家，就立即讓她去書房。

「為什麼會這樣？妳三歲學琴，我為妳請來京師最好的師傅，十幾年來，妳每日練琴，從未中斷。師傅也說了，妳雖不是有天賦之人，但是勤能補拙，妳的琴藝已經十分嫻熟，怎麼會出現這樣的差錯?!」

對明宣來說，今晚的宮宴是他十數年計劃中最重要的一環，明秋意被內定為太子妃，之後的事自然是順水推舟。

可明宣千算萬算卻沒料到會出現這樣的差錯。

「父親，女兒無用，我也不明白那琴弦為何會忽然斷掉，也許……這是天意吧。」明秋意跪下，低頭對著父親說。

既然決心斷琴改命，明秋意已經做好接下來的狂風暴雨，父親的不滿，自然是她第一個要面對的。

原來那一世這個時候，十七歲的她以為父親從小對她嚴苛，悉心培養，是因為愛她，望女成鳳。

不過，隨著明秋意成為太子妃、皇后，父親與家族的不斷索取，讓明秋意漸漸明白，父親的這份愛並不單純。

這份愛的本質，不過是可以利用的棋子罷了。

不過眼下她身為明家的長女，處處都得仰賴父親，因此她並不打算觸怒父親。

所以她需要讓這件事平緩落幕，消除父親的怒意，而後再圖謀其他。

「天意？什麼天意？我可不信天意，妳說那琴自己忽然斷了？」明宣若有所思。「並不是妳的失誤的緣故？」

自然是她故意弄斷的。明秋意卻垂頭回答。「確實不知為何忽然就斷了。」

明宣神色凝重，陡然間似乎靈光一現。「難道是有人故意搗鬼？」

也怨不得父親這麼想，宮中的各種算計，明秋意是最清楚不過的了。

明秋意垂目不答，就讓父親自己去參悟吧，左右這件事和她無關了。

「父親，今晚發生了這樣的事，總歸是女兒的錯，只怕接下來這段日子，京城上下會對女兒議論紛紛，也連累父親受辱，女兒想避開一段時間，讓事情平息下來再說。」

這是明秋意今晚回家途中決定好的打算。

「避開？妳身處這漩渦之中，如何能避開？」

「女兒想去京郊的莊子裡住一段時間，今晚發生了這樣的事，想來皇后也對女兒不滿，我避開一段時間，平息風波，也對我日後的復出有利。」

「但是迴避可解決不了問題。妳眼下避開風頭，若是錯過什麼機會，失去了太子妃的位置，那可如何是好？」明宣還是十分執著太子妃之位。

「京中有父親在，有什麼事及時通知女兒便是了。」明秋意道。

「也罷，妳去莊子住一段時間，一來表示自己對皇后的懺悔，二來修身養性也是美名，不過，在莊子裡妳可不能偷懶，這琴棋書畫一樣不可落下。要知道，這些才藝是妳超過他人的根本。」明宣叮囑，明秋意這枚棋子，他苦心栽培十數年，可不能隨意荒廢。

「女兒明白。」

第二天一早，明秋意帶著婢女、僕從，前往京郊的莊子。

臨行前，明秋意就做好了打算，她收拾好了生母留給她的地契、奴僕身契、首飾以及名家書畫等物品。

一來，她不想再回到明府成為傀儡。二來，她對府裡的人也並不放心。財物這些東西要收好。

明宣也適時對外放話說女兒明秋意因為宮宴奏琴失誤愧疚，便前往莊子反省養性。

明秋意此舉獲得不少人的稱讚，當然也有更多貴女在背後罵她矯情虛偽。

而明秋意則壓根兒不在意。

她來到梅莊已經五、六天了。

這些天，她過上了原來那一世三十三年來，從來沒有過的輕鬆日子。

她每日睡到日上三竿才起床，看看話本小說，又在園子裡逛逛，用了午膳，又午睡一、兩個時辰，再去園子周圍逛逛，一眨眼就到了晚上，又該用膳休息了。

一開始，明秋意還不太習慣，畢竟原來一世她都是卯時初刻便起床，而後用半個多時辰精心梳妝打扮，之後去給長輩請安用膳。若是不用外出，她便整日要練琴、字畫、女工、禮儀等。

即便後來她成了皇后，宮中事務繁多，她也不曾對自己要求放鬆，總要時刻訓練技藝。自從有記憶開始，她從沒有睡過一個安穩覺，也從未放任自己，她時刻緊繃著，生怕鬆快半日，就哪裡不如人，被人踩在腳下。

而眼下在梅莊的日子，明秋意徹底放鬆自己。她不再每日安排自己應該做什麼，而是自己想做什麼便去做什麼。

甚至一早睡到巳時起來後，她也懶得梳妝打扮，洗了個臉，抹了點油膏，就去吃早飯，隨意看書閒逛。

如此幾日下來，明秋意身邊的婢女蘇錦可急壞了。

「小姐，您都幾日沒好好上妝了，髮髻也沒好好打理，不如讓奴婢幫您打扮吧？」

「這莊子偏僻，我即便出去也遇不到外人，何必費神？」

原來那一世，明秋意日日精心打扮，臉上各種粉脂，到後來她皮膚受損，不上妝竟然不能出門，她甚至從來沒用真面目去面對皇帝和自己的女兒。

可悲，可嘆。

「那衣服呢？小姐這些日子穿的衣服也太隨意了些，盡是些素色，顏色太暗不說，連繡花都沒有，小姐該不會因為那件事心灰意懶了吧？」蘇錦很是著急，她既是明秋意的貼身婢女，也是明老爺的眼線。

若是小姐這般頹廢，明老爺會很失望的。當然，蘇錦也會很失望。她待在明秋意身邊，可不滿足當一個普通官夫人的婢女。

蘇錦的心思，明秋意自然知道。

原來那一世，蘇錦跟著她陪嫁給太子，後來被太子寵幸，等太子登基，蘇錦也封了個貴人。

因此，明秋意這般懶散，可不就是斷了蘇錦的前途，也難怪蘇錦會心急如焚。

「都說了沒人，隨意穿穿無所謂。至於心灰意懶，妳看我像是隨便放棄的人嗎？」明秋意一笑。

蘇錦雖然有些不安，卻還是放心的。

小姐的心思，她是明白的。畢竟小姐辛苦這些年，就是為了成為太子妃，怎麼會輕易放棄呢？

第二章　醜女

今日天氣不錯，秋高氣爽。

明秋意派蘇錦去城中採買一些書籍，然後帶上婢女十一出了門。

十一是明秋意八歲出門，親自買回來的。當時十一的父親想把她賣給妓院，是明秋意不忍，將她買回家。不過，十一卻頭腦愚笨，不堪大用，所以一直在她院子當打掃丫頭，後來她當了皇后，也一直帶著十一，十一雖然不夠機靈，卻對她十分忠心。

今天她要去辦一件要緊事。

她不可能在梅莊躲一輩子，而父親如果知道她如此閒散，必然會責罵她，所以她得另想個法子。

她決定找一個厲害的大夫，得一個藥方去騙過眾人。

說到厲害的大夫，明秋意立即想起了唐大夫。

這名大夫醫術了得，大約十年後，他在民間小有名氣，性子卻十分閒散，原來那一世，皇帝曾想讓他進宮當御醫，結果唐大夫卻拒絕了，皇帝雖然惱火，也不好責怪他，便不再理睬他了。

這個唐大夫喜歡花錢買酒，明秋意帶著十一，拿著幾十兩銀子，找上了唐大夫。

唐大夫的住處距離梅莊並不遠。這唐大夫因為隨興花錢，日子過得很窮，加上此時他還沒什麼名氣，所以眼下租了一戶農舍居住。

也幸好距離不遠，明秋意可以和十一步行到此，免了不少麻煩。

此時，唐大夫唐清雲正在農舍的院子裡曬藥，他現在只有一名藥僮在身邊。人少，讓明秋意放心不少。

此時，明秋意梳的是最尋常不過的髮髻，頭上也只裝飾了一支玉簪，身上穿的也是青色衣裙，再加上面巾，相信很難有人認出她，只會當她是小門小戶家的女兒。

她讓十一敲了敲院子木門，便有藥僮開門，說明來意，唐清雲請明秋意在院子坐下。

「我需要一種讓我看起來像是病了的藥，或者傷寒，或者腹瀉。這病情脈搏必須真切，得讓其他大夫診斷不出真正的原因，只當我是真的病了。但是呢，又不能太傷身，最好是一旦停止服藥，我的病就能好。」

聽了明秋意的話，唐清雲哈哈大笑。「怪事、怪事！別人找我是為了治病，妳找我是為了得病？有趣，太有趣了！」

明秋意早就知道唐清雲的個性，她看向十一，眼神暗示。

十一趕緊掏出一包銀子，足足五十兩。那可是一筆不小的數目，普通農戶、商販忙活一年，也不過二、三十兩銀子。

果然，唐清雲見了銀子，立即眼睛放光。「好說好說，不過這個藥不是一時半刻能拿出來的，需要一段時間研製。」

對於唐清雲的能耐，明秋意是放心的，只是這時間需得盡快，明秋意推測父親不會放任她太久，很快要她回到城中繼續籌劃太子妃之位，她得趕快裝病。

「能否快些，我可以另外加銀子。」明秋意急忙道。

唐清雲眉開眼笑。「可以可以，三天後妳來取藥。」

「這事請務必不要告知他人。」明秋意又說。

唐清雲擺擺手。「放心吧，拿錢辦事，我不會讓妳惹上麻煩的。」

明秋意放了心，也不敢耽誤太多時間，起身告辭。

她帶著婢女十一，按原路返回。

途中，又經過一片銀杏林，明秋意忍不住多看兩眼，結果不遠的前方傳來一陣馬蹄聲，明秋意趕緊帶著十一站在路邊，低頭等著騎馬的人路過。

馬蹄聲逐漸靠近，卻似乎慢了下來，明秋意有些心虛，她如今不施粉黛，衣著樸素，應該沒有人認出她吧？

但是萬一被人認出了怎麼辦？得扯個謊圓過去才好。

是誰認出了她呢？這京郊的小路上，應該遇不到熟人吧？

明秋意忍不住抬頭，吃了一驚，竟然還真遇到熟人。

來人是三皇子，也是將來的閒王，她的小叔。

而這一世，她和三皇子還不熟識。

如果說原先的明秋意是勤奮、鑽研的佼佼者，那麼相對的，三皇子就是出身貴重，卻游手好閒、一無是處的窩囊廢。

他雖然出身皇室，卻和其他的兄弟不同，從不費心思讀書、習武。

其他皇子、王爺為了幫皇帝分憂，各顯其能的拚個高低，三皇子的一門心思都在吃喝玩樂上，別的皇子有些早早封王，他如今二十一歲了，還是個皇子，也不肯娶媳婦。

三皇子穆凌寒和明秋意四目相對，他挑了挑眉頭，似乎有些錯愕。

明秋意一顆心都快跳出來了，不會吧，她這一世和三皇子還沒什麼交集，三皇子難道會認出她來?!

接著，明秋意聽到三皇子一聲嘆氣。「唉，看身形我還以為是個美人，沒想到這麼醜，眼睛這麼小。」

明秋意差點呼吸不過來，她知道自己算不得美人，但是她容貌秀麗，也算是中上之姿，從來沒有人說她醜。

難道因為她沒上妝打扮就很醜嗎？而且她還戴了面巾，三皇子怎麼就知道她醜？他不過是看了她的眼睛……她的眼睛，有那麼小嗎？

明秋意內心複雜，此時三皇子已經飛奔而去，顯然對路邊的醜女毫無興趣。

明秋意看向十一。「十一，我醜嗎？」

「……還好吧，不算醜。」

十一的安慰讓明秋意更難過了。

穆凌寒把馬停在一處農家小院前，這正是明秋意剛剛來過的唐清雲家。

「老唐，看，我尋了啥好東西，一罈十六年的女兒紅，那老頭非說要給女兒當嫁妝，我花了三十兩銀子才賣我的！」

穆凌寒從馬背上卸下一個布兜，布兜裡裝了一罈子好酒。

「不成不成，這酒你給我留一半，我今天不能喝。」唐清雲很惋惜的看著酒。

「為何？」

「剛才有一位小姐要我弄一個藥給她，讓她得病。我這幾天得專心研製這個藥，不能喝酒耽誤了。」

「有意思，居然有人想得病？」穆凌寒詫異。

「可不是？」

「那也不能不喝我的酒啊。」

「既然答應了別人就得守信，公子這次算了，等我忙完這件事，我請你喝好酒。」

既然唐清雲不能喝酒，穆凌寒就當著他的面，把自己帶來的酒一口氣喝光。

結果穆凌寒喝得大醉，又沒有帶隨從，於是當天在回去的路上跌下馬，在路邊睡著了。

此時已過中秋，夜間十分寒冷，隨後宮中派人來尋，最終找到了穆凌寒，可三皇子還是大病一場，皇帝知道他是因為喝酒醉倒路邊，大怒不止，對三皇子更加失望了。

因為擔心父親疑心，明秋意還是應付了蘇錦，早上起來後看了些書、彈了下琴，可終究沒把這些事放在心上。她已經無法做到原來那一世那樣，身心都不允許她重蹈覆轍。

她不想再為這些無關痛癢的事讓身體過於疲憊，傷了命數。重生一世，她只想擁有健康的身體，找一個普通的夫君，生一個女兒，然後好好愛這個女兒。

上一世，太子穆凌澈起初和她還有一些情分，但到後來，尤其是太子登基後，越是厭煩她。穆凌澈身為帝王，本就疑心重，對誰都防備，自然也無法對她坦誠。另外，她自己一心一意穩固后位，扶持家族，和穆凌澈漸行漸遠。

穆凌澈也就罷了，最令明秋意傷心的是，她唯一的女兒香和公主，也對她毫無感情。因為明秋意將太多的心思和精力放在穩固皇后之位、提攜家族上，對女兒無暇顧及。

她一直期待自己能再生個皇子，各種原因之下，總歸是冷落了香和。

那一世，明秋意死的時候三十三歲，宮女領著十四歲的公主來見她最後一面，香和對她的死似乎並不在意，臉上沒有一絲難過的神色。

那時，明秋意感到萬分後悔，她花太多精力去汲汲營營，卻唯獨忘記了，她的孩子才是最重要的。

「小姐，您怎麼哭了？」蘇錦還在勸明秋意去梳妝打扮，卻看到她對著銅鏡流淚。

「沒什麼，我就是想到中秋宮宴的事情，有些難過。」

「小姐不必難過，這件事雖然對小姐不利，但老爺已經為您的復出做足了準備，大家知道您對皇后的愧疚之心，下次您再出現在京中，她們也不敢說您什麼。」蘇錦道。

「是嗎？但是……沒那麼容易吧。」明秋意嘆了口氣，做出一副自怨自艾的樣子，為之後的裝病做準備。

「小姐，您千萬不能這樣灰心喪氣，太子對您還是有心的，您在梅莊才八、九日，太子問了老爺好幾次關於您的情況了。老爺也讓人帶話，讓您準備一份禮物，他幫您轉交給太子。」

當太子妃難，不想當太子妃也難。

既然是父親的要求，明秋意自然不能拒絕，那麼，她要給太子準備什麼呢？

關於太子的喜好，明秋意再清楚不過。

太子不喜歡吃甜食，那麼她送太子一份甜甜的栗子糕，豈不是正好？

即便太子不生氣，也不會開心吧？

皇帝一共有六位皇子，太子身為國儲，仍住宮中。除了病逝的四皇子，另外二皇子、五皇子、六皇子已經封王，住在宮外的王府。

三皇子因為無才無能，皇帝也懶得給他封王，故還留在宮中的東五所。

前兩天，三皇子穆凌寒因為喝酒摔下馬，在野外睡了半宿，得了傷寒，雖然今天好了點，卻被皇帝禁足了。

太子來探望三皇子，誰知原本該躺在床上的三皇子，此時正在東五所的小院裡喝酒。

「……三弟，你又胡來了，病得那麼重，怎麼還喝酒？」

「太子哥，這你就不懂了，我得的是傷寒，喝酒祛寒，好得快。」

太子無語。「簡直胡鬧，哪裡來的理論，給父皇知道了，又要罰你。」

「那你可千萬別跟父皇說。我這被禁足，還不知道要到什麼時候呢。」

「你知道父皇會生氣，還要這樣。」太子連連搖頭。「三弟，你現在也老大不小了，得為自己的前途打算打算了。」

「我早就打算好了，等父皇哪天心情好，給我封個閒王，把我扔在宮外就成了。」

「……」想得倒是美，但是，閒王是那麼好當的嗎？身為皇子，出生就會捲入皇家爭鬥，這是不可避免的。也不知道三弟是裝傻還是真傻。太子心中暗想。

「算了，你好自為之，本宮得走了。」太子說著站起來，他手裡抱著一盒栗子糕，那是明秋意託人送他的。

可是，他並不喜歡吃甜的。

「太子哥，你手裡是不是好吃的，我聞到了。」穆凌寒忽然動了動鼻子。

「嗯。對了，你喜歡吃甜食，這盒栗子糕就給你吃吧。」

明宣終於忍不住了，他派人傳話給明秋意，讓她準備這幾天回京城。

原來，皇帝的病情加重，朝中的局勢也越來越明朗，太子登基也許就在眼前了。而帝后希望太子盡快大婚，太子妃的人選，已經是迫在眉睫的事情了。

明宣很著急，他苦心經營那麼久，怎能功虧一簣，必須讓女兒回來，再想辦法讓皇后接納她。

明秋意給父親回信，這兩天就回。正好這是她和唐清雲約定的第三日，她讓十一帶著銀子，從唐清雲那裡取回了藥。

當晚，明秋意就服了藥。

第二天，明秋意開始發熱、咳嗽，腦袋暈乎乎的，無法行動。蘇錦趕緊派人去城裡請了大夫，左看右看，大夫得出了個傷寒的結論，然後又開了一些藥方給明秋意。

蘇錦不敢馬虎，一邊去通知老爺，一邊派人去抓藥。她心中懊惱，怎麼這個關鍵時刻，明秋意卻得了傷寒，看她如今的情況，一時半刻估計好不了。

若讓皇后知道她身體這樣差，更不可能讓她當太子妃了。

蘇錦越想越氣，原本明秋意成為太子妃是板上釘釘的事情，現在怎會變成這樣？如此一來，她作為明秋意的侍女，還有什麼前途？

第三章 生病

明秋意病了，而且病得不輕。

明太傅又急又怒，想法設法找了幾個大夫，甚至是老御醫。可不管幾個大夫診斷，依舊是傷寒的結果。

明秋意吃了藥，病情一點都沒有好轉，而明秋意在病痛的折磨下，幾日就消瘦下去，面色難看。

她本就不美，如此一來，可以說是真的有些醜了。

明太傅親自來梅莊探望，看到女兒這樣，心涼了一半。

他苦心籌劃十數年，只怕真要竹籃打水一場空，終歸是女兒不爭氣啊。

明太傅一邊讓人繼續照看明秋意，期待她能好轉，一邊又得暗暗尋求他法。

過了幾日，明秋意病重的消息就在京師中傳開了。

一時間，有人惋惜，也有人高興，明秋意這次是真的倒下了。

太子妃的人選，不能拖延了。

皇后這幾日左思右想，有意選定威遠大將軍的嫡女。

太傅和大將軍在朝中都是大人物，明太傅不但自己身居要職，且滿朝文官大半是他的學生，可以說是樹大根深。

威遠大將軍雖然表面上官職不如明太傅，但卻掌握實權。他戰功赫赫，西南軍不少將領都曾在他麾下任職，如今也有不少人對他忠心耿耿。

「明太傅和威遠大將軍都是不錯的臂膀。太子，如今你身邊虎狼環伺，你幾個兄弟會真心輔助你嗎？朝廷這些大臣們，一個個滿嘴忠心，實際上哪個沒有私心？沒準哪一天，他們就和你的哪個兄弟勾搭上了。所以，太子妃的人選，必須要慎重。」

皇后對著跪在跟前的太子，語重心長。

「這個道理，兒臣自然明白。但是，明太傅不也是很好的助力嗎？之前母后還挺喜歡明小姐的……」

「你該不會以為，我真的為了一柄琴就厭棄她了吧？太子啊，你認真想想，是軍隊的實權重要，還是明太傅那些虛假的師生情管用呢？」

太子默然不答，眼下他對幾個兄弟都不放心，自然是希望有軍隊實權來威懾兄弟們的。

「另外，我聽說明秋意自中秋宮宴後一蹶不振，甚至病了起來。她的心智未免太弱，這樣的女人即便能當太子妃，以後能當你的皇后嗎？」

太子更是無言，他知道，皇后說得都在理，但是，他還是很喜歡溫柔體貼的明秋意。

「我知道你不太喜歡張明珠，她性子太傲，又有些任性。但是她年紀還小，才十五歲，你想要她變成什麼樣子，只要慢慢引導便可。而且，她可比明秋意漂亮多了，不是嗎？」

皇后這話一點也沒錯，如果說明秋意是寡淡的白菊花，張明珠就是紅豔的牡丹花了。明秋意之所以名氣大過張明珠，主要是她的才德勝出。

「我言盡於此，你自己好好想想，究竟選誰？我也不逼迫你，自己決定了便告訴我，我去讓你父皇下旨。」

太子沈默了一會兒，終於決定。

「兒臣全憑母后作主。」

太子那邊應了皇后，心中還是不快。畢竟他很早就打定主意要娶明秋意當太子妃，可眼下，他的太子妃卻換了人。

他雖然惋惜，卻也無奈。自己是形勢所逼之下，不得不娶了他人。

太子沒有可以說得上話的人，東五所無所事事的三皇子，倒是能和他說上一、兩句話。

於是心中鬱結的太子，又找上了三皇子。

這次，三皇子沒有喝酒，他在餵貂。

這隻雪貂是穆凌寒一次在林子射獵獲得的，母貂不知所蹤，他便將可憐的幼貂帶回飼養，他倒是有耐心，親自餵養小雪貂，結果這隻小雪貂被他養成了貓一樣，對穆凌寒十分親熱。

「……三弟，你若是把這心思放在讀書或習武上，父皇對你也不會這般失望。」太子無奈。

穆凌寒並不在意，繼續逗弄小雪貂。「太子哥，你該不是又有煩心事了吧？」

「你怎麼知道？」

「看你的臉色就知道。」穆凌寒瞧了太子一眼，心裡卻想，你那麼忙，如果不是有煩心事，又怎麼會來找我？

「我要大婚了。」太子幽幽道。

「哦？明秋意？挺好的，聽說很有才華。」

「不，是張明珠，威遠大將軍的女兒。」

穆凌寒卻哈哈大笑。「太子哥，你總算想明白了，如果你真娶了明秋意，我都替你煩，那個女人好醜。張明珠是不錯的，我看過幾次，是個美人。」

「三弟，你太膚淺了，而且秋意不醜。」

「真的醜。她平時臉上的粉那麼厚，才勉強可以看，如果卸了粉，嘖，不敢想。」穆凌寒目光洞悉一切。

這下太子也疑惑了。「真的嗎？她塗了很多粉嗎？」

「真的。我對香粉敏感，每次稍微靠近她一點，我就難受。所以，娶張明珠是對的，恭喜你，太子哥。」

太子妃人選已經定下了，是威遠大將軍的嫡女，張明珠。
聽到這個消息，明秋意鬆了一口氣。
原先那一世，張明珠就是她的勁敵。
她是太子妃，張明珠就是側妃。她是皇后，張明珠就是貴妃。她生了一個女兒，張明珠就生了一個兒子。
總之，原先那一世，她一半的精力用在和張明珠鬥法上。
幸好，這一世擺脫了這個命運。
為了裝病，明秋意連吃了半個月的藥，雖然唐大夫給她的藥對身體傷害不大，但是明秋意卻為了治療「傷寒」，吃了很多「治病」的藥。
儘管她極力避免在人前服藥，但是她身邊並沒有忠心的婢女，十一目前還不能近身伺候，她不得已服下很多治病藥，如此一來，她擔心自己沒病也有病了，得找個機會，再去見見唐大夫。
她正犯愁，蘇錦來了。
她病了大半個月，蘇錦對她越來越不上心了，她的膳食也一日不如一日，莊子裡的婢女和僕從也少了一些。
原來那一世，明秋意在宮中見多了拜高踩低，自然明白這其中的緣故。她病重無法競爭太子妃之位，父親也知道她不中用了，便不再對她熱心，那些婢女僕從都是看菜下飯，自然對她也不好。不少人紛紛想辦法離開莊子，回到城中府裡另謀出路去了。

而蘇錦，只是其中之一。

今日蘇錦神色頗為愧疚，她慢吞吞的走進房間，在明秋意床頭跪下。

「小姐，我對不起您。」她一邊說著，眼淚一邊流下。

明秋意早就料到這一幕，她故作驚訝。「怎麼？發生什麼事？」

「老爺讓我去伺候二小姐，我不能再照顧您了。」

這位二小姐也是嫡女，不過她是明太傅的續弦之女，和明秋意同父異母。

「……既是爹的主意，妳便去吧。」

「奴婢本想照顧小姐一輩子，只是、只是奴婢也有家人要奉養，不得不聽命老爺。對不起，小姐。」

「妳沒有錯，不必自責。以後好好服侍二小姐。」

原先那一世，二妹也想入宮為妃，被她拒絕了，這一世，只怕二妹和父親已經想到了一處。不過，太子妃人選已經定案，不可能改變，也許二妹和父親圖謀的是太子側妃？

這也是不錯的選擇，若是將來張明珠為皇后，二妹能當個貴妃，父親想必也是滿足的。看來，沒有她，父親的計劃一切照舊，畢竟棋子不只她一個。

蘇錦走了，明秋意爽快多了，直接讓十一來當貼身婢女。

而她的房間和小院內，除了十一，其他人也不可隨意進入，這樣一來，明秋意想做點什麼，也沒人知道了。

又一日，她趁著和十一外出散步，帶著十一來找唐大夫。

明秋意把自己的情況告訴了唐清雲。

「是藥三分毒，妳喝了那麼多治療傷寒的藥，對身體不好，如果妳不想身體繼續受損，就別再喝了。」對於明秋意自作自受的行為，唐清雲臉色不太好。

「那現在我該如何調理身體呢？」明秋意並不在意唐清雲臉色難看，有本事的人，有些脾氣很正常。

「我給妳開一副藥方，妳喝著慢慢調理便是了，不過……」

明秋意自然明白，又讓十一拿出一包銀子。

唐清雲也不含糊，讓藥僮取來紙筆，唰唰幾下就寫好一張藥方。

這時，有客人來訪，明秋意倒是不太緊張，畢竟她這一身樸素打扮，又戴了面巾，不怕別人認出。

還沒見到人，明秋意就聽到那人道：「老唐，哎喲，好久不見了，可悶死我了，我被我爹禁足了。」

藥僮趕緊去開門。

唐清雲寫好藥方交給明秋意，又起來招呼他的朋友。「老穆啊，你這次又是為啥禁足？

去青樓啦？還是去勾搭俏寡婦了？」

明秋意臉色微紅，和唐大夫告辭，打算離開。

「這都怪你，就上次你不陪我喝酒，我一個人喝了一罈子酒，然後我就醉倒在路邊，還病了，我爹知道了，就罰我禁足。」

「那你不能怪我，上次我為這位小姐研製藥方，所以不能喝酒。」唐清雲指了指明秋意。

此時，那人已經踏進小院，明秋意轉身見到那人容貌，一陣冷汗。

竟然又是三皇子。

看來，上次在路邊遇到三皇子並非巧合，正是三皇子來找唐清雲喝酒。

他和唐清雲是朋友？

穆淩寒瞧見明秋意，愣了一下，他眼中浮出疑惑，似乎在思考，這個女人在哪裡見過？

明秋意心一慌，帶著十一想要匆匆離開，誰知還沒走出小院門，就聽到三皇子大剌剌的聲音。「是妳啊。我說，妳醜就算了，為什麼還傻到吃藥把自己弄病？又醜又病，豈不是沒救了？」

「……」

明秋意緊緊握住拳頭，卻沒和三皇子計較，只是快步離開。總之，他沒認出自己是明秋意，那便好。

眼下，她還得蟄伏一段時間，等太子大婚，一切塵埃落定，明秋意就可以開始新生了。

明秋意的推測沒錯，沒多久，她就從莊子裡的婢女口中得知，二妹即將成為側妃。當然，這件事和她無關。

她現在要做的事就是將身體調理好，按照自己的心意而活。這一生，她只願做明秋意，而非太傅嫡女或皇后之類的人。

明太傅再次來到莊子，明秋意此時病情有所好轉，卻還是病著。

她在十一的攙扶下，給明太傅請安行禮。「父親，是女兒不孝，讓您失望了。」

明太傅嘆了口氣。「天意如此吧，先是琴斷，而後妳又病了，皇后又有意張明珠為太子妃。」

「是女兒無能，讓父親白費了這十幾年的心思。」明秋意暗自垂淚。

看到女兒這樣，明太傅也不想過分苛責，事情已經如此，只有想辦法彌補了。「秋意，我讓妳二妹妹嫁給太子為側妃，妳怎麼想？」

「父親這樣做是對的。我現在這樣不能成為太子妃，即便想成為太子側妃，也是艱難，倒不如把機會讓給二妹妹，二妹妹容貌比我好，當側妃應是綽綽有餘的。」明秋意十分善解人意，這讓明太傅很滿意。

他點頭。「沒錯，我也這麼想，難得妳以大局為重。妳妹妹成為側妃，對整個家族是有利的，至於妳，也不必太灰心，等病情好了，我再為妳選一門合適的婆家，總歸不會太差，也不至於讓他人看低了我們明家。」

明秋意心中一驚，父親這意思，即便她這枚棋子沒了大用處，不能當太子妃，但是小用處還是有的。總歸她這一生，要為家族付出。

下一個人會是誰呢？皇子是不可能了，畢竟二妹已經許配給太子，父親就選擇了立場，不可能再去輔助其他皇子。

那麼，很可能就是大臣之子。

明秋意腦袋疼，她得想個辦法，早點找到合適的郎君把自己嫁了，才能避免父親這般安排。

「有勞父親操心了。如今二妹即將出嫁，我身體還沒好，我暫時留在莊子中養病，也免得衝撞了二妹的喜事。」

明太傅點頭，他本就是這個打算，這話由明秋意口中說出來，他就更舒心了。二女兒曾嫉恨明秋意，這大婚在即，兩姊妹還是別見面為好。

第四章 偷葡萄

因為皇帝的身體不太好，太子大婚這件事辦得有些匆忙，確定了吉日，便速速準備了起來。

太子大婚這天，明秋意照舊睡到日上三竿。

如今她的作息已經固定了，睡覺、用飯、閒逛，至於彈琴寫字、畫畫下棋，完全看心情。實際上，明秋意對彈琴、下棋並沒有多大興趣，相反，因為一直逼著自己練習這些技藝，她反而有些排斥。

明秋意也不喜歡父親讓她看的那些書，譬如孔孟之類的，她喜歡看一些傳奇、話本。閒在莊子裡沒事，她便讓十一去城裡採買一些話本小說來看。另外，她撿來一隻黃色的小狗，取名小黃。看書累了，明秋意就逗逗狗兒，日子過得十分逍遙。

梅莊位於京郊，此處位於麗山，山下有湖，風景秀美，風水也很好，城裡很多達官貴人都喜歡在這裡置辦莊子，一方面可增添地產，一方面也可當作休養的地方。病了或心情不好了，可以來莊子休息幾日。

明秋意現在居住的梅莊附近就有幾處莊子，此前明秋意一直在裝病，也沒機會走得太遠，眼下太子大婚，一切塵埃落定，她心中有些放鬆，又有些悵惘，便帶著十一四處走走。

她一路想著事，沿著石頭小路往山上爬。

太子大婚，她心中是有一絲複雜的。

她對穆凌澈也並不是全無感情，原來那一世，剛剛嫁給穆凌澈的時候，明秋意還想著能和穆凌澈像普通夫妻一樣恩愛。

但是時間越久，她越是看得明白，那是不可能的。正如她嫁給穆凌澈，是背負著家族榮耀和使命，穆凌澈娶了她，也是為了她的身分，並非僅僅因為她這個人。

況且，穆凌澈也絕不可能只有她一個女人，從張明珠開始，穆凌澈身邊的女人越來越多。他對自己倒還算尊重，那也僅僅是客氣，彷彿一個應該尊重的客人一般。

然而皇家婚姻哪有什麼夫妻感情，不過是各取所需、相互利用罷了。

於是到了後來，兩人越是看得明白對方的真正所求，就越是厭棄對方。她死的那一日，穆凌澈都沒來看她一眼。

如今穆凌澈娶了他人做太子妃，他們之間算是了斷了，她自然也不會為這件事難過。從琴斷開始，她就下定決心，此生和穆凌澈再無瓜葛。

忽然，她聽到前面有孩童的吵鬧聲，明秋意看去，只見前面石路邊出現一座莊子，木門看著斑駁，有些荒廢。

明秋意繞過正門，發現這莊子的一側石牆外，有一簇葡萄藤從牆內爬到牆外，掛著幾串鮮豔的紫葡萄，幾個孩童正在那裡摘葡萄吃。看這幾個孩童打扮，應該是附近村民的孩子。

但是，這牆有些高，孩子們卻長得矮，他們將搆得著的葡萄摘完了，又想去摘那些高處的。

孩子們看到她，其中一個小女孩跑了過來。「姊姊，妳能幫我們摘葡萄嗎？」

明秋意不施粉黛，衣著樸素，想來，這些孩子也只把她當成附近的普通女子，所以才過來和她這般說話。

「可是，那葡萄是別人家莊子裡的，雖然它長到牆外，那也是莊子主人的，不能隨便摘哦。」她低頭對小女孩說。

小女孩卻笑了。「姊姊，這座莊子是荒廢的，我們一直在這裡玩，從來沒有人。這葡萄如果不摘，爛掉了才可惜呢。」

……這麼說好像也沒錯。

若是以前的明秋意，必然會訓誡一下孩子們，告訴他們路不拾遺，不問自取視為偷等等一番大道理，畢竟她可是京師品行第一的才女。

可現在的明秋意才不想管那麼多呢。以前要裝模作樣當聖女，她早就厭煩了。

實際上，看到那紫得透亮的葡萄，她也動了心思。

於是她和十一也過去，摘了幾串葡萄。

她和十一能搆得著的葡萄，也很快被摘光了，不過，靠近牆頂之處還有幾串，那幾串興許是陽光充足，長得特別好，一顆顆葡萄又渾圓又飽滿。

明秋意盯著那幾串葡萄，有些不捨。那些孩子們自然也是，他們眼巴巴的看著明秋意，希望她能想辦法，把那幾串也摘下來。

看見孩子們的眼神，明秋意不忍拒絕。

但是她也不好意思明目張膽的去偷別人牆上的葡萄，有些猶豫。

結果，十一開口了。「小姐，您身體輕一些，您站在我背上，爬上去摘那些葡萄吧。」

十一這個憨憨，竟然還有機靈的時候。

「姊姊，妳去摘吧，求妳了！」幾個孩子央求道。

明秋意只好「勉強」答應。「下不為例。」她笑著對孩子們說。

於是十一蹲下來，明秋意踩著她的肩膀上去，結果高度還是不太夠，於是十一慢慢的站起來，踩著她肩膀的明秋意越來越高。

這一下，明秋意腦袋都超過了牆，輕輕鬆鬆就可以摘到上面的葡萄。

她正準備摘葡萄，卻無意中看到了莊子裡頭。

她大吃一驚，這並不是荒廢的莊子，裡面的院子裡有兩個男人正在說話，兩人聽到動靜，立刻朝她的方向看來。

兩人目光銳利，帶著戾氣，把明秋意嚇一跳，她一下子站不穩，便尖叫一聲摔了下去。

明秋意內心疑惑，其中身穿墨色衣服的男人，看著有些面熟……

莊子裡，穆凌寒和張元嚇了一跳。

他們正在談話，那牆居然冒出一個人來。是他們被發現了嗎？

「公子，我去解決那人。」張元面帶殺氣，握緊手中的劍。

穆凌寒皺眉。「別急，你過去看看情況。」

「好。」

張元開門出去看情況，穆凌寒悄悄躲在暗處觀察。

張元走到外面，只見一個女人摔在地上，另有一個婢女打扮的女子和一群小孩驚慌失措。

「小姐！您沒事吧！」

「姊姊，姊姊！」

再看看堆放在地上的葡萄，張元便明白了，這一群人不是別有用心想偷窺什麼，而是為了摘葡萄。

那從牆上摔下來的女人已經暈了過去。

「這牆不高，地面也是鬆軟的泥地，這位姑娘應該沒事，你們趕緊帶她回去吧。」張元心裡不耐煩。這莊子本是三皇子和他們的秘密聯絡點，他只想讓這些女人和孩子趕緊滾。

十一心急，又想到他們偷了有主的葡萄，一邊道歉，一邊趕緊扶起昏迷的明秋意，想要帶她回梅莊。

而暗處的穆凌寒此時卻看清楚了明秋意的容貌，他大吃一驚，這不是差點成為太子妃的明秋意嗎?!

太子大婚之日，她不在閨房裡痛哭流涕，居然跑到這裡偷葡萄？說好的品德端莊呢？

十一扶著明秋意剛要離開，一個女子從莊子裡跑了出來。

「等等，姑娘受驚摔傷，還是在莊子裡休息一下吧，我家夫君略懂醫術，可以幫忙看看。」

張元聽到蓮娘這麼說，面上皺眉。

怎麼可以把外人弄到莊子裡，這不是更加暴露了他們的接頭地點嗎？

蓮娘卻不理睬張元，幫十一把明秋意扶進莊子，幾個孩子見沒他們的事便散了，不過那個小女孩卻有些過意不去，給明秋意留了一籃葡萄。

這邊，蓮娘把明秋意安排到客房，又讓張元把脈。

張元診斷了一下：「這姑娘沒事，應該過一會兒就醒了。讓她在這裡休息一下吧。」

十一萬分感激。「謝謝夫人。」

張元把蓮娘拉到一邊，低聲問：「怎麼回事，怎麼能把外人領到莊子裡……」

蓮娘瞥了他一眼。「是三皇子的吩咐。」

「三皇子？」張元不解。

「三皇子認識這位姑娘。」蓮娘輕聲道。

沒多久，明秋意就醒了。

對於自己出了這樣的事情，明秋意感到既尷尬又愧疚。「對不起，夫人，我以為這莊子無人，非但偷拿了您的葡萄，還驚擾了夫人。」

蓮娘微笑。「這莊子先前確實無人，最近我和夫君來這裡住幾天，沒想到讓姑娘受到了驚嚇。」

「本是我的錯，日後一定登門謝罪。」明秋意臉都紅了。自己偷摘葡萄摔了，主人家還好心讓她進來休息，這公子和夫人還真是善心。

「這倒不必，我們也不會在這裡住太久，姑娘不必放在心上，不過幾串葡萄罷了。」

眼看天色不早，明秋意身體無恙，也不好打擾他們，便趕緊告辭。

蓮娘還特意將那一筐葡萄讓明秋意帶上，更讓明秋意汗顏。

沒想到她捨棄才德名聲的第一天就成了小偷，唉！

蓮娘出門送她們，沒多久就回來了，只見穆凌寒和張元都在院子裡。

「走了？」張元問。

蓮娘點頭。

「真麻煩。」張元不滿，又看向穆凌寒。「這女子言行舉止看起來並非山中村女，公子認識她？」

穆淩寒嘴角勾起。「怎麼，你不知道她是誰？你應該也見過她的。蓮娘也見過。」

「啊?!」張元大吃一驚。

「她是明秋意。蓮娘，她和妳都師從琴藝大師冒先生，算起來應該是妳的師姐，妳應該見過她吧？」

蓮娘也十分詫異，點點頭。「是，不過之前並沒有想起。奇怪，這位明小姐怎麼像變了一個人似的。」

「因為她今天臉上沒塗粉，也沒穿華服。」她衣衫樸素，不施粉黛，竟讓人一下子認不出了。

最重要的是，蓮娘怎麼也想不到那個品德端莊的大小姐會爬牆偷葡萄！

穆淩寒忍住笑。「既然這處已經暴露，你們便假裝夫妻，在這裡住一段時間吧。張元你若是有事，便去老唐那兒給我留話。他那裡安全。」

「是，公子。」

穆淩寒一路跑回了皇宮。

今日是太子大婚，穆淩寒本來沒興趣去參加，但是見了明秋意後，他改變了主意。

身為太子的原定太子妃，明秋意的行為太有意思了，她竟然一點不傷心似的，這不禁讓穆淩寒陷入沈思。

聯想這一個多月的事情，似乎哪裡不對勁。從中秋宮宴琴斷開始，到明秋意離開城中，然後她重病……這其中似乎環環相扣。看來，這明秋意身上，有著諸多的偽裝！

穆淩寒認為有必要去參加太子的大婚，看看太子是否為錯失初戀而悲傷。

此時，太子已經喝醉了，即將被送入洞房。

看到穆淩寒，他似有感觸，拉他一起喝酒。「三弟，你也真不夠義氣，平時我待你不薄，怎麼我大婚，都不見你的人，這會兒才到？」

「是我不好，竟然差點把太子哥大婚這件事忘了，幸好來得及。太子哥也別耽誤了，趕緊去新房吧，弟弟祝您早生貴子啊。」

「你這壞小子，你年紀也不小了，很快你也會大婚的。」

「我才不要父皇指婚什麼的，我只會娶我喜歡的女人，按牛頭吃不得草。」

這話一說，太子臉色瞬間難看起來。

「還是三弟活得痛快，那太子哥就祝你娶到自己喜歡的女人。」

穆淩寒觀察著太子的臉色，心想，難道太子哥還真喜歡明秋意？因為娶不到她而難過了？

不過，既然選擇做太子，自然要做好犧牲其他的準備，皇家子弟向來如此，真心想要的往往求而不得。

希望他自己最終不會落到這個地步。

自從偷葡萄摔暈後，明秋意羞愧了兩天，某天看天氣好，又想到自己不能當縮頭烏龜，便親自準備了一些糕點，打算去蓮娘的莊子登門道歉。

臨出門，明秋意養的黃色小狗卻黏著她不放，便乾脆把小狗一起帶出了門，小狗平時在莊子裡玩耍也膩了。

於是一路上，狗子邁著小短腿，跟著明秋意和十一屁顛顛的往山上走。

蓮娘的莊子距離明秋意莊子不算遠，步行兩刻鐘就到了。期間小狗子累了不肯走，扒拉著明秋意的裙子，明秋意就抱著牠。

很快到了莊子，她叩門，慶幸蓮娘在家。

蓮娘見明秋意和十一來，有些意外，而後笑著引著兩人進入院中。

此時，院中亭子的石桌上，放著一柄琴。

明秋意放下狗子，讓十一把糕點遞上。「夫人，上次的事情，我倍感羞愧，今天做了一些糕點，聊表歉意。」

「姑娘太客氣了，妳既然把糕點都送來了，我就收下，姑娘也在這裡小坐一會兒，我們喝喝茶、聊聊天。對了，還不知道姑娘貴姓？」蓮娘收下糕點，放在桌上。

「我姓明。」

蓮娘點頭。「明姑娘，其實我上次見妳就有些眼熟，今天聽妳說姓明……請問，妳是明太傅的長女明小姐嗎？」

明秋意一愣，沒想到自己的身分這麼快就曝光了，不過眼下她也沒什麼好隱瞞的。「正是，不過慚愧，夫人認識我，我卻不識夫人……」明秋意十分窘迫。

蓮娘微笑。「我在師傅家中見過明小姐幾次，不過我雖然師從冒大師，卻是門外弟子，明小姐不識我也正常。」

第五章　秋蘭遭殃

明秋意汗顏。「原來我們是同門姊妹。夫人，真是慚愧，我竟然不知道夫人。」

「明小姐別介意了，我們現在不就認識了？正好，我新譜了一首曲子，想請明小姐幫我聽一聽。」

「夫人抬舉我了，我天賦不佳，只懂拾人牙慧練熟他人曲譜，又怎麼好點評您的曲子呢？」

這話讓蓮娘意外。「明小姐未免過謙了，您的琴藝，京中人人都知道，不僅在同輩出類拔萃，在整個京師中，也是很少遜色他人的。」

「那不過是虛名罷了，其實我在琴藝上並沒有天賦，不過是熟能生巧。實際上，我並不是那麼喜歡彈琴。真的很慚愧，彈琴對我而言，可能更多的是為了博得虛名。」

明秋意的坦白讓蓮娘大吃一驚，明秋意不喜歡彈琴她不奇怪，這世間無數人為了名利或其他目的，身不由己做一些自己不喜歡的事情。

她震驚的是，明秋意竟然能如此坦然的說出自己不愛琴。這世上追逐名利者，幾個人能承認自己葉公好龍只為了名利呢？

「也許這只是明小姐一時厭倦，等過些日子，心境平和了，又會想彈琴了。這並不奇怪，很多人在鑽研某件事情時，偶爾也會產生厭惡的想法，但是並不代表不喜歡。」

明秋意知道蓮娘是在安慰自己，但是她心裡明白，自己真的並不熱衷彈琴。若是修身養性或者打發時間，她寧可選擇其他的事。

既然明秋意對琴沒興趣，蓮娘就和她聊一些瑣事。兩人初次相識，能聊的話不多，明秋意很快打算告辭。

狗子不知道跑到哪兒去了，明秋意叫了好幾次，小狗子才東倒西歪的跑過來，看狗子可愛憨厚的樣子，蓮娘都忍不住摸了幾把，最後才依依不捨送別了明秋意。

晚上，穆淩寒因為有事找張元商量，又來到莊子。

和張元聊了一會兒，穆淩寒看到堂屋中間的桌子上，放了一個食盒。

這食盒是木頭做的，盒身沒有任何雕花，十分樸素，看著有些眼熟。

「這是什麼？」穆淩寒忽然中斷話題，指著桌上的食盒問。

「哦，蓮娘說今日下午明小姐來過，這是她送來的。公子，宮裡傳來消息，皇上的身體……」

穆淩寒擺擺手，並不想繼續聊下去，他頗有興味的走上前，拿過那個食盒，然後打開蓋子，是栗子糕。

穆淩寒拿了一塊糕點，咬了一口。

嗯，熟悉的味道，很甜，他喜歡。

於是吃了一塊，又吃一塊。

看著穆凌寒一門心思吃栗子糕，對他不理不睬，張元神色複雜。果然，三皇子正經不到一刻，立刻就恢復成好吃懶做的模樣了。三皇子說自己閒散紈袴是裝出來的，可張元覺得似乎並不是如此。

吃了幾塊栗子糕，有點膩，穆凌寒又喝了幾杯茶，感到有點撐，便到院子裡散步。沒多久，屋子裡的蓮娘和堂屋中的張元，都聽到穆凌寒的一聲慘叫。「我的秋蘭，怎麼這樣了?!」

蓮娘和張元趕緊跑到院子裡，只見穆凌寒蹲在院子一角。

蓮娘感覺不好。因為前一個月，穆凌寒在山中發現了一株罕見的秋蘭，便將蘭花移植到院子的角落。

她趕緊跑過去，果然見那株秋蘭被碾壓得不成樣子，似乎被什麼坐了一屁股一樣。而蹲在一旁的穆凌寒，臉色極為難看。

蓮娘感到慚愧，這株秋蘭本應該是她照看的，只是……

「今日下午，明小姐來訪，她帶了一隻小狗。當時我和她聊了幾句，想必那隻小狗……不小心躺在這裡打了個盹。請公子恕罪，蓮娘沒照看好秋蘭。」蓮娘想了想，也只有這個可能了。

穆凌寒聽了，臉上錯愕。「明秋意的小狗？」這個明秋意，還真是無處不在。

「明日我去山上再為公子尋一株，公子不必難過。」張元趕緊說。

「罷了，意外得之是驚喜，刻意去尋就沒意思了。對了，蓮娘，下次見了明秋意，告訴她，栗子糕的糖，可以再多加一點。」

「……」

公子，你不怕牙疼嗎?!

轉眼到了臘月，過幾日是明太傅的生辰，明秋意不好繼續窩在京郊莊子裝死，只好收拾一些東西，回到城中的明府。

不過，明秋意打算暫住，等過了這段日子，她得找個理由再搬回京郊莊子，去過自由自在的日子。

只是，到了府中，她不得不又改變作息，雖然不似以往那般刻苦，卯時剛到就起，不過也得早起梳妝、請安、用功，應付父親。

若是以前，她的妝容要處處精緻，一個時辰才弄好。

而現在呢，半個時辰的時間，洗臉漱口梳頭，隨意上上妝，也就湊合過了。

新撥給她的梳妝婢女有些茫然，一腔熱情無處使。

至於用功，她會練一會兒琴，然後假裝在房內讀書，讓十一幫忙看守，她便在閨房裡小憩一會兒。想到原來一世因為日日早起，操勞早逝，這一世她格外愛惜身體。

這天，明秋意準備做些栗子糕。

原來，前兩天離開莊子的時候，明秋意特意去找蓮娘告辭，蓮娘說很喜歡吃她做的栗子糕，若是再甜一些就好了。

明秋意便記在心上，她打算做一些栗子糕，讓十一送去給蓮娘。

她剛做完栗子糕，就有婢女送來太子側妃明良娣的帖子，邀請她明日去東宮敘舊。

敘舊？

明秋意差點沒笑出聲來。

從小到大，她的這位二妹妹明春如對她的敵意，可不是一星半點。

明秋意從小因為聰慧刻苦被父親看重，於是父親重點培養明秋意，意圖就是讓她能與皇室聯姻，提攜家族。

明春如見父親如此看重明秋意，自然是嫉妒的，可惜她雖然樣貌不差，人卻顯得小家子氣，又沒有明秋意的用功和毅力，父親自然不看重她。

這次，明秋意錯失太子妃之位，明春如喜在心頭，聯合母親，終究是說服了父親，讓她嫁入東宮，成為了太子良娣。

前天明秋意回家，發現閨房中許多衣服、首飾都不見了，問起來，卻說是夫人拿給二小姐做了嫁妝。

明秋意倒不是捨不得那些衣服和首飾，只是明春如母女這般做法，顯然是見她如今失勢了，便來踩一腳。

搶走她的物品還不夠，又請她去東宮敘舊，自然是想藉機羞辱她。

可明秋意不得不去。這樣的羞辱，自然是不可避免的。

那些曾經嫉妒她卻無可奈何的人，此後還不得抓緊機會羞辱她？

第二天下午，明秋意帶著十一，如約來到東宮。

明秋意十分熟悉東宮，原來那一世，她在這個地方生活了一段時間。

宮女一路領著明秋意來到小花園的亭子裡，沒想到等著她的不只有明春如，還有張明珠。

哦，是了。

試想，昔日她們嫉妒的明秋意，眼下卻可以被她們踩在腳下，一唱一和輪番羞辱，明秋意完全能理解此時二女心中的激動。

對於即將迎來的遭遇，明秋意很淡定。

「臣女明秋意拜見太子妃，拜見明良娣。」

「秋意，無須多禮，快坐吧。」張明珠十分熱絡的招呼她，實際上，此前張明珠見了明秋意，便會狠狠瞪著她，恨不得眼珠子能飛出刀子。不得不說，眼下這張明珠還挺能裝。

「是啊，姊姊，自從妳去了莊子，妹妹好久都沒見到妳了，聽說妳大病一場，我急得不行。」明春如也附和著。

「是了，我也聽說秋意病了，現在如何了？」張明珠十分關懷的問道。

明秋意也沒坐，又屈膝行禮。「多謝太子妃關心，臣女雖然沒有完全康復，不過已經好多了。」

「那便好，看妳的精神不錯。不過，這衣著打扮，卻顯得樸素了。」

明秋意一來，張明珠和明春如就注意到了明秋意的變化。

她身穿淡黃衣裙，料子也是普通布料，這京師中五品、六品官吏的女兒，都比她打扮得出彩些。

另外，她梳妝明顯不如之前講究，不過一個普通的少女髮式，點綴一些淡紫色絨花，再無其他，面上的妝容也十分寡淡。

這樣一看，明秋意這身打扮，甚至不如這宮裡的宮女了。

「自從臣女大病一場，心力遠不如從前，也沒精力去管這些了。讓太子妃見笑了。」

明秋意這般妝容，張明珠自然是滿意的。張明珠本就生得豔麗，今日又特地仔細裝扮，如此和明秋意的寡淡相比，顯得她更加貌美華貴。

在張明珠身邊，明秋意就如一株毫不起眼的小草。

昔日的敵人，如今是連她的鞋子都比不上了。

張明珠萬分得意，遞給明春如一個眼神。

明春如便開口道：「姊姊，說起來，我都好久沒聽到妳彈琴了，妳的琴音，連皇后都誇讚，今天很想聽一曲呢。」

嗯，原來羞辱在這裡啊。

明秋意此前因為在皇后跟前彈琴出了差錯，損壞了皇后的琴，導致被厭棄，最終失去了太子妃之位，這是人盡皆知的事，也可以說是明秋意人生的重大恥辱。

眼下，明春如又提起這件事，顯然是想刺激她。

明秋意面色平淡，似乎並不在意。「明良娣想聽，是臣女的榮幸。只是臣女這些日子纏綿病榻，琴藝生疏了，怕會讓明良娣失望。」

「怎麼會，妳琴藝那麼好，不過是幾個月沒練習，也不會差到哪裡，本宮也想聽聽。蘇錦，妳去取琴吧……對了，不要取太好的琴。」

明春如聽了，捂嘴笑道：「哎呀，太子妃，姊姊不會再弄壞琴啦。」

這兩人一唱一和，明晃晃地諷刺明秋意。

明秋意心中嘆氣，若是這兩人此計不成，豈不是又要搞別的事情？

看來，她得讓這兩女順心才行。

她只好垂下頭，做出一副愧疚難當的樣子，聲音也略帶顫抖。「臣、臣女這次一定會小心的。」

張明珠和明春如對視一眼，兩人心裡都是滿意與得意。

蘇錦把琴取來，早有宮女在亭子外面擺了一張小桌子和木凳，明秋意便坐在那裡彈琴。

此時已經是臘月，天氣極冷。

張明珠和明春如所在的亭子裡圍了帷幔，又生了炭火，兩人手裡還抱著手爐，自然不冷。

而明秋意呢，卻在亭子前的空地上彈琴，冷風呼呼，她光著手，手都要凍僵了，彈出來的琴音自然也不好。

十一皺著眉頭，卻知道自己沒有資格說什麼。

「唉，姊姊的琴技果然是不如以前了。」明春如嘆了口氣。

張明珠卻說：「本宮覺得還行。秋意，再彈一曲吧。」

此時，明秋意凍得手都快沒知覺了，但是她能拒絕嗎？這次不讓張明珠消氣，下次還不得找她麻煩？

另一頭，太子回來了，與他一同步入東宮的，還有三皇子穆凌寒。

原來，三皇子聽說太子最近得了一對鸚鵡，很感興趣，便向太子討要，太子順水推舟，就把鸚鵡給了三皇子。

太子不喜歡留著這種玩物喪志的東西，免得旁人以為他不用功，沒把心思放在正事上。

太子和三皇子正往書房走去，卻聽到若有似無的琴聲。

太子有些奇怪，這宮中讓樂人彈奏取樂並不稀奇，但是張明珠和明春如在這方面出奇一致，她們並不喜歡讓樂人彈琴。若是琵琶等其他樂器還行，偏偏就是琴，兩人都不喜。

所以，東宮內出現琴聲，讓太子覺得奇怪。

穆凌寒也注意到了。「這琴聲怎麼斷斷續續的，這麼難聽？」

一旁的太監趕緊道：「回稟太子、三皇子，今天太子妃、明良娣邀請明小姐來做客，想來是明小姐在彈琴吧？」

這太監是東宮的管事，因此東宮發生的大小事情都知道，他只忠於太子，所以也不會為太子妃、明良娣遮掩什麼。

這位會彈琴的明小姐是誰，不言而喻。

太子一愣，旁邊的穆凌寒卻一副詫異的樣子。「明小姐？不會是那個明秋意吧？她彈琴原來這麼難聽？」

「回三皇子，小人也不知道是怎麼回事。」

「去看看。」穆凌寒道。

不等太子表態，穆凌寒直接邁開腿，朝琴聲傳來的方向走去，太子只好跟上。

兩人從花園另一側的門過來，張明珠和明春如以及婢女都在掛了帷幔的亭子裡，自然沒有發現側面有人過來。

太子等人一過來，就看到明秋意在朔朔寒風中彈琴，她動作僵硬，一看便知手指凍僵了。

太子瞬間沈下臉。

第六章 臉上糊牆粉

太子、三皇子都是在宮裡長大的孩子，看見這一幕，有什麼不懂的？自然知道是太子妃和明良娣故意欺辱明秋意。

這時，張明珠等人才察覺到太子來了，張明珠知道自己這番作為上不了檯面，本想趁太子出去辦事，折騰一下明秋意，哪知道太子會這個時候回來，還正好看到這一幕。

張明珠和明春如的臉色都變了，趕緊給太子請安。

明秋意也起身屈膝行禮。「臣女拜見太子、三皇子。」

太子還沒發話，穆凌寒已經率先出聲。「還真是明秋意？明小姐，妳彈琴竟然變得這麼難聽？幾個月不見，妳退步得也太多了。」

三皇子語氣十分誇張。

明秋意知道三皇子的個性，吊兒郎當又十分任性，連皇帝都拿他沒辦法。

明秋意也不生氣，只是低著頭。「是臣女無能。」

誰知三皇子卻朝她走近幾步，命令道：「妳把頭抬起來。」

明秋意雖然不知道三皇子要搞什麼鬼，卻也不敢違逆他，只好抬起頭來，結果就看到三皇子站在她幾步之外，直勾勾盯著她，而後大笑一聲。「太子哥，你看，我沒說錯吧，這明秋意去掉臉上糊牆的粉，變醜了好多。」

「……」明秋意既好氣又好笑，她知道三皇子的意思，無非是說她沒有認真上妝打扮，沒之前好看了。

她知道自己的斤兩，並不介意，但是三皇子未免也太不近人情了。況且，她以前是裝扮精緻，但不至於說臉上塗牆粉那麼誇張吧。

太子嘆氣。「三弟，你別鬧了。明小姐，這裡太冷了，妳去暖房暖和一下，吃些熱食再回家吧。」太子說著，看向身邊的管事太監。

管事太監自然明白，立即上前。「明小姐，請跟小人來。」

明秋意知道這是太子給她解圍，便又對眾人行了禮，才跟著管事太監離開。

結果身後三皇子還不依不饒。「太子哥，我沒說錯啊，你看她那身打扮，那臉白灰灰的，多難看啊。」

「……」明秋意心裡狠狠的把三皇子痛罵了一頓。

太子無語。「三弟，你難道看不出明小姐的臉是凍成那樣的嗎？」

張明珠見太子這麼說，趕緊認錯。「是臣妾不好，居然沒發現明小姐受凍了。」

太子冷笑一聲。「沒發現？那妳怎麼坐在暖亭裡？自然是因為妳知道外面很冷。」

太子發怒了。

張明珠和明春如趕緊跪下。「臣妾知錯！」

太子也懶得理這兩個女人，他哪裡不知道這兩人的心思，不過是此前嫉妒明秋意，現在正好折磨她一頓罷了。

「走吧，三弟，去看鸚鵡。」太子沒讓張明珠和明春如起身，卻帶走了穆凌寒。

兩人到了書房門口，穆凌寒就瞧見掛在廊簷下的鳥籠，裡面有兩隻翠綠色的鸚鵡。

「這鸚鵡剛送來沒兩天，伺候牠們的人也沒來得及教牠們說話。」太子指著鸚鵡道。

「那太好了，我親自來教。我得好好想想，教教牠們什麼。」穆凌寒十分欣喜，走過去把籠子取了下來。

太子搖搖頭。「你啊，還是用點心在正事上，父皇打算給你娶妻了，等你大婚之後，你也是要為朝廷做事的。」

「娶妻？我才不要。」穆凌寒搖頭，想起剛才在花園裡瞧見太子妃和明良娣，忍不住皺眉頭。

那樣的妻子，要了只會讓他生氣。

「太子哥，你忙吧，我走了。」穆凌寒忽然道。

「這麼急，不留下來用飯？」

「不了，我得趕緊回去教鸚鵡了。」穆凌寒急急離開。

明秋意和十一在暖房裡休息了一會兒，又喝了熱湯，身子立刻暖和起來。

明秋意想告辭，可眼下的情況，她也不好去跟太子、太子妃親自告辭，便對管事太監道：「今日臣女打擾太久了，眼下精神不濟，不敢再去打擾太子和太子妃，請公公代我向太子和太子妃辭行告罪。」

十一掏了一塊碎銀子給管事太監。

管事太監笑咪咪的收下。「小姐放心，我一定把小姐的話帶到。」

明秋意和十一出了東宮，又一路步行出皇宮，明府的馬車就停在宮門外。

走這一段路不短，明秋意被冷風又吹了一陣，腦袋有些疼，她怕是真的傷寒了。

十一扶著明秋意上車，這時後頭傳來一個聲音。「明小姐、明小姐！」

明秋意回頭，見到一個沒看過的小太監。

「明小姐，這手爐請您拿著。」

明秋意一愣，她帶來的手爐早已冷了，剛剛也不好意思讓東宮的太監換一個，沒想到這個小太監卻送來新的手爐。

明秋意以為是太子授意，並不想接受。「替我謝謝太子的心意，但是我有手爐，便不需要公公的了。」

結果小太監卻瞪大眼睛。「不是太子，是三皇子讓我送來的，小姐快收下，我還得趕緊回去教鸚鵡說話呢。」

小太監飛快的把手爐塞到明秋意手裡，不等她再拒絕，就一溜煙的跑了。

三皇子？他怎麼會給自己送手爐？

明秋意很懵，但那小太監跑得太快了，一眨眼就跑回宮門內，她也不好再追過去了。

她只能拿著手爐上了馬車。

穆凌寒得到一對漂亮的鸚鵡，便沒再出宮玩鬧，這幾天都待在東五所，興致勃勃的教鸚鵡說話，誰知還沒得意兩天，就被皇帝知道這件事，派人把他喊去問話。

這幾年皇帝身體每況愈下，朝廷裡許多事都漸漸交給太子打理，當然，其他幾位王爺，例如二王爺、五王爺、六王爺也有分擔，除了三皇子。

「你年紀不小了，你五弟、六弟比你小都成親了，也能在朝廷裡做些事情，可你呢，怎麼還讓父皇這麼操心。」

「是兒臣無能。」穆凌寒立即認錯。

「你次次認錯，可你改過嗎？」皇帝很無奈。

「父皇為何要我改？您不是已經有了太子哥，有了二王爺、五王爺、六王爺這樣滿意的兒子嗎？」

「那你為什麼不能和你二哥他們學習呢？」皇帝氣結。

「我為什麼要和他們學習？等太子哥登基後，他們一個個還不得來學我，當個閒散懶人，何必辛苦這幾年？不如我，早玩樂早開心。」

二王爺、五王爺、六王爺等人，若是日後能當個閒散王爺還算是好結果，只怕以後命都難保。

等太子登基後，如何能容得下能幹有野心的王爺？比如皇帝的兄弟，眼下一個好好活著的都沒有，除了一個瘋王爺蜀王。

皇帝目瞪口呆。

穆凌寒的話可以說是大逆不道，但卻是實打實的真話。

這些問題，他身為皇帝怎麼可能不知道呢？來日太子登基後，便會鞏固自己的權力，那些分權的王爺，必然成為新帝的敵人。

而他身為父親，自是不想看到手足相殘，但他也不能做什麼，他不能封了太子之位後，又去提攜其他幾個兒子。他只能扶持太子一人，其他皇子的死活，皇帝管不了。

皇家就是如此冷酷無情，生為皇子，就必須把兄弟當敵人。

倒是像三皇子這樣懶散之輩，對太子將來沒威脅，搞不好還能有個好下場。

「……唉！」皇帝嘆氣，默認了穆凌寒的言論。

「可凌寒你也不能太過分啊，朕想過了，這些日子，給你娶個媳婦，也給你封個王，你想過什麼樣的日子便去過，朕也不管了。」

這才是皇帝這次叫穆凌寒來的原因，三皇子都二十一了，該大婚了。

「父皇，兒臣的脾氣，您很清楚，我的妻子只能我自己選。若是您選我不喜歡的，我也不會要。」穆凌寒一點都不怕激怒皇帝。他一向是這樣，有什麼說什麼，惹得皇帝不高興了，就把他打一頓，蝨子多了不怕癢，穆凌寒被打多了，壓根兒不怕。

這也是皇帝覺得三皇子最特別的地方。

別的皇子都戰戰兢兢，生怕做錯事，惹他不高興。可三皇子從來不會，每次都能把他氣得半死。

「朕的指婚，你不要也得要。」

「那我就逃婚。」

「你敢?!」

穆凌寒跪在那裡，抬頭看皇帝，雖然他沒說話，但是皇帝在他臉上讀到了幾個字：你看我敢不敢！

「……你這孩子，你是不是想把朕氣死？」

「兒臣不敢。」

「你想怎麼樣？」

「兒臣的想法很簡單，只想和母妃一樣，和自己喜歡的人在一起。」穆凌寒提到了母妃，就是踩在皇帝的痛處上。

穆凌寒的母妃柔妃是宮中少見的真性情女子，她對皇帝的真情，讓皇帝很受用。柔妃受寵了五、六年，也生下了三皇子，皇帝甚至答應她，有了她之後，宮中不會再納新人。

但是，這種話自然是兩人柔情密意時隨口說的，幾年後，皇帝又看上了一個新人，選入宮中為妃。

柔妃勃然大怒，痛罵皇帝食言，沒多久跳水而死。

皇帝又怒又無奈，他不能理解柔妃為何如此性烈，為何要如此相信他無心的一句戲言，連帶著對寵愛的三皇子也冷淡了。

於是，沒人管的三皇子，漸漸就變成了現在這副吊兒郎當的樣子。

穆凌寒陡然提到柔妃，皇帝有些難過，最近他身體不行了，知道大限將至，他越來越常想起柔妃，也越來越理解柔妃。

因為她是一個簡單、至純至性的人，才會把每一句話當真。她不知道有些話能信，有些話卻是不能。

而三皇子和他生母還是挺像的。皇帝都不忍苛責三皇子了。

「好，那你得盡快。趁朕還活著，選定喜歡的女子，讓朕為你指婚。」

穆凌寒高興的磕頭。「謝父皇，兒臣一定會盡快的。」

皇帝差點沒氣死。還真擔心朕死了，沒人給你指婚？這大逆不道的兒子！

「來人，三皇子大逆不道，拖下去打二十板子！」皇帝哭笑不得。

皇帝身邊的內務總管金公公也是人精，立即找人把穆凌寒帶下去打板子，不過，那板子高高舉起，卻輕輕落下，打得雖然響亮，卻並不重。他可是很清楚，皇帝雖然表面上對這個兒子不喜，心裡卻還是疼惜和愧疚。

穆凌寒也配合，一聲聲叫得淒慘。

挨了二十板子，穆凌寒屁股受了點小傷，他興許是鬧脾氣，也不回東五所好好休息，又坐著馬車跑到宮外了。

他確實該盡快給自己找個妻子，大婚封王，然後去封地。

他不想留在京城，與皇家親戚打交道的日子，他受夠了。

穆凌寒趴在馬車上，忽然聞到一陣香味，且這個香味……有些熟悉。

「石頭，去看看。」

石頭讓車夫停下馬車，他四處看看，只見前面不遠處有一間糕點鋪。

「公子，是糕點鋪。」

「我就說呢，去，給我買點栗子糕來。」

「是。」

「還有，幫我帶個口信給老張，我要他替我辦點事。」

「是，公子。」

那日明秋意從東宮回來後就得了傷寒。

這次是真病，她連病幾日，連父親的壽宴也沒辦法出席，只能讓人把自己準備好的禮物送去。

這也是一件好事，父親的壽宴請了不少人，若是遇到一些昔日的熟人，又免不得被冷嘲熱諷。雖然明秋意不在意自己當不了太子妃，但她也不喜歡被人罵啊。

而且趁病，或許可以和父親提再回梅莊的事情了。

隔天，明秋意一早便去給父親請安。

明太傅對她倒是溫和親切。「秋意啊，妳病著呢，怎麼一早來我這裡請安？先把病養好才重要。」

父親的態度讓明秋意心裡打鼓，她太瞭解自己的父親，若非自己又有了利用價值，父親如何會用這般態度對自己？

「女兒無事，只是女兒這病也不知什麼時候能好，想著女兒已經習慣住在梅莊，若是能去梅莊養病……」

明秋意還沒說完，就被明太傅打斷。「回梅莊做什麼？妳好好養病，父親已經為妳物色了一門好親事。」

明秋意大吃一驚，父親的動作也太快了吧！她也計劃著找個合適的夫君，不求多厲害，只求能一世安穩度日，夫妻和睦，兒女圍繞。

結果父親直接就給她定下了？

「父親，這會不會太急了？」

「急什麼？像妳這般年紀，別的女子都生幾個孩子了。妳明年就十八歲了，今年定下來，明年出嫁，正合適。」

看來父親已經做了決定，明秋意如果現在反駁，只會惹得父親生氣，不如先看看情況，再想辦法攪黃這件事。

「女兒讓父親操心了，不知對方……」

「吏部尚書之子，章簡。」

明秋意放了心，這個章簡是吏部尚書的小兒子，將來是一位碌碌無為之輩，並沒有什麼出息，日後只因為父親的幫襯，在吏部做了個小官。

不過，原來那一世，他卻娶了一個凶悍的老婆，章簡因為怕老婆出名，在後宮的明秋意有所耳聞。

若是這樣的夫君也許不錯，日後也不許他納妾，一家人和和美美過日子，她也會對他好。

「女兒覺得如何？」明太傅看明秋意的神色並不排斥，有些放心了。

「但憑父親安排。」

「好，妳好好養病，等妳身體好些了，和章公子見一面，互相認識，之後便可談婚論嫁了。」

第七章　搗亂

養了好些日子，穆凌寒的屁股終於好了。

這晚，他正在教鸚鵡說話。「說，栗子糕。」

忽然，一道黑影從窗戶閃了進來。

「公子。」張元抱拳行禮。

「有結果了？」

「是，正如公子預料的一樣，明太傅已經迫不及待為明小姐挑選夫婿，定下的是吏部尚書的小公子，章簡。」

「章簡？嘖，這種喜歡去青樓的人，難道比我好？」穆凌寒皺眉。

「這種人怎麼可以和公子相提並論，雖然公子也喜歡去青樓，但是從來不留宿的。」

「……總感覺不像是誇我。」穆凌寒更不高興了。

張元趕緊轉移話題。「明太傅與吏部尚書約好，過幾日，明小姐和章簡會去京郊梅林賞梅。」

「賞梅？」穆凌寒搖頭。「這麼冷，她不是還病著嗎？」

「明太傅自然是不會關心這麼多的。」

「那只好我去關心了。」穆凌寒嘆息道。

「公子，您確定要娶她嗎？」

「還不是很確定，但是在我確定之前，她不能和別人訂婚。」穆凌寒語氣霸道。

「……」張元嘆氣，被公子看上不知是好事還是壞事呢。

「栗子糕！」鸚鵡學會了這個詞，叫了一聲。

穆凌寒立即眉開眼笑。

這天下午，章簡才剛出門，就遇到了三皇子。

「章簡，走，一起去芳香樓喝一杯。」穆凌寒騎在馬上，朝著章簡招呼。

章簡本是在家閒著無聊，想出去逛逛，既然三皇子約他，他也不好拒絕，便也騎上馬，跟著穆凌寒去了花街。

他們在芳香樓包下一間雅間，兩人一邊喝酒，一邊欣賞美人跳舞唱歌，而伺候章簡的那名美人，一個勁兒地勸酒。

章簡喝了一杯又一杯，頭腦暈暈的。

他想起父親的吩咐，明天要去梅園賞梅，和明家小姐見面，便搖頭拒絕。「三皇子，我真的不能再喝了，再喝我就醉得太厲害了。」

「醉了便在這裡歇上一晚，有美人陪伴，豈不美哉？」穆凌寒也喝了酒，卻不像章簡那般醉醺醺的，他神色如常，像是一點沒醉。

「不成不成，我明天有事，得去相看我未來的夫人……」

穆淩寒臉色一沈，看向章简旁邊的美人小桃，小桃立即會意，又給章简倒了滿滿一杯，湊到他嘴邊。「章公子，你不肯喝酒，是看不起小桃嗎？」

穆淩寒也一改往日的嬉皮笑臉，神色冷然。「看來章公子也不給我面子啊。」

章简嚇了一跳，雖然三皇子平日只懂吃喝玩樂，被皇帝厭棄，但畢竟也是皇子，他可不敢得罪，只好道：「我喝、我喝，今天我就和三皇子不醉不歸。」

沒多久，章简就喝趴了。

「小桃，接下來就看妳了，明日午時之前，章简不許離開妳的房間。」

小桃扶著章简，低頭道：「三皇子請放心。」

穆淩寒得意一笑，抬腿離開了房間。

明秋意休息了幾日，病已經好得差不多了。

這日，章简約她去賞梅。

梅園就在城外不遠處，原本是富商的一處私人林地，但是眼見很多達官貴人喜歡來這裡賞梅，便開放給達官貴人，巴結的同時也得了個好名聲。

明秋意今日倒是花了不少心思，她一早起來，便讓梳頭婢女阿來給自己仔細上妝，認真梳頭。

連日來無用武之地的阿來抑制不住的激動。

之前小姐不上心打扮，並不知道她的本事，阿來這次卯足心力，要讓小姐知道她的手藝。

果然，打扮完畢，明秋意誇讚了一聲。「不錯。」

阿來開心的瞇起眼。「多謝小姐誇獎。」

明秋意選了一件白色繡花短襖和紅色繡花下裙，外面穿了一件白色毛領披風。

裝扮完畢，明秋意照照鏡子，自信這幾分顏色拿下章簡小公子足夠了。

她又抱著手爐，帶著十一出了小院，一路走到明府大門。

她的弟弟明朗已經在這裡等著。

孤男寡女自然不好相會，所以這次去賞梅，父親吩咐兒子明朗和大姊明秋意一起去。

明朗和明春如都是繼母的孩子，自然也和他母親、妹妹一般，不待見明秋意。

「這麼慢，快點上車吧，別耽誤了時間。」

明朗對姊姊並不客氣，畢竟如今他的妹妹已經是太子側妃，自然也不必再看明秋意的臉色。

明秋意並不在意，和十一一起進了馬車。

明朗騎馬在前面領路，前往郊外的梅園。

到了梅園，馬車停在外面，三人順著石子小路一路走到園中的亭子。

章尚書提前就告知園子的主人今日要來遊玩，那主人也很盡心，在亭子裡圍了帷幔，又燒了炭火，準備了很多吃食，明秋意和明朗在亭子裡坐著吃些東西，也不覺得冷。

亭子周圍都是紅色的梅花，地面上還有一層薄雪，白雪紅梅，猶如畫中。

等了兩刻，明朗有些不耐煩了。

「那章簡怎麼回事，怎麼還不來？」

本來陪明秋意過來，他就不太樂意。這天寒地凍的，誰願意在這裡耽誤時間？

明秋意也不太高興，既然雙方約定了時間和地點，哪有讓她在這冰天雪地等的道理？

「再等等看吧，或許章公子因為什麼事耽誤了。」

明朗卻冷笑一聲。「若是有心，怎麼會耽誤？看來這章公子對姊姊不甚在意。也是，現在京中那些富貴公子，也沒幾個敢來招惹姊姊。」明朗藉機挖苦明秋意。

明秋意低頭不語。

又過了一刻，忽然有腳步聲傳來。

明朗以為是章簡。「現在才來，真是耽誤時間。」

誰知那兩人走到面前，明朗和明秋意才發現並不是章簡，而是三皇子！

穆淩寒帶著隨身侍衛石頭，慢悠悠的朝他們走來。

姊弟倆趕緊起身行禮。

「在宮外不必客氣。對了，明朗，你們在這裡做什麼？吹冷風嗎？」每次三皇子說話總能氣死人。

明秋意低頭抿嘴忍住笑。

「……不是，三皇子，我們在這裡是約了人的。」明朗趕緊說，誰沒事會跑出來吹冷風啊，吃飽了撐著嗎？

「誰啊？」穆凌寒追問。

明朗也不敢隱瞞，畢竟章簡可能隨時會來。「章簡，吏部尚書之子。」

「你們在等他？」穆凌寒一副驚訝的樣子。「那你們是等不到他了。」

明朗疑惑。「三皇子為何這麼說？」

「哦，今早我從皇宮出來，路過芳香樓，聽到裡頭的嬤嬤說章簡昨晚夜宿芳香樓，要了三個美人相伴，今日都很難下床了。」

「……」明朗一時不知說什麼好，三皇子這些話十分孟浪，本不該當著明秋意的面說，可三皇子就是這麼一個不顧禮法的人，他嘴裡說出什麼都不奇怪。

明秋意畢竟是活過一世的人，一下子懂了。

她不禁皺眉，沒想到章簡年紀輕輕，竟然是這樣的人?!

即便她日後能拿捏得住章簡，可習慣在外面招蜂引蝶的人，又如何能安心待在家？

這種人怕不是良配。明秋意推翻了想要和章簡成親的念頭。

穆凌寒看向明秋意，見她皺眉思慮，顯然嫌棄章簡，心中竊喜，又趕緊補充一句。「章簡也真是胡鬧，我平時偶爾去芳香樓頂多喝酒，從不會留宿。」

「……」明朗啞然，心想三皇子解釋這個幹什麼？當著黃花閨女明秋意的面，這些話還是少說些吧。

明朗又趕緊誇讚。「三皇子自然是潔身自好的。」

穆凌寒滿意的點頭。「既然章簡來不了，你們也不必等他了，正好我也沒事，咱們就聚一聚吧。」

穆凌寒說著，走進亭子，一點不避諱的在明秋意身邊坐下，又讓姊弟兩人坐下。

這時，穆凌寒瞧見桌上放著一個木盒，這沒有花紋雕刻的樸素木盒，他見過很多次了，立即明白這裡面是好吃的，還是明秋意親手做的。

他心中哼了一聲，幸好今天他設計打發了章簡，否則那傢伙也配吃明秋意親手做的糕點？

「這是什麼？」穆凌寒明知故問。

明朗並不知道裡面是什麼，他看向明秋意，明秋意只好回答。「是臣女做的栗子糕。」

「哦，我嚐嚐。」

不等明秋意邀請，穆凌寒直接打開盒子，果然見到裡頭放了八塊栗子糕。

他直接拿了一塊，扔進嘴裡。

呢？

「……」三皇子未免也太不客氣了。明秋意嘆氣，不過反正章簡不來了，誰吃不是吃

三皇子想吃便吃吧。

再說了，三皇子脾氣一向如此，相比之下，幾個皇子之中，三皇子其實才是真正的聰明人。

原來那一世，太子登基後疑心重重，其他幾位王爺的日子不好過。

反而是三皇子，先帝駕崩前，封了三皇子為閒王，賜給他西境陝西那一片貧瘠之地，於是閒王跑到西境吃喝玩樂，以至於新帝登基後對他倒是寬容。

穆凌寒一邊咬著糕點，一邊打量了一下明秋意，忽然發現今日她的妝容又變得精緻許多，連衣服都頗為講究，在這雪地臘梅林中，一身紅白衣裙，十分應景，又越發顯得美人柔弱，令人忍不住憐惜。

這一身裝扮自然是為了給章簡看的。

穆凌寒一下子心頭冒火，連嘴裡的栗子糕也變得難吃起來。

他皺眉道：「難吃。」

「……」

明朗無語，這三皇子也太不懂禮了，自己要吃又說不好吃，還真是一點禮數都不講。

明秋意卻並不惱，低頭道歉。「是臣女廚藝不佳。」

穆凌寒皺眉，似乎怒氣不減。

這時，他袖子裡忽然有了動靜，一隻幼貓般大小的白毛動物，身子細長，從穆凌寒袖子裡慢慢爬出來。

牠努起鼻子四處嗅，一個輕鬆跳躍，跳到了桌子上，爬到食盒旁邊，用兩隻前爪捧起一塊栗子糕啃了起來。

是一隻雪貂！

明秋意原先有些驚嚇，但是看到雪貂如此可愛，忍不住露出驚喜的神色。「這是雪貂啊。」

看到明秋意很喜歡雪貂，穆凌寒也笑了。

「是的，我養的。」他特別自豪的說。

「……」明朗內心無語，看來傳聞說三皇子天天吃喝玩鬧，喜歡養小動物取樂是真的。

明秋意卻沒想那麼多，她認真的瞅著吃栗子糕的雪貂，只覺得這小傢伙可愛極了。

「小白很喜歡妳的栗子糕。」

其實穆凌寒經常餵雪貂吃栗子糕，牠都吃上癮了。

「牠的名字是小白啊？真可愛。」明秋意忍不住誇讚。

「以後小白想吃栗子糕了，我就讓人去找妳要。」穆凌寒又補充一句。

「……」

明秋意懵了，三皇子還真是一點都不講人情世故，她又不是專門做栗子糕的廚娘，再說，她一個未出閣的姑娘，三皇子怎麼能隨口說去找她討要栗子糕呢？

這聽起來，就像是……就像是她今天要相看的人，是三皇子一般！

明朗尷尬得都不知說什麼好，但是想到三皇子的個性，應當是沒別的意思，只是霸道慣了。

雪貂啃了一塊栗子糕後，似乎飽了，蹲在桌上舔著兩隻前爪，明秋意越看越覺可愛。

穆凌寒在一邊看她兩眼放光的樣子，更加得意了。「看看可以，不許動手摸。」

「……」這三皇子未免太過於小心眼了，她摸一下又怎麼了？還特意提醒她不能摸。

明秋意只好按捺住想要撫摸雪貂的衝動。「是。」

「三皇子一定是擔心雪貂傷人，三皇子善心。」明朗為三皇子解圍，希望博得三皇子的好感。

「不是。」穆凌寒翻了個白眼。「我的雪貂性格溫順，物似主人，根本不會傷人。這是我的雪貂，旁人當然不能觸碰。」穆凌寒否認了明朗的解釋。

「……」明朗恨不得自己變成啞巴，真是好心當成驢肝肺，他再為三皇子說一句話，他就是豬。

明秋意相信這麼可愛的雪貂不會傷人，不過雪貂的柔順和三皇子有關嗎？這物似主人……也太牽強了吧。

沒多久，穆凌寒把雪貂拎回衣袖裡。「不是來賞梅的嗎？怎麼光顧吃吃喝喝了呢？趕緊起來走走吧。」

明朗眼角抽動。

吃吃喝喝的人，好像是三皇子吧……

既然三皇子發話，大家也只好從命，起身前往林中賞梅。

明秋意並不想去，雖然梅花好看，但是實在太冷，她覺得在亭子裡觀賞就好，可眼下也只能硬著頭皮跟著三皇子賞梅。

穆凌寒起身，給了侍衛石頭一個眼神。

石頭垂首，等穆凌寒、明秋意和明朗三人往梅林走，便跟在幾人後面，隨後又有明家姊弟帶來的僕從跟隨。

梅林自然極美，腳下是白雪，配上紅梅的血色，十分鮮豔奪目，可明秋意卻越發覺得冷。

只怕這次賞梅回去，她又要病了。

忽然，她右腳膝蓋窩一疼，一下子就失去了平衡，往穆凌寒的方向倒去。

穆凌寒眼明手快，恰巧把明秋意抱到了懷裡。

第八章　誰是主謀

明朗看到這一幕，不禁驚呆了。

即便不喜歡長姊，他也知道這個動作不合禮法，三皇子怎麼可以直接把長姊抱到懷裡呢?!

若是惹出什麼不好的傳聞，那可是會給整個明家丟臉的！

「長姊，妳怎麼了？」明朗趕緊開口。

「我的腿……好像扭傷了。」明秋意不知道自己的腿是怎麼回事，怎麼會突然很疼。

「既然如此，我來抱長姊吧。」明朗打算從穆凌寒懷裡接過明秋意。

但是穆凌寒並沒有放手。「算了，我來吧，看你那文弱的樣子，等下姊弟兩個一起滾到雪地就不好了。」

他說著，直接打橫抱起明秋意。

明朗來不及去想自己怎麼文弱了，只覺得這樣非常不妥。

明秋意也開口了。「請三皇子把我放下，男女授受不親……」

「不放。」三皇子道。

「……」

這到底是個什麼樣的人啊？明秋意腦殼疼，這人無論是說話做事，從不按照牌理出牌，她就算七竅玲瓏，似乎也拿這個人沒辦法。

「妳腳傷了不好走，妳弟弟抱不動妳，只好由我代勞。」穆凌寒一副善人口吻。

可我並不需要啊！明秋意在內心吶喊，不敢掙扎，怕三皇子做出更過分的舉動。

而明朗內心糾結的跟在他們後面，他什麼時候那麼文弱了?!

穆凌寒抱著低頭沈默的明秋意走了一會兒，才走到馬車停靠的地方，他把明秋意送了進去，十一趕緊跟上去扶明秋意。

明秋意胸口跟揣了隻兔子一樣，怦怦跳得都不能呼吸了，幸好三皇子只是把她放到馬車上，沒有跟進來，看來他多少還算講一些道理。

明秋意鬆了一口氣，今日這事，旁邊也沒外人，三皇子自己應該不會大嘴巴亂說吧？

「明朗，快送你姊姊回去吧。」

「……是，三皇子。」

等目送明秋意的馬車走了，穆凌寒忽然記起。「對了，那盒栗子糕還沒吃完。石頭，趕緊去取來，別便宜了這梅園的下人。」

「嗯？」

「是……三皇子，有件事，屬下覺得還是應該告訴您。」

「剛才屬下扔石頭，那明小姐的婢女似乎看到了……當時她在屬下身側，她用很震驚的目光看我。」

「無妨。她那麼聰明，婢女沒看到，她也會猜到的。」穆淩寒並不在意。

石頭心中無奈。那您還讓屬下這麼做？豈不是讓明小姐生厭！

馬車上。

等馬車走出一段距離，十一就把剛才看到的告訴了明秋意。

「小姐，我看得很真，就是三皇子那個侍衛對您的小腿扔了顆石頭。」

「……」

明秋意詫異又懵懂，三皇子到底想幹什麼？難道她什麼時候得罪了三皇子而不自知，因此三皇子故意設計讓她損失名節？

不過本朝雖然注重男女禮法，但是腿傷被抱一下，也不是什麼羞愧難當的事。

難道是想占她便宜？可三皇子不是嫌她醜嗎？

等明秋意回家撩起裙子一看，她的右腳膝蓋窩下面瘀青了一塊，雖然不是很疼，但也非常不舒服。

明秋意氣得罵了三皇子一晚上。

沒多久，章簡夜宿青樓的事就傳得沸沸揚揚。

富家公子夜宿青樓本不是什麼大事，不值得如此熱鬧，可章簡卻沒有帶銀子，還一夜點了芳香樓三個最美的姑娘，喝了好幾罈最貴的酒，到了中午一結帳，章簡的錢根本不夠，青樓嬤嬤就親自押著章簡去章家要錢。

這事情不知怎麼一下子傳開了，章簡成了大家的笑柄，連帶著他的父親章大人也跟著沒臉，好幾日去上朝都抬不起頭來。

而明秋意和章簡的婚事自然不了了之，明太傅的長女不可能嫁給章簡這種聲名狼藉之人，而章簡名聲敗壞，仕途也沒了指望，明太傅可不想浪費一個女兒。

這件事讓章大人十分憤怒，夜宿青樓這事雖然不是好事，但對男人來說也不算大事，如此傳得沸沸揚揚，似乎是被人算計了。

於是，章大人讓得力手下前去調查。數日後，那手下也調查出了一些眉目。

「當天和小公子一起喝酒的是三皇子，但是三皇子喝到一半就走了。」

「三皇子？不太可能，若是三皇子做的，他不會這般大張旗鼓的請簡兒喝酒，如此明目張膽，豈不是不打自招？雖然三皇子是草包，但是不至於這麼蠢。」章大人搖頭。

手下也跟著點頭。「大人高見，小人也是這麼認為的。小人去問芳香樓三個姑娘，她們只說那人給了很多銀子，讓他們留住小公子，並且一直蒙面，她們也不知道那人是誰，而且那人還威脅嬤嬤說他的主子位高權重。嬤嬤害怕，只得按照那人的要求辦事。」

「位高權重？」章大人似乎有目標了。

位高權重並且不怕得罪他的，那自然是比他還有權勢的人了。

他的上面有三公，還有皇子……

「是太子嗎？他和三皇子關係好，三皇子又是個草包，被太子攛掇當刀子也是有可能的。」章大人分析。

「大人高明。小人還聽說，太子大婚後和太子妃不睦，似乎對明秋意念念不忘。太子妃是皇后選的人，實際上太子喜歡的是明秋意，這是大家都知道的。」手下又補充說。

章大人恍然大悟。「這就說得通了。太子還惦記著明秋意，或者打算登基後再讓明秋意進宮，他知道簡兒和明秋意的婚事，便設法拆散！」

「正是如此。」

「可惡！明宣那狗賊，對這件事必然是知道的，既然太子還惦記著他的女兒，又何必來找我結親？害了我簡兒！」

章大人憤怒不止，心裡盤算著，一定要從明太傅身上討回來。

這件事後，明秋意又過上了安逸日子。她不知道章簡是被誰算計的，但是卻萬分感謝這個人，讓她看清了章簡的真面目，也讓父親暫時打消把她嫁出去的念頭。

不過，這件事確實讓她警醒，與其讓父親為她選擇夫君，她倒不如自己選。

只是，選誰呢？

除夕，人們都在慶祝全家團聚。

宮中也如往常一般，舉辦了家宴。

帝后、妃嬪、公主和皇子全都到了，一起慶祝佳節。

誰知當晚三皇子卻悶悶不樂，皇帝問起，三皇子說思念故去的母妃。

此言一出，全場鴉雀無聲。

柔妃是宮中的禁忌，因為柔妃投水自盡是大逆不道、有負皇恩的事，且柔妃自盡的原因，還是因為皇帝寵幸了新人。

這個原因別說擱在皇帝身上，放到民間普通人家，都難以理解。

因此，柔妃的死讓皇帝勃然大怒，認為她自盡得毫無道理，從此，柔妃也成了宮中禁忌，不許再提。

三皇子平時任性胡鬧，皇帝都是小懲小戒，而眼下在除夕宮宴，皇帝身體岌岌可危的情況下，他居然如此大逆不道的提及柔妃，讓皇帝差點昏厥。

一怒之下，皇帝下令重重打了三皇子三十大板，並且把他逐出皇宮。即便太子求情，皇帝也不肯原諒三皇子。

可三皇子並沒有封王，他在宮外沒有王府，皇帝也沒有在宮外賜他府邸，也就是說，逐出皇宮的三皇子，壓根兒沒住處。

而三皇子雖然平日月例不低，但他吃喝玩樂花盡銀兩，也無錢購買府邸。幾個有府邸的王爺平時跟三皇子關係不好，根本不會收留，而那些臣子官僚，也不想給自己惹上麻煩。

誰也不想巴結一個無能且觸怒皇帝的皇子。

最後還是太子出面，在皇宮附近買了一處宅子，讓三皇子居住養傷。

一個皇子流落到這個地步，也是夠悲慘的。

大年初一，明府一家人吃著飯，一邊聊著這件事。

對於三皇子的遭遇，明秋意卻不像父親和弟弟那般覺得他是咎由自取，反而有種同情，甚至欽佩他的感覺。

回房後，她心中感慨無處發洩，忍不住和十一說了起來。

「十一，其實柔妃的事情，我知道很多。」原來那一世，她身為皇后，聽過很多關於柔妃的事情。

「很多人不能理解她為何要自盡，僅僅是因為皇帝有了新人？其實我能明白，她是把皇帝當成了自己的夫君，並且深愛著自己的夫君。所以皇帝寵幸新人，她才會痛苦自盡。」

十一似懂非懂。「也對，以後我的夫君，只能有我一個媳婦。」

聽十一這麼說，明秋意的心情好多了。雖然十一不太機靈，但是觀念卻和她很相近。

「十一好志氣，以後我一定會為妳找一個好夫君。」

「謝謝小姐。」十一一點也不害羞。「不過，如果我的夫君想要別的女人，我也不會自盡的，我不好過，自然也不會讓他好過。」

「可柔妃的夫君是皇帝，她如何能反抗？」

「這麼說來，找夫君就不能找太厲害的？」十一一下子掌握了精髓。

明秋意哈哈大笑，心想這十一也太合她心意了，她就是想找個不厲害的、好拿捏的夫君平平淡淡過日子。

「三皇子其實也是性情中人，我相信他並不傻，知道除夕宮宴提及柔妃會觸怒皇帝，他只是為母親不平而已。」明秋意又說。

十一恍然大悟。「這麼說，三皇子沒那麼壞，起碼他很孝順，甚至不怕得罪皇帝。」

「他或許只是個性不好，卻並不是壞人。妳忘了嗎？上次我在東宮受凍，其實是三皇子解圍的。」

「他明明是嘲笑小姐醜。」十一想到這個就有氣，三皇子好幾次說小姐醜了。

「其實不是的，他說那些話是助我脫困，而且之後他還讓人送來了手爐。」這麼一分析，明秋意自己都覺得三皇子是個不錯的人了。

「哇，那三皇子其實對小姐還挺好的，但是他幹麼讓人用石頭打小姐？」

「……」明秋意啞然，也有點不解。

「三皇子現在情況不好，雖然太子給他置辦了宅子，但是他觸怒皇帝，京中的人大多都是趨利避害的小人，現在對三皇子避之不及。聽父親說，他這次被打得傷重，得好好治療。」不管怎麼樣，三皇子也是幫過自己的，明秋意決定要回報一下三皇子。

「十一，妳明天帶著銀子去找唐大夫，請他去看看三皇子的傷。妳記得戴上面紗，也別透露妳的身分。」

十一點頭。「奴婢知道，不能露臉，不能洩漏身分。」

次日一大早，十一就去找唐清雲。

唐清雲聽了十一的要求後，神色複雜。「妳讓我……去給三皇子看傷？」

「你不敢嗎？我這裡可是五十兩銀子。」十一掏出一袋銀子。

「有什麼不敢的，別人怕觸霉頭，我不怕。不過三皇子這樣的人，妳家小姐為什麼會請大夫給他看傷？三皇子可是觸怒了皇帝，被趕出皇宮的。」唐清雲萬分好奇。

「我家小姐說他不是壞人，也就是說，他是好人。」十一想了想後說道。

「……好人?!」唐清雲差點跳起來。「天！我第一次聽到有人說三皇子是好人！妳家小姐果然是個奇女子。」

「什麼？」十一生氣了。

「不不，妳家小姐不同凡響，難怪……」難怪會被三皇子看上啊。

第九章　他不是壞人

拿了十一的銀子，唐清雲當天下午就翻牆進了穆凌寒如今的住所。一處二進的宅子，不算差，但是對於皇子來說也是夠慘，京師稍微富貴之人，都住得比穆凌寒好。

這也不能怪太子小氣，太子哪有那麼多錢給三皇子買宅子呢？即便他真的有，也不好明目張膽的拿出來，不然可不是太子貪污了？

唐清雲直接走到後院。

宅子裡沒什麼僕人，只有三皇子的貼身侍衛石頭，以及小太監袍子。

石頭見到唐清雲也不意外。「唐大夫，三皇子在裡面，請進。」

唐清雲推門走進去，便看到穆凌寒光著屁股，袍子端著一盒藥膏，正給他上藥。

這次穆凌寒傷得還真不輕。以前皇帝打他，不過是意思意思，總管太監也會給執行的侍衛暗示。

但是這一次，皇帝是真怒了，直接命人要狠狠的打，誰敢放水便跟著一起挨打。因此，這次侍衛不敢再放水，實打實的三十大板，打得穆凌寒皮開肉綻，幸虧他身體好，否則打死都是有可能的。

這大年初一，三皇子穆凌寒就在這破舊的宅子裡，拖著被打爛的屁股，可憐兮兮的趴在床上讓人上藥。

這屋裡清冷，連炭都沒燒。

唐清雲皺眉。「怎麼不燒炭？你本就受傷，身體虛弱，若是傷寒就麻煩了。」

聽到有人來了，穆凌寒趕緊讓袍子把他的屁股遮住。

「老唐，你來做什麼？沒事別來我這裡，省得惹上麻煩。」穆凌寒顯然被打慘了，聲音也沒往常那股輕浪勁兒了。

「你以為你屁股香，沒事我來聞聞？若不是別人給了我銀子，我才不來。」唐清雲掀開被子，仔細去看穆凌寒的屁股。

穆凌寒不好意思，只是這次傷重，要好好治療，便忍著不適，讓唐清雲看。

「給你錢？誰給你的？」穆凌寒納悶。

「你猜。這個人，你絕對猜不到。」

「這京師的人都看不上我。他們先前就遠離著我，此時更不會自找麻煩。我的那些狐朋狗友眼下也不會湊上來，落井下石是常態，雪中送炭太艱難。我還真猜不到誰會給你銀子讓你來看我。」

唐清雲哈哈笑。「別說你了，我也很震驚，是明秋意派丫頭來找我。而且，她依舊蒙面，不肯透露身分。」

穆凌寒一聽，也愣了片刻。「她？她居然會這麼做？我以為她心裡一定很討厭我。」畢竟他三番兩次說她醜，說她彈琴難聽，還扔石頭打她，甚至乘機占她便宜。若是他這麼對其他姑娘，那姑娘恐怕早就恨透他了吧。

「你也知道你說話做事遭人厭啊。這明秋意是否討厭你我不知道，不過呢，她說你是好人，所以讓我來給你看傷。」

穆凌寒驚得差點翻身起來。「好、好人?!」

「十一那丫頭的原話是，三皇子不是壞人。」

「居然有人認為我不是壞人？」穆凌寒不知道該高興還是鬱悶。「這麼多年我都這麼努力當壞人了。」

「可見你演技不太好。」唐清雲打擊他。

旁邊的小太監袍子卻出聲了。「才不是三皇子演技不好呢，因為明小姐是聰明人。三皇子經常這麼說。」

「行吧，你們就互相吹捧吧，一個是好人，一個是聰明人。我就是個壞人、笨人，我看你這屁股啊，想要好不容易了。」

唐清雲說著，打開藥箱。「先把這藥給他敷上，一日三次，還有這個是內服的藥方，你們自己去抓藥。對了，房間不宜太冷，得燒炭，你家主子要是得了傷寒就麻煩了。」

「……沒銀子。」袍子低著頭，羞澀地說。

「什麼？一個皇子連買炭的錢都沒有嗎?!」唐清雲跳腳。

「……」

「反正，我不會拿我的錢給你，你們自己去想辦法吧。」

大年初二，出嫁的女兒要回娘家。

早上太子帶著張明珠回娘家，下午便帶著明春如回娘家，一個威遠大將軍，一個三公太傅，誰也不得罪。

晚膳席間，卻不見明秋意。

明秋意不見太子是多重考慮，一來免得明春如氣悶挑釁，二來那章簡的事情還無定論，若真的是太子做的，她就更應該避開太子，免得太子不死心。

明太傅也同意女兒的做法，他也不希望明秋意還與太子有瓜葛。

誰知太子卻問起了明秋意。

「怎麼不見明小姐？上個月她去東宮做客，聽說回來得了風寒，本宮實在愧疚，不知道她現在怎麼樣了？」

這話讓席間眾人變了臉。

明春如畢竟年紀輕沒度量，神色嫉恨。自從上個月初邀請明秋意去東宮，被太子撞見她和太子妃折磨明秋意後，太子再也沒給她們好臉色看。

如今，太子與太子妃不和的事都傳出了宮，其實，太子對她也是十分冷淡。都是因為明秋意！

明太傅趕緊道：「太子不必掛心，小女那天探望太子妃回來，確實受了一點風寒，不過很快就好了。前兩日她貪吃積食，有些不舒服，所以今天便不能出席，還請太子見諒。」

「還是我讓御醫來看看？」

太子這番話，明顯放不下明秋意。

這些日子，他確實動了心思。尤其是見識到張明珠和明春如的淺薄無知後，他更是懷念明秋意的溫柔識大體。

他本懊惱自己放棄了明秋意，娶了張明珠做太子妃，但是轉念一想，來日他登基為帝，身為皇帝，要多少女人都可以，屆時他讓明秋意當貴妃，再對她多一些寵愛，絕不讓皇后欺負她，便可彌補明秋意的委屈。

明太傅聽了，心裡更是覺得不妙，看來章簡被害這件事，確實是太子做的。

「有勞太子費心，不過小女確實沒什麼大事，休息幾天就好了。」

一旁的明春如手裡絞著帕子，恨不得眼裡噴火，對面的明夫人狠狠瞪了她一眼，明春如才收斂一些。

明春如恨不得將明秋意大卸八塊！

飯後，明太傅邀請太子去書房坐坐，明春如也跟著母親去了花園。

「春如，妳也太沈不住氣了，看看妳剛才的樣子，面目醜惡，若是太子看到了，豈不是嫌棄妳？」

明夫人教訓明春如。

「母親，我恨啊，為了嫁給太子，我甚至委屈自己做側妃，可太子卻還一心一意想著明秋意，我到底哪一點不如她了？」

「最大的一點，妳沈不住氣！上個月妳把明秋意叫到東宮做的那些事，真的是太不上檯面了，也難怪太子對妳不滿。」

「又不是我做的，是太子妃……」明春如放低了聲音，有些心虛的樣子。

「太子會認為是太子妃一個人做的嗎？是妳把明秋意叫過去的，始作俑者是妳！妳呀，真的是蠢，如今當上側妃，最重要的不是太子對誰好、心裡還有誰，是妳要懷孕生子啊！等妳生了兒子，太子登基，妳要什麼榮華富貴沒有？」

明春如恍然大悟。「母親說得是。可是明秋意她……我不希望她也嫁給太子，如果她也進了宮，她一定會報復我的。」

「妳放心，我不會讓她嫁給太子的。妳父親這邊還有我呢。從妳嫁給太子的那天起，咱們明家唯一值得扶持的女兒只有妳，明秋意以後就是個棄子。」明夫人冷笑一聲。

「還有，妳想對付明秋意也是簡單。借刀殺人懂嗎？妳回去把今天太子在席間說的話悄悄告訴張明珠那個草包，之後妳就什麼都不用做，等著看戲便好。」

明春如眼睛一亮。「母親，我懂了。」

「妳呀，得多學點。」

明秋意雖然沒出席，卻收到了太子貼身侍從送來的信。信中，太子表達了對她的愧疚，太子希望明秋意暫且忍耐，等時機到了，兩人自會再續前緣。

這個時機，不言而喻。

明秋意看到這封信，差點笑出了聲。

這算什麼？原來一世，她是皇后，穆凌澈對她也是冷冷淡淡，如今她不做他的妻了，他竟然說他喜歡她。

這自然不是什麼真愛，而是……得到了不珍惜，得不到又想要罷了。

太子越是這樣，明秋意越是覺得自己危險，得趕緊找個夫君嫁了保命。原來那一世當皇后才活三十三歲，如今這一世地位都沒了，張明珠做皇后，她若是進宮為妃，根本活不了三天。

又過了數日，明秋意有些不放心，讓十一去找唐清雲問問三皇子的情況。

「我去看了，也送了膏藥、開了方子，不過這次三皇子的傷還真是重，只怕一時半刻好不了。」
「那你多去看幾次吧。」
「妳家小姐還真關心三皇子啊。」唐清雲忍不住打趣。
「小姐說了，做好事就做到底，若是她花了五十兩銀子，三皇子還沒好，她的銀子豈不浪費了？」
「……」唐清雲無語，這明小姐和三皇子一樣，嘴毒得很啊！
「好吧，不過這傷要好，還需要更多銀子。小丫頭，妳別看我，不是我要，是三皇子要。」
十一的神色震驚又疑惑。「三皇子要銀子？他沒銀子嗎？他要銀子做什麼？」
「燒炭取暖啊！現在天氣這麼冷，三皇子從皇宮裡被趕出來，皇帝也斷了他的月例，他之前也沒存下一點銀子，所以現在連買炭的錢都沒有，估計也沒吃飯的錢，不知道是不是每天在啃樹皮……他的傷如何能好？」唐清雲痛心道。
「什麼？」十一傻眼，她差點以為唐清雲說的是一個乞丐了。
十一回去後，立刻把聽到的消息告訴明秋意。
明秋意的震驚一點不比十一少，她甚至很難理解沒錢買炭、沒錢吃飯的地步。
「真的要啃樹皮嗎？」明秋意正在用午膳，看著桌上的四碟小菜，有點心虛。
明秋意的生母是富家女，生母死前叮囑明秋意要牢牢握住她留下的嫁妝，這是明秋意安身立命之本。
明秋意謹記生母的話，生母去世時，她雖然不到十歲，卻也正好用了撒嬌撒潑的手段，把生母的嫁妝留在自己手裡，有數間鋪子、宅子，還有田地，以及數名僕從的賣身契。而京郊的梅莊，其實也是明秋意的。
而明秋意此前因為受到父親的重視，也從父親那裡得了不少獎賞，如今雖然父親待她不如以前，月例卻沒少。
總之，明秋意很有錢。
所以她實在不明白，皇帝的兒子，如何混到乞丐不如的地步？
「反正，唐大夫是這麼說的，唐大夫說，如果養傷的環境不好，不暖和、不能吃得好，這傷怕是很難好全。」十一開始同情這位三皇子了。
「唉，那妳偷偷拿點銀子讓唐大夫轉送給三皇子，總不能讓他餓死吧。」明秋意心想，畢竟三皇子幫過她。
於是，唐清雲帶著三十兩銀子來找穆凌寒了。
穆凌寒盯著這三十兩銀子，神色古怪。
「你再說一遍，明秋意說什麼？」
唐清雲忍住笑。「那小丫頭轉述說，總不能讓三皇子餓死，便讓丫頭送來三十兩銀子，讓三皇子去買炭取暖、買些吃的。」

第十章　啃樹皮

穆凌寒眉頭抽動。「我怎麼會餓死？老唐，一定是你說了什麼。」

「我也沒說什麼，就是對那丫頭說三皇子這些日子沒錢吃飯，只好在家啃樹皮。」

「……袍子，去外面剝幾張樹皮來，當著我的面，給老唐餵下去！」穆凌寒大吼。

「別啊，我還來給你送藥送銀子呢，對我客氣點……」

「你再胡說八道，我割了你的舌頭！」穆凌寒咆哮。

轉眼，到了正月十五上元節，男人會領著妻子出來遊玩，也有膽大的少年男女出來約會賞燈。

這是一個少男少女可以名正言順出來遊玩的節日。

原來那一世，雖然明秋意偶爾也會和穆凌澈出宮遊玩，但是身邊跟著一群婢女、侍衛，只能在酒樓看看遠處的燈火。

因此，難得到了上元節，明秋意想去京師的河邊走一走，看看河邊街道上各式各樣的攤子和各種彩燈。

用過晚膳，明秋意跟明夫人說了一聲，然後帶著十一和一個信得過的男僕王順出門了，這男僕是明秋意生母嫁進來時帶來的僕從。

他們往河邊方向走去，結果沒多久，卻被一個男子攔下。

這男人穿著普通布衣，不過明秋意一眼便認出這是太子身邊的侍從李旭。就在不久前，這名侍從還偷偷給她送了一封信。

明秋意臉色不太好。

果然，李旭開口了。

「明小姐，我家公子在樓上等您。」說完指了指旁邊的茶樓，二樓臨街的一扇窗戶開著，太子就站在那裡看著她。

「……抱歉，請你代我轉告公子，孤男寡女不便相見。」

明秋意要走，李旭卻再次攔住她。

「小姐放心，只是耽誤片刻，不會讓小姐困擾的，而且公子的吩咐，小人不敢不從。」

眼看李旭如此執著，明秋意想要擺脫也不成，更何況，她也不好明面上得罪太子。

她只好跟著李旭進了茶樓，走進二樓其中一個雅座隔間。

太子正在裡面，十一、王順都被攔在門外。

明秋意屈膝行禮，太子伸手阻止。

「秋意，這裡只有妳我，不必多禮。」

「太子，您這樣直呼臣女的名字，讓臣女無地自容。」明秋意神色淡然，並沒有坐下，只是站著不動。

太子只當她是因為沒有成為太子妃而生氣，並不惱，反而心中有些竊喜。

「秋意，我知道妳在生我的氣，但我也是無可奈何，父皇和母后的安排，我如何抗拒？」

「……太子，您不必和臣女說這些。」明秋意依舊神色平靜，語氣甚至是恭敬，並不像是生氣的樣子。

實際上，明秋意一點也不生氣，她只是有點煩，耽誤她出遊的時間了。

「好吧，秋意，我只是想親口告訴妳，給我一些時間，等時機到了，我一定會補償妳……」

「太子，請您自重，以前的事情已經過去了，臣女已經放下，不想再提。」明秋意語氣冷硬起來，她必須讓太子放棄對她的執念。

「秋意，妳只是生氣，我明白，但妳萬不可意氣用事，隨意嫁了他人……」

太子話還沒說完，就聽到「砰」的一聲，隔間的門被撞開了。

兩人循聲望去，只見三皇子大剌剌的衝了進來。「太子哥，我剛才看到李旭，就知道你在這！」

話說到一半被打擾，太子臉色難看。從去年中秋到現在，過了快半年，他才找到機會和明秋意見面，坦白自己的心意。

他猜測明秋意今晚會出來，便早早派人等在明府門口，等明秋意出門，便跟隨然後半路攔下她……

可這個不知好歹的三弟，卻破壞了他的計劃！

「咦，這不是明秋意嗎？妳在這裡幹什麼？」三皇子瞧見明秋意站在一邊，好奇道。

明秋意心中詫異，三皇子的傷好了？不過三皇子來得正是時候，她可以乘機離開。

「……打擾了太子、三皇子，臣女告退。」

太子知道時機已失，只能再找機會和明秋意好好談了，便點頭讓她離開。

明秋意退出門外，轉身離開，卻聽到三皇子「嗷」的一聲。「啊！我的屁股！差點忘了，我還不能坐，只能站著……」

明秋意忍住笑，原來三皇子的傷還沒好呢。

離開茶樓，明秋意帶著十一和王順走到河邊，河邊擺了一整排小攤子，明秋意買了一只彩燈，又買了兩串糖葫蘆，一邊逛一邊吃。

可沒多久，他們又被一個男人攔下。

這次，明秋意還沒說話，十一率先開口，語氣惱火。「你想幹麼？不許打我家小姐！」

原來，這次攔住他們的是石頭。

十一沒忘記，這人在梅園用石頭丟她家小姐。

石頭被十一罵，滿臉通紅。「不不，我沒有要打，你們誤會我了。」

「那上次呢？我親眼看見的！」反正三皇子不在，十一膽子有點大。

「……這個，是三皇子讓我送來的。」石頭也沒法辯解，只好從袖子裡拎出雪貂。「三皇子說，現在他被逐出宮，照顧不了雪貂，雪貂跟著他挨餓受苦，之前看小姐喜歡雪貂，就讓小姐幫忙照看一段時間。」

那雪貂十分通人性，一個跳躍，立即從石頭手上跳到明秋意的胳膊上，還伸了個懶腰。

明秋意瞬間愛上了這隻小可愛。

按道理，她實在不該和三皇子有什麼牽扯，只是雪貂如此可愛，讓她不忍拒絕，又想到雪貂跟著三皇子，無人照看，更是可憐，便道：「既然這樣，我便照看雪貂一段時間。」

「多謝小姐，這是照顧雪貂的一些事項。」石頭拿出一本小冊子。「全都記在這裡了。」

明秋意讓十一收下。

得了雪貂，明秋意也不想看花燈了，趕緊回家。

回到家中，她仔細翻看那本冊子。

冊子中將雪貂的飼養事項和雪貂的習性描寫得非常清楚，字跡工整有力，一看便是男子書寫的。

明秋意不禁詫異，這筆墨功力必然是練習多年才有的成果，沒聽說三皇子身邊有這樣的人才？

等明秋意翻到最後一頁，看到落款「子寒」才大吃一驚。

三皇子名穆凌寒，字子寒，所以這是三皇子的字？

明秋意萬萬想不到，那樣吊兒郎當的人竟然能寫出這麼好的字。這……可不是傳聞中的三皇子啊！

不過，明秋意很快把心思放在了雪貂上。

她先讓人找來一個大鐵籠安置雪貂，再按冊子裡的要求，準備了一些雞鴨生肉、水，還有雪貂睡覺的窩以及玩耍的樹枝等。

這樣，明秋意還是不放心。「不行，我沒養過雪貂。十一，妳明早去幫我找個養雪貂的人來，咱們先跟著別人學習一段時間。」

「好，明早天一亮我就出去。」

有了雪貂陪伴，日子過得飛快，很快到了三月初，春暖花開。

雪貂小白和狗子小黃相處得很融洽，明秋意在兩隻小可愛的陪伴下心情大好，這一個多月竟然胖了一些。

明夫人便在背後給明太傅吹枕邊風。「這秋意越來越不像話了，這半年來，也沒怎麼看她練琴，對自己的容貌也不在意了。」

明太傅雖然也有點生氣，卻並不在意，畢竟明秋意現在也不可能找到比太子還好的婆家了。

「她既然要放縱自己便隨她去吧。妳也不用放太多心思在她身上了，朗兒、俊兒的婚事，妳得好好籌劃了。」

「我明白。」

明夫人眼中含笑，看來夫君已經放棄明秋意了。她本是侍妾，明秋意生母去世後才扶正的。明秋意這個原配留下的長女，處處壓著她的幾個孩子，多年來如她頭上的烏雲，時刻讓她不得放鬆，如今，總算是到頭了。

沒多久，明秋意便聽說，她少年閨中好友劉芸帶著夫婿回京探親了。

以前明秋意因為勤奮學習琴棋書畫，並沒有時間結交朋友，而京中貴女多數對她嫉妒排斥，因此她幾乎沒有什麼要好的朋友。

劉芸是戶部侍郎的女兒，性格活潑跳脫，雖然容貌和才能並不出眾，可明秋意卻很喜歡她的性子。

劉芸也不在意明秋意的身分和名氣，和她成了好友。

三年前，大月朝邊疆地區的大批武將陸續來京師述職，劉芸一次出門，無意間遇到了一名來自西境的武將，那名武將是秦州的一名千戶，和哥哥秦州衛指揮使一起來京師述職。兩人看對眼了，最終，劉芸不顧父母反對，嫁給這名千戶，去秦州生活。

大月朝地方官員三年來京師述職一次，這次劉芸也跟著大伯和夫君一起回京了。

明秋意派人遞了帖子，第二天就來劉芸娘家探望。她想著冬天狗子和雪貂也悶得慌，於是這次出門便把兩隻小動物都帶上了。

於是明秋意便和劉芸在劉府的小花園裡逗著狗子、雪貂玩。

「妳看好了。」

明秋意十分得意，右手兩指捏著一塊肉乾，在空中晃了一圈。「小白、小黃，來，打個滾兒！」

小白率先趴在地上，小黃也跟著，然後一白一黃兩隻小可愛同時貼著地面，打個滾兒。

劉芸和她的婢女們看得目瞪口呆。「我的天，秋意，妳也太厲害了！」

明秋意得意得不行，一邊讓十一給兩隻動物餵肉塊獎勵，一邊笑道：「可不容易，我訓練了快兩個月呢。」

劉芸更是驚訝。「秋意，妳怎麼像變了個人似的，妳以前可不是這樣的。妳花這麼多時間在牠們身上，那妳不練琴、不練字，也不畫畫了嗎？」

劉芸知道明秋意有多刻苦勤奮，也知道明秋意為了將來嫁得好有多努力。

明秋意笑笑。「我啊，早不練習那些了，當然在家還是得做個樣子給父親看。去年太子大婚了，妳又不是不知道。」

「秋意，妳該不是因為沒當上太子妃，打擊太大，自暴自棄了吧？」劉芸是個直性子，想到什麼就說什麼。

「也不算自暴自棄，而是我不想折騰自己了。妳知道嗎？我現在十分羨慕妳，找一個喜歡的夫君，在外面過逍遙自在的日子。」

這一點劉芸贊同。「在秦州的生活和京師真不一樣。在京師，我們女子都不太能出門，但是在秦州，我每天都可以出門，想去哪就去哪，我還學會了騎馬射箭，可有意思了。」

「京師的女子是籠中鳥，而妳卻活成了自由自在的大雁，我也想像妳一樣。」明秋意是真的羨慕了。

她心中一激靈，此前她想在京師找一個身分並不貴重的夫君，可那樣還是被拘束在京師生活。若眼光放遠一些，像劉芸一樣找一個外地的夫君，夫妻恩愛，無拘無束，不是更好？

劉芸眼睛一亮。「妳是認真的嗎？若真的這樣想，我可以幫妳牽線……」

「那妳得幫我仔細挑選，別坑了我。」明秋意覺得這是個好出路。

「我會坑妳嗎？這事我回頭問問夫君。現在啊，妳先讓妳的小白和小黃陪我玩玩。」劉芸笑道。

於是明秋意又讓小白和小黃打了幾個滾，逗得劉芸哈哈大笑。

第十一章　芳香樓

這時，花園一側的走廊裡來了幾個人，為首的是三皇子和劉芸的大伯鍾浩，劉芸的夫君鍾濤則跟在後面。

原來，鍾浩此次來京，和弟弟一起借住在弟媳家，而三皇子是來拜訪他的。

明秋意和劉芸見有客人，趕緊收起笑容，恭敬行禮。

鍾浩向她們解釋。「三皇子來拜訪，路過聽見花園有聲響，便好奇來看看。」

三皇子的大名，劉芸自然是知道的。

「是我們喧鬧了。」劉芸屈膝道歉。

三皇子卻盯著明秋意。「明小姐，我只知道妳琴棋書畫樣樣精通，沒想到妳養貂逗狗的能耐不比我差啊。」

他這話，聽起來不像是誇讚。

三皇子游手好閒、喜歡玩樂是人盡皆知的，他拿明秋意和自己比，有些嘲諷明秋意的意思。

劉芸皺眉。「三皇子……」

明秋意怕她得罪三皇子，便拉住她。「謝三皇子誇讚。三皇子，您的傷大好了嗎？」她也乘機挖苦三皇子，提起他被皇帝責打、趕出皇宮這樁醜事。

三皇子卻一點不生氣，反而哈哈大笑。「好了好了，幸好有唐大夫來看我，不然我肯定廢了。」

三皇子提及唐大夫，明秋意有點納悶，難道他知道是她讓唐大夫去的？

「不過，傷雖然好了，可被父皇趕出宮的日子還真是不好過啊。父皇也不給我銀子，可我總得吃飯吧，所以這次我來找鍾兄借銀子來了。」三皇子大剌剌的說道。

「……」明秋意早知道三皇子的德行，沒有作聲。

劉芸卻被驚到了。「三皇子，您連吃飯的銀子都沒有了嗎？」

「是啊，鍾夫人，要不妳也讓鍾濤借點銀子給我？」三皇子笑咪咪。

這銀子借給三皇子，可不是有去無回？

劉芸趕緊說：「我夫君不過一個千戶，哪有什麼銀子。」

三皇子哼了一聲。

鍾濤尷尬萬分，怕三皇子和自己媳婦吵起來，趕緊把三皇子拉走。「三皇子，您不是要找我們兄弟去看馬嗎？這邊走。」

「哦，對，趕緊去，一會兒結束了，我帶你們兄弟去芳香樓逛逛。」三皇子便跟著鍾濤、鍾浩走了。

劉芸一聽見芳香樓，頓時滿臉怒氣。「鍾濤，你敢去那種地方，我們就和離！」

婦。

「……」鍾濤根本不敢，只是三皇子在，他只好先帶著三皇子走了，晚點再慢慢安撫媳婦。

劉芸氣得直跺腳，忍不住跟明秋意抱怨。「這個三皇子，越來越不像話了！自己不當好人，還帶著我夫君做壞事！妳說，皇帝怎麼沒把他打殘呢！」

明秋意嘆氣，是差點打殘了，可她卻好心請大夫去給三皇子治傷，她是不是助紂為虐了？

三月初七是明秋意生母的忌日，明秋意照例要去祭祀生母。

明家的墓園修在京郊，和梅莊同一個方向。

前一天明秋意就準備好了祭祀需要的物品，又提前打點好車馬、隨行僕從、護衛等人。

初七這天上午，明秋意便帶著十一、王順，以及兩名護衛出發了。

三月初，天氣雖然還有些寒，但今日陽光明媚，春風徐徐，路邊的花草樹木都吐了新芽，一派欣欣向榮的景象，看著也賞心悅目。

又走了一刻鐘，道路兩旁從田地變成了灌木林，這時，灌木林忽然傳來動靜，明秋意還沒分辨那是什麼聲音，便聽護衛大聲呵斥。

「你們是什麼人——啊！」護衛一聲慘叫。

她撩開車簾看向後面，只見後面不知何時出現了五個粗布麻衣打扮的人，他們蒙著面，手上提著刀劍，正砍向另一個騎馬的護衛。

而先前那名慘叫的護衛已經倒在地上，不知死活。

明秋意心中一涼，頭皮發麻，她知道自己這是遇到歹徒，命在旦夕。

「車夫，快趕車！」

當歹徒出現的時候，車夫便知道不對勁，此時已經大力揮著鞭子抽打馬匹。

幸好這些歹徒並沒有馬，他們砍倒兩個護衛，其中兩人搶了護衛的馬，騎馬追來。

這可不是辦法啊！

這些歹徒顯然身手不錯，如今他們騎馬追來，可一輛馬車載著四人，如何跑得過？

「小姐，他們快追上來了！」十一驚恐的叫著，一邊往車窗外扔車裡的各種雜物，食盒、墊子、水壺等全被她扔了出去。

雖然不至於阻擋騎馬追來的歹徒，但也給他們添了不少阻礙，那歹徒分心躲開地上的雜物，一邊追一邊罵。「臭娘們，給我等著！」

「追上你們，讓你們求生不能、求死不得！」

「我們跑不過他們的，快，調轉馬車到河邊，現在只有到河裡，也許能逃過一劫！」明秋意對車夫道。

車夫聽命，立即調轉車頭，跑出小路，衝進了河邊的灘塗中。

然而灘塗高低不平，又有各種枯草、石頭，馬車衝進去後十分顛簸，明秋意和十一緊緊抓住車門，還是難免撞到了頭。

這時，王順大聲道：「小姐，抓緊了，車要翻了！」

果然，下一瞬，馬車就翻在灘塗中，連著馬也跟著被拽翻，不過因為剛才的衝力，馬車向前衝了兩丈才停下。

此時，追來的歹人也騎馬下來了，但是他們跟明秋意這邊的情況一樣，灘塗地勢不明，其中一人的馬跌倒了，另一人也是前進緩慢。

「下車，去河邊！十一，妳會泅水吧？」

「會。」

「那我靠妳了。」明秋意撈起車內原本用來墊腳的小木凳，提起裙子就衝向河邊。

她好不容易重生，改變了入宮的命運，如果現在死了，那她忙活個鬼？她也不相信自己十七歲就會死！

明秋意跑得快，十一跑得更快。十一原先是打掃丫頭，有的是力氣，她飛快拉起明秋意一隻手，又幫她拿起小木凳。「小姐，跟著我跑！」

後面的車夫和王順見此，不敢耽擱，也跟著她們往河邊跑。

「跳入水中，游到對岸！」明秋意一邊跑，一邊氣喘吁吁的說。

十一也不廢話，到了河邊，讓明秋意一隻手抱住木凳，一邊拉著她一隻手就往河裡走。

「小姐，一會兒妳別掙扎，相信我就好。」

十一雖然會水，但是此時要帶一個人過河也是不容易。明秋意下了水，凍得渾身一個激靈，她說不出話來，只得點頭。

十一拉著明秋意一隻手，迅速走到水深處，往對岸游去。

當冰冷的河水淹沒明秋意的肩膀、脖子，接著是嘴……明秋意慌張不已，但她不會水，胡亂掙扎只會拖累十一。她極力忍住恐懼，努力仰起頭，讓自己的鼻子能抬高一點，露出水面。

但是河水起伏，她的鼻子經常被河水漫過，一開始明秋意掌握不住節奏，便嗆了水，但是很快她就掌握了規律，鼻子被淹沒的時候，她就屏住呼吸，鼻子浮出水面，她便趕緊呼吸。

不知過了多久，她聽到十一的聲音。「小姐，河水太急了，我沒力氣游到對岸，我們只能順著水流漂下去。」

十一不再用力划水，而是順著河流的方向漂著。

此時明秋意已經凍得幾乎失去知覺，她唯一的念頭只有抱緊木凳、抓緊十一，跟著河水起伏呼吸屏氣……

隨後跟上的車夫和王順沒那麼幸運，其中一名歹徒追上了他們，一刀砍向王順，王順倒地，而車夫卻跳入了水中。

那歹徒急得跳腳，眼看著明秋意和十一越漂越遠，站在河邊乾著急。

這時，另一名歹徒跑過來，喊道：「你愣著幹麼，快跳啊！」

「我不會水啊！」

此時，兩名女子已經順著河流的方向漂遠，看不見身影，再跳河去追已經來不及了。

「快去通知兄弟，沿著河流下游去找！」

穆凌寒在後院餵養他新搶來的馬，這時，石頭匆匆進來，一臉慌張。「三皇子，不好了！」

穆凌寒詫異，他被打得半死的時候，也不見石頭這麼急。「怎麼了？」

「明小姐遇到危險了！剛剛有村民報官，在城外附近的小路上看到了兩具屍體，知府派人去查看，屍體是明小姐帶出去的護衛。明小姐今天出城祭拜生母，已經失蹤了！」

穆凌寒一身吊兒郎當的氣息瞬間全無，他神色肅然。「你先派人去找張元、唐清雲來與我們會合，你跟我去現場。」

「是。」

第十二章　遇險

穆凌寒帶著石頭很快趕到，現場有幾名捕快在河邊檢查馬車的情況，其中明秋意的弟弟明朗也在。

「喲，我出城騎個馬，還會遇到熟人啊！」穆凌寒下了馬車。

這一路過來，他看到血跡、兩個護衛的屍體，還有路上的食盒、茶壺等雜物，他猜想當時應該是歹徒殺了護衛後繼續追擊，明秋意他們用雜物反擊。

而馬車倒在距離河邊不遠的灘塗上，是車夫驚慌，或是受傷之下不小心扭轉了方向，衝到了灘塗？

那樣的話，明秋意應該已經被歹徒抓住了。

不過，眼下還有活口，就是那名重傷的男僕，他應該知道些什麼。

「三皇子。」明朗和幾名捕快向穆凌寒行禮。

「這是怎麼了？好好的居然發生了凶殺案，不吉利啊！」

「是明太傅之女明小姐失蹤。有兩名護衛被殺，一名男僕重傷，一同失蹤的還有一名婢女和車夫。」一路捕頭向穆凌寒解釋道。

「失蹤？這可不是小事。」穆凌寒眉頭一挑。

「是啊，在京郊附近發生這種事情，官府幾位大人心急如焚，明太傅也是擔心不已。」

「路句，你看了半天，發現什麼沒有？我姊姊到底在哪？被什麼人擄走了？」明朗不耐煩，他自然不關心明秋意的死活，明秋意死了最好，但是萬一出了醜事，丟臉的可是明家，連帶著妹妹的名聲也會遭殃。

他被父親派來，就是為了在萬一的情況下，一定要保全明府的名聲。若是出現那不幸的情況，也只能怪明秋意倒楣，只能讓她一死以保全家族名譽。

「眼下小人還得不出結論。」

「路捕頭，那名重傷的男僕呢？他定然知道什麼。」穆凌寒問。

「唉，他暈過去了，我讓大夫看了，一時半刻醒不了。歹徒沒有留下什麼痕跡，這案子……」路句頭大，這案子破不了，救不了明小姐，他官職只怕不保。

穆凌寒走到翻倒的馬車附近查看，附近的雜草看起來有些突兀，似乎……有人刻意擺弄了這些雜草。

石頭看到穆凌寒的眼神，立即蹲下撥開雜草，大聲道：「這裡有腳印！」

路句趕緊過來，他見多識廣，一下子就看到泥土中被刻意破壞，又被雜草掩蓋的腳印。腳印多且凌亂，其中就有女人的腳印。

「這裡有女人的腳印，這個腳尖的方向……是河邊！」

路句一路來到河邊，在河邊發現了一些血跡。

「我明白了，受傷的男僕雖然是在馬車旁邊被發現的，卻顯然被轉移過位置，而這裡是他真正被砍倒的地方。從馬車到這裡有女子的腳印，看來，明小姐來到河邊。」

「她跳河了。」穆凌寒沈思道。

他相信，以明秋意的機智，絕不會就地赴死。

應當是明秋意授意讓馬車衝向灘塗，馬車翻車後，她跑到河邊跳水逃生。

歹徒費心遮掩腳印，唯一的可能是明秋意跳河逃了，歹徒不想讓官府知道她的去向。如此，歹徒才可以繼續抓捕明秋意，或者讓她直接在河中淹死。

「是，這歹徒費心遮掩，就是不想讓我們發現明小姐跳河，多謝三皇子，我這就派人沿河搜查！」

路旬也是觀察入微，很快就明白了，也鬆了一口氣，希望明小姐吉人天相，千萬別死啊。

明朗詫異的看了穆凌寒一眼。

剛才三皇子是在破案嗎？怎麼看起來好像很聰明的樣子，太奇怪了，他不是個草包嗎？

雖然官府已經行動，穆凌寒也不敢耽擱。「路捕頭，可別讓明小姐死了，我的雪貂還在她那兒呢。」

他說著朝路上走去。「我必須走了，今天還得去馴馬呢，這可是我從鍾浩那裡搶來的馬。」

明朗哼了一聲。果然，剛才是他想太多了，三皇子還是只會玩的草包。

穆凌寒順著小河下游方向走遠一些，便棄了馬，和石頭又走到河邊。「石頭，她可能會游到對岸，你在這邊找，我去對岸找。」

「三皇子，這裡沒有橋，您要怎麼過去？」石頭大吃一驚。

「我游過去。」

「三皇子，您的傷才好，這水冷得很。」

「她現在一定更冷。石頭，我們一定要盡快找到她，否則她真的會死。」

穆凌寒說著，跳入河中，朝對岸游了過去。

石頭便在這邊仔細搜尋，而穆凌寒游到對岸後，也沿著河流下游的方向，仔細在河邊查找痕跡。

沒多久，張元、唐清雲和蓮娘等人來了，他們分成兩撥人，分別在河的兩岸搜尋。

另一頭，十一帶著明秋意一路順著河流漂。等到了水面比較窄的位置，十一就拉著明秋意游到了對岸。

十一剛想帶著明秋意爬上岸，卻被明秋意制止。

她的語氣虛弱顫抖。「現在還不能上岸……那些人也許會去找我們……去那邊的蘆葦叢躲起來。」

明秋意感覺到自己整個身體幾乎沒知覺了，只是本能的抱著木凳求生。

聽明秋意這麼說，十一也不敢爬上岸了，找了一處蘆葦茂密的地方，先悄悄躲進去。她拉著明秋意，一半身體浸在水裡，一半身體躲在蘆葦中。而身邊的明秋意已經暈了過去。

果然，沒多久，就聽到有人路過。「這裡沒有，河水那麼急，肯定被沖到下面去了。」

「活要見人，死要見屍，咱們找不到人，這事沒法交代啊！」

「管那麼多，就說掉到河裡淹死了，銀子可得一文不少的給我們。」

那些人找了這麼久，都沒找到明秋意，此時也累了，眼見天色不早，心裡也不免著急起來。

「趕緊走吧，只怕官府的人很快要來了。」

「走吧，天都快黑了，晚上這麼冷，那女人活不了的。」

十一聽到那些人陸續離開，等了一會兒，才慢慢拉著暈過去的明秋意爬上了岸。

被歹徒追殺的時候已經接近午時，隨後跳入水中，在水裡待了一、兩個時辰，又在蘆葦叢中躲了許久，眼下，天已經快黑了。

不說明秋意，十一也冷得不行，她雖然身體強健，可在冷水裡泡了這麼久，還得費力托著明秋意，不讓她溺水，此時已是精疲力盡。

她真的一點力氣都沒有了，可這樣過一晚，兩人必會凍死。

小姐失蹤了，老爺肯定會派人來救她們的，可要快點啊……

十一再也堅持不住，暈了過去。

小黃在前面跑，小白則跟在牠旁邊。

小黃嗅嗅這兒、嗅嗅那兒，張元見牠這樣，有些不放心。

「公子，您讓我去明府把牠們帶來，真的管用？」張元納悶道。

「狗的鼻子好使，小黃跟著明秋意長大，自然知道明秋意的氣味，再說還有小白幫助，有了牠們，我們找到明秋意也快些。」

唐清雲卻皺眉。「這兩隻只知道吃，還知道救人？」

「人有時候會害人，動物卻不會。」穆凌寒冷冷道。

他緊繃著臉，雖然沒有透出焦慮，卻和往日的愜意姿態截然不同。

唐清雲知道，這次公子真的怒了。

沒多久，小黃忽然汪汪兩聲，朝前面的河邊跑去。

幾人連忙跟上。

夜色中，穆凌寒第一眼就看見躺在河邊草地上的兩人。

他立刻上前抱起明秋意，查探她的情況，知道她有脈搏，鬆了一口氣。他低頭見明秋意衣服濕透，曲線畢露，趕緊把自己的外衣脫下，蓋住明秋意的身子。

唐清雲也立即趕到，檢查了十一的情況。「幸好，都活著，但是她們在水中凍了一下午，現在體溫極低，得盡快取暖，否則也有性命危險。」

「該怎麼做？」穆凌寒皺眉。

「最快最直接的辦法就是身體取暖。公子，您體溫高，脫了衣服幫明小姐暖暖？」唐清雲一本正經道。

張元皺眉。「這不太好吧？我們公子才不是那樣的……」

穆凌寒卻說：「這個辦法聽起來不錯，我喜歡。」

「……」剛找到明小姐，公子又變成了無賴。張元嘆氣。

明秋意其實並沒有徹底暈過去，迷迷糊糊中，她知道有人找到了她們，還聽到一個聲音說什麼身體取暖、脫衣服之類的。

明秋意心驚不已，只是她眼皮沈重，無法睜開眼睛，只得拚盡力氣喃喃道：「不、不要……」

穆凌寒嚇了一跳。「秋意？」

但是明秋意沒有睜開眼睛，也沒有再回答他，穆凌寒也不忍心再嚇唬她。「知道了，我不會那樣做的。」

唐清雲已經遞過一個酒袋。「先餵她喝幾口酒，暖一暖身子。」

穆凌寒接過酒袋，想了想，自己灌了一口，用嘴餵給明秋意。這雖然是占了便宜，但眼下也沒別的辦法了。

他覆上她的唇，冷得讓他心驚，也軟得讓他心動。

穆凌寒對外風流，自然不會對女人一無所知，只是抱著明秋意，碰觸她的唇，他有一種新奇的感覺，令人忍不住想要更多。

穆凌寒很快遏止了這種想法，眼下救命才是最要緊的。

他飛快撬開明秋意的嘴，把酒水餵入她的口中。

明秋意嗆了一下，穆凌寒見她喝下去了，又餵了幾口。

而唐清雲也一樣喝了酒，餵了十一。

唐清雲想讓張元點火，卻有些猶豫，對穆凌寒道：「如今已經天黑了，如果點了火，官府的人很快便會發現，然後過來。」

「點火吧，等官府的人來我們就走。張元，你趕緊把蓮娘叫過來，讓她告訴官府的人，是她無意中發現明秋意主僕。」

唐清雲卻詫異。「你幹麼不留下？你不是想娶她，現在你救了她，她又衣服濕透，孤男寡女的，不是正好有理由娶她了？」

「我要她正正當當的嫁給我，而不是為了保全名聲，不得已嫁給我。」穆凌寒道。

唐清雲瞪大眼睛。「這可不像你啊！」

「我本來就是正人君子，從來不會乘人之危！」穆凌寒對唐清雲的質疑很惱火。

「你正人君子？那幹麼去拆散她和章簡的婚事？幹麼故意破壞太子和她見面？」

「我……章簡不是好東西，太子已經大婚了！」

兩人爭來爭去，張元則趕緊去找來蓮娘。不一會兒，張元帶著蓮娘、石頭等人過來了。

蓮娘一來，就瞧見穆凌寒緊緊抱住昏迷的明秋意，而明秋意身上還披著穆凌寒的外衣。

蓮娘急忙脫下自己的披風。「讓明小姐蓋上我的衣服吧，官府的人很快就來了。」

「好。」穆凌寒把明秋意交給蓮娘。「等一下官府的人來了，妳知道該怎麼應付吧？」

「公子放心。」

「張元，把火燒大一點，把官府的人引來。」穆凌寒又吩咐，官府的人早點過來把明秋意救回去，她也少受點苦。

此時石頭過來，見唐清雲抱著十一，又要嘴對嘴給十一餵酒，立即制止。「你幹什麼？無恥。」

「我餵酒救她取暖，怎麼是無恥？」

「救？那我來。」石頭說著要搶酒袋。

穆凌寒無語，這兩人怎麼這麼無賴，竟然這般不要臉去占人家姑娘便宜！

他一手抱起小白和小黃。「走了。」

於是張元等人跟著他迅速撤離。

穆凌寒一行人離開沒多久，路旬就帶著人趕來了，同行的還有明朗。

明朗見到火堆旁邊的明秋意主僕，還有一個女人，心想好在明秋意沒敗壞明府的聲譽。可他又覺得有點惋惜，這下，沒理由弄死明秋意了。

守在明秋意主僕旁邊的蓮娘見到捕快和官兵，做出驚嚇的樣子。「你們……」

路旬確認了躺在火堆旁的是明秋意主僕，鬆了一口氣。

明秋意沒死，他的官職可是保住了。

「這位姑娘莫怕，是妳救了這兩位姑娘？」路旬指了指明秋意和十一。

蓮娘怯怯的點頭。「我本打算天黑前趕回莊子，路過這裡聽到有動靜，就看到兩個姑娘躺在河邊，衣服濕透了，眼看快凍死了，我一個人帶不走她們兩人，只好原地燒火幫她們取暖。」

「姑娘善心，救下兩條人命，這位可是當朝太傅的千金！」

明朗只好上前，說出十分感激蓮娘的話，讓蓮娘隨著他一起去明府領賞。

沒多久，馬車過來，將明秋意兩人接回府中。

這件事事關明秋意清譽，既然明秋意已經平安找回，明府和官府的人都要求保守秘密，因此外面很少人知道明秋意差點被害的事情。

明秋意回府後立刻發高燒，燒了一天一夜，第二天晚上才好轉。

第十三章　嫁人保命

這晚，穆凌寒親自來明府送回小白和小黃。

明秋意發生了這樣的事情，府中一片混亂，雖然專門照看小寵物的婢女發現小白和小黃都不見了，但是也沒人管這件事。

穆凌寒把小白和小黃送回牠們專屬的房間後，心思一轉，來到了明秋意的閨房外，翻窗而入。

外間有婢女值夜，卻已經坐在椅子上睡著了。

穆凌寒直接走到裡間。

此時的明秋意唇色發白，唐清雲先前為她把過脈，已經知道大概，這次明秋意要大病一場，身體也會有虧損，只能以後慢慢調理了。

穆凌寒看著她的唇，想起昨晚河邊的那個親吻。

他忍不住伸出手指，點了點她的唇，唇角微揚。「很軟。」

此時，明秋意似是受到驚嚇一般，喃喃道：「不……不要。」

她聲音微弱，穆凌寒站在她身邊，耳力過人才聽到。

他不禁皺眉。

不要什麼？她在作什麼惡夢呢？

這次明秋意差點被害，穆凌寒終於下定決心要娶她。

是喜歡她嗎？

穆凌寒還不太懂，不過自從發現明秋意故意斷琴那天開始，他就忍不住注意起這個女人。

所以，誰也不能傷害她，以後他會好好保護她的。

明秋意昏迷了一天兩夜，才恢復了意識。

十一卻比她厲害多了，雖然也受了風寒，可她喝了藥，睡了一晚上，第二天就能起身了，還能照顧明秋意。

明秋意醒來的時候，十一已經全好了，看著生龍活虎的十一，明秋意內心羨慕。

她這一次死裡逃生，多虧了十一。但是，她怎麼會這麼慘呢？明明為了保命不嫁給太子，結果立刻就差點死了。

嫁給太子，活到三十三。不嫁太子，立刻斃命？她是不是做錯了選擇？老天好像在戲弄她。

「小姐，喝藥。您這次病得厲害，大夫說……會留下病根。」

明秋意正鬱悶著，十一又給她當頭一棒。

什麼病根？

她這一世，心心念念就是養好身體，平淡度日，活到八十歲，怎麼現在就留病根了？

十一繼續道：「我聽大夫說的，老爺還說怕刺激您，要瞞著您呢。」

明秋意震驚，心想那妳還告訴我？

不過，既然已經知道有病根，不妨知道得更詳細一點。

「妳說說，是怎麼回事？」

「您本來身體就較弱，這次凍了這麼久傷了根本，說您以後會體寒、宮寒什麼的，會月事不調，不易受孕。」

明秋意差點掉淚，好不容易活下去，要是不能生孩子，她的女兒香和怎麼辦？原來那一世虧待了香和那麼多，沒有好好照顧她，這一世她想彌補。

「小姐，您還是喝藥吧，大夫說了，好好調養，會慢慢好的，如果不喝藥，就真不能生了。」十一又勸道。

「……那我還是喝藥吧。」

雖然很苦，但是為了香和，明秋意還是一口氣喝光了藥。「對了，十一，是誰救了我們？」

「小姐，您一定想不到，救我們的是蓮娘夫人。」

明秋意一愣。「蓮娘？還有其他人嗎？」

「只有她一人，我們就在莊子附近，蓮娘夫人那天去莊子裡就發現了我們，不過很快官兵也找到了我們，就送我們回府了，老爺已經給蓮娘夫人送去一百兩銀子當作答謝。」十一解釋道。

「……只有她一人嗎？」明秋意在迷迷糊糊中，聽到了幾個男人的聲音，如今她精神恢復了，仔細回想，其中有一個男人的聲音似乎是唐清雲。

而另外一人……

這個人說的話非常流氓，明秋意現在回想，越發惱怒，那人竟然想脫她的衣服，太無恥了。

「真的只有蓮娘夫人一人。」十一很肯定。「大公子當時跟著官兵，他親眼所見。也幸好是蓮娘夫人，這樣無礙小姐的名譽，要是先被男人發現了我們，可不就糟糕了。」

「……」那麼，是她在作夢嗎？

「對了，小姐，王順他受了重傷，要休養幾個月，還有車夫，已經在下游找到他的屍體了。他原來不會水，是被淹死的。」十一又說。

「這次護衛、車夫是受我連累而死，除了父親給的撫恤銀子外，妳再幫我額外準備一份銀子給他們的家人吧。」

「是，小姐。」

回想起整件事，明秋意肯定是有人想害她。

她有什麼仇人呢？若是以前，她相信很多京中少女對她懷有恨意，但是現在，太子已經另娶他人，她又會妨礙到誰？

她不知道自己這一世有什麼仇人，但若是原來那一世，她從始至終最大的敵人就是張明珠了。

張明珠從開始就嫉恨她成為太子妃，後來太子登基，她成為皇后，張明珠為貴妃，張明珠也處處與她為敵。明秋意為了保全位置，十數年和她明爭暗鬥，心力交瘁。

想來，她原來那一世英年早逝，和張明珠脫不了關係。張明珠對她的恨，那是深入骨髓的。

那麼這一世呢？張明珠還會恨她嗎？

想到此前太子似乎對她還有舊情，上元節還與她見面，若是這些事讓張明珠知道……

張明珠自然是要殺她的。

張明珠如今是太子妃，父親又是威遠將軍，找幾個人殺她還不容易？

而這次，明秋意因為生母忌日去祭祀，知道她有這個習慣的人，必然是府中之人。張明珠身邊有明春如，想得到這個消息，易如反掌。

明秋意越想越心慌，原來那一世，她身為皇后，借助父親的勢力，才能和張明珠抗衡，如今呢？

若想讓張明珠放棄殺她的辦法只有一個，她得趕緊嫁出去，讓太子死心。而且，最好遠離京師。

東五所。

穆凌寒站在廊簷下，又在教鸚鵡說話了。

這次，他教的是「秋意」。

石頭走過來。「三皇子，您的推測果然沒錯，那些歹徒躲藏在城外荒廢村舍中，小人一直在暗處觀察他們，今日下午，來了幾個黑衣人，將他們全部滅口。」

「那些歹徒不過亡命之徒，拿錢辦事而已。但是買凶的人怕他們說出去惹事，殺了他們才乾淨。你跟蹤那些黑衣人，他們去了哪裡？」

「黑衣人去郊區一處莊子，那是威遠將軍名下的莊子。」

「原來是張明珠……」

過了幾日，明秋意病情好了些，能起床下地了，劉芸就來探望她。

「我聽說這件事可真是嚇壞了！是誰這麼狠，居然想殺妳？」

明秋意搖頭。「我也不知道，可能是無意中得罪了什麼人吧？」

「妳能得罪什麼人？妳一個閨中小姐也很少出門，這暗中下手的人，真是喪心病狂。」

劉芸十分憤怒。

「京中的齷齪，妳又不是不知道。我雖然沒刻意為難別人，但是沒準誰就把我當成了眼中釘，這並不奇怪。」

「可妳已經不會成為太子妃了，妳又妨礙了誰？」劉芸不解。

「難說，我想除非遠離這是非之地，別無他法，否則連命都保不住。劉芸，妳是知道的，如今父親對我也不上心了，旁人想害我易如反掌。」明秋意說著眼淚都要流下來。

「……離開京師？妳上次跟我說想遠嫁，這的確是個辦法。我也與鍾濤說過，他倒是有些犯難。」

「怎麼？」

「妳是太傅千金，可鍾濤不過小小一個千戶，也結交不到達官顯貴，他身邊能有什麼人配得上妳呢？」

「我不在意這些，既然我想離開京師，就沒打算要嫁給高門望族，只要人品端正，能待我好，有個一官半職不至於窮困，其他的並不要緊。」明秋意解釋道。

「妳是這樣想，可別人怎麼想呢？那些小官小將也不敢娶妳啊，畢竟差距太大了，不過呢，我倒是有一個人選，就怕妳生氣。」劉芸小心翼翼的說。

「妳有人選，還不快說。」明秋意不是急著出嫁，而是如今她只能透過出嫁保命了。她不想死，因而不急不行。

「妳見過的，鍾濤的哥哥鍾浩，他是秦州衛指揮使，雖然在外地，但好歹也是正三品，和妳也算般配。為人妳也是知道的，雖然刻板一點，人品還是不錯的。這一點我可以保證。」劉芸分析道。

明秋意一愣。「可我記得他有妻子了吧？」

「嫂子兩年前難產去世，大哥也很痛苦，至今不肯娶，也沒有一個妾室，不過大哥真的是一個好男人。」

明秋意沈思片刻。「聽妳這麼說，倒是不錯的人選，不過他願意嗎？」

看看鍾濤，就知道鍾浩的人品不可能壞到哪裡，官職也不低，又遠在西境，她嫁給鍾浩，真是天高任鳥飛。

而鍾浩不忘亡妻，從來沒有妾室，可見是重情重義之人。這樣一個人選，豈不是天下掉下來的餡餅。

劉芸呵呵笑。「我只怕妳不願意，哪有他願不願意的？秋意，妳若是同意，這件事我去同他說。但是，妳父親會同意嗎？」

「只要鍾大人願意，我父親這邊自有我。」

父親自然是不願意的，鍾浩只是一個地方軍官，三品又如何？何況還遠在邊境，她嫁過去，不就等於明太傅丟了一個女兒，一點用處都用不到了？

但是，父親不同意，她辦法多的是，原來那一世，可不是白活的。

數日後，明秋意身體好了不少。

明秋意知道蓮娘是芳香樓請的琴師，專門教裡面的姑娘彈琴。蓮娘在城內還有宅子，這天明秋意帶著禮物來找蓮娘，拜訪道謝。

「明小姐太客氣了，當日明太傅已經賞我許多。」

蓮娘請明秋意在花廳坐下，給她倒茶。

「救命之恩，怎麼謝都不為過。若非當日夫人發現我，我主僕二人怕是沒命了。」

「也是我們有緣，那天我路過那裡，正好瞧見了妳們。」

「夫人，我還有一個疑問想請教，那天只有妳一個人發現了我們嗎？」

明秋意還是覺得放不下，那天她聽到的聲音似乎不是夢。想到那個男人的流氓話，明秋意臉色微紅。

蓮娘微微一笑。「自然。當時我一個人也沒辦法帶走妳們兩人，只好就地生火，吸引尋找妳的官兵。也是萬幸，不然我一個人也不知道怎麼辦才好。」

「可我似乎聽到了其他人的聲音。」

蓮娘詫異。「是嗎？是不是後來那些官兵的聲音？還有，妳弟弟當時也在呢。」

「不，不是他們，是……妳認識一個叫做唐清雲的大夫嗎？」為了問出真相，明秋意便直接提起了唐清雲的名字。

蓮娘搖頭。「我不知道，也許是妳病重糊塗，那天確實只有我一個人。」蓮娘不敢說出真相，一來為了私心，二來也為了三皇子的安危。

一旦她鬆口承認當時三皇子也在，以明秋意的聰慧，自然能聯想到她和三皇子的關係。那麼三皇子的諸多偽裝，以及她和張元的暗樁身分，恐怕都要被明秋意看透。

即便明秋意是三皇子在意的人，蓮娘還是不放心。

明秋意問不出什麼，和蓮娘閒聊幾句便告辭了。

這天，穆凌寒約鍾濤喝酒，鍾濤卻有心事。

「怎麼，你一臉心不在焉的，我們在這正經酒樓喝酒，你還怕你媳婦不成？」穆凌寒有些不滿。

「唉，不是我媳婦，是我哥。」鍾濤嘆氣，一臉鬱悶。

「你哥怎麼了？他這次述職，皇帝對他很滿意，不是給了很多賞賜嗎？有什麼煩惱的。」穆凌寒好奇。

「我大嫂前兩年不是去世了嗎？我大哥這人死心眼，不肯再娶，最近我媳婦兒給他介紹一位京中小姐，我哥卻說配不上人家，不肯答應。可我覺得，他心裡其實有那個意思，只是那位小姐確實是高不可攀，讓我哥心生怯意。」鍾濤悶悶道。

「奇怪，鍾浩可不是妄自菲薄的人，他居然還有自卑的時候，是根本看不上那女子吧！」穆凌寒不以為意。

「那你就錯了，這個女子，配誰都配得上。我是萬萬想不到，她竟然看上了我哥。」鍾濤萬分感慨，又有些得意，畢竟那可是他親哥哥呢，親哥哥被高門貴女看上，他也與有榮焉。

「到底是哪個女子，你說得也太誇張了吧，京中有這樣的女子嗎？我怎麼不知道？」穆凌寒忍不住好奇。

鍾濤左看右看。「不可說，這事若是不成，可壞了那小姐的名聲。」

「石頭是自己人，有什麼不能說的。快說，我保證不會說出去的。」穆凌寒好奇極了。

「那你不能亂說啊。我哥知道我亂說會打死我的。」鍾濤也是憋不住了。

「你他娘的快說啊，憋不死你啊！」穆凌寒忍不住笑。

「你知道的，就是明太傅的千金……」鍾濤低聲道。

聞言，旁邊的石頭一愣，穆凌寒的臉色瞬間黑了，他幾乎是咬著牙。「是誰，你再說一遍？」

「明秋意，就是我媳婦的閨中密友，上次在劉府你見過的。」鍾濤轉頭見穆凌寒的臉色，十分詫異。「怎麼，有問題？」

「你剛剛說，明小姐看上了鍾浩?!」穆凌寒握緊拳頭，看上去要殺人的樣子。

「……是，我媳婦兒說的，她託我媳婦兒說媒，只等我大哥點頭同意便成了。」鍾濤硬著頭皮。「三皇子，您幹麼這樣看著我？」

「告訴你哥，這門親事，我不答應！」穆凌寒「嗖」的一下站了起來。「讓你媳婦馬上去回絕明小姐！」

「啊？為什麼？」鍾濤傻了。「不是……三皇子，這件事和您有關係嗎？」

第十四章　我娶妳

穆凌寒差點要氣炸了。

他萬萬沒想到，明秋意想要嫁給鍾浩！

問題到底出在哪裡？她和鍾浩不過一面之緣，這就看上鍾浩了？還這麼迫不及待主動讓劉芸去說媒？

再者，他身為皇子又哪裡不如鍾浩了？不過是名聲不如鍾浩罷了，她怎麼沒想過選他？

穆凌寒越想越氣，直接騎馬奔赴明府，要見明秋意。

下人來稟報時，明秋意嚇了一跳。

三皇子親自來明府見她？說起來，她和三皇子壓根兒沒什麼交情啊。

「小姐，三皇子該不是要把小白要回去吧？」十一提醒。

明秋意這才想到，她養了許久的雪貂是三皇子的，不提這茬，她都快忘記了。

明秋意養了小白數月，非常喜歡小白，現在要把牠還給三皇子，自然是捨不得的。但是，當時三皇子只有請她照顧，而非送給她，如今三皇子討要，她自然不能拒絕。

於是明秋意抱著小白，帶著十一去見三皇子。

明太傅不在家，明夫人和明府管事親自接待三皇子。

雖然三皇子被皇帝厭棄，趕出了宮，但終究是皇子。明夫人不敢怠慢。

明秋意走進花廳，對坐在主座上的穆淩寒屈膝行禮。

「拜見三皇子。」明秋意一進花廳，就發現三皇子不太對勁，之前見他，他都是嬉皮笑臉，此時卻繃著一張臉，似乎很惱火的樣子。

這火氣，不會是衝著她來的吧？

「你們退下吧，我有話和明小姐說。」穆淩寒聲音冷硬，似乎在命令一般。

明夫人和管事都一愣，這自然是不合常理，明秋意是未出閣的姑娘，怎麼能單獨和外男相見？但是，三皇子向來是不守禮法的，跟他講禮法也沒用。

那現在該怎麼辦呢？

明秋意心中嘆氣，看來她真的得罪了三皇子。「母親，您去忙吧，有十一在這裡便夠了。」

十一在場，便算不得孤男寡女了吧。

明夫人也沒別的辦法，和管事一起告退。

明秋意見三皇子冷眼盯著她不出聲，便開口道：「三皇子，這是您的雪貂……」

誰知卻被打斷。「妳很急著嫁人嗎？」

三皇子的語氣似乎帶著嘲諷，讓明秋意臉色通紅。「臣女不明白三皇子在說什麼。」

她心中擂鼓不止，難道三皇子知道了什麼？

對了，劉芸的夫君鍾濤，似乎和三皇子關係不錯……

「我問妳，鍾浩哪裡好了？妳喜歡他什麼地方？」

「三皇子，請慎言。」明秋意沒想到三皇子會如此直白的問這些話，一時間竟有些無措和憤怒。

「看起來並不是。」穆凌寒仔細盯著明秋意的神色，見她沒有被戳破心事的羞澀不安，只有震驚和怒氣。

仔細想想也是，三年前，明秋意還小，甚至還不認識鍾浩，她和鍾浩也不過之前見過一次……這樣的情況，明秋意實在不可能忽然喜歡上鍾浩。

再想想此前，明秋意和章簡相親，原本都不怎麼打扮的她，那日因為和章簡相親，似乎悉心打扮過……她和章簡的親事，也並非是明太傅施壓逼迫，她自己本人也有這個意思……

先是章簡，而後是鍾浩，穆凌寒似乎明白了什麼。

「……妳是想嫁人了？」這便解釋得通了。

明秋意並非喜歡上了誰，只是想盡快解決自己的婚事，而這個原因……還是為了擺脫太子。

這下穆凌寒是徹底激怒了明秋意。

「三皇子，無論我想做什麼，那是我自己的事，即便您貴為皇子，也輪不到您來置喙。如果您還要口無遮攔，那麼恕我不奉陪！」這幾乎是明秋意第一次對人如此疾言厲色。

從來沒有人見過她生氣發怒的樣子，穆凌寒是第一個。

敢對皇子這樣說話，明秋意也是第一個。

穆凌寒看著眼前那張氣得通紅，顯得格外明豔的臉，愣了一會兒，然後笑了起來。「我明白了，我娶妳。」

「你……三皇子，請您不要拿我取樂！」

這下明秋意也顧不得生氣，她承認，自己生氣有一部分是因為被三皇子戳穿了心思，她確實很著急想出嫁，想要擺脫現在的危險境況，也生氣三皇子如此口無遮攔。

因此，她一時氣憤，責罵了三皇子，但若三皇子是為了報復，說出這樣的話……

「我沒有開玩笑，我是認真的。我這就進宮向父皇請旨。」穆凌寒說著，還真的抬腿要走。

明秋意慌了，這是怎麼回事，為什麼會這樣？

她腦袋一片空白，情急之下，竟然伸手拉住穆凌寒的衣袖。「三皇子，求您放過臣女。」她的眼中竟然有幾分脆弱和無助。

穆凌寒看得心中一緊，看來，他把她給嚇到了。

「明小姐，我是認真的，妳既然想嫁人，我難道是很差的選擇嗎？難道我不如章簡和鍾浩嗎？」

「……」這什麼跟什麼？她可是打定主意要嫁給一個遠離朝廷爭鬥、能以親人為重，能互相信任，平平淡淡過完這一生的人。

三皇子，能嗎？

明秋意還沒回過神來，穆凌寒已經走了。

十一也被嚇到了，她走到明秋意跟前。「小姐，三皇子已經走了，他說的是真的嗎？」

原來那一世，三皇子封王後遠赴西境，她做了皇后十幾年，他只回來數次，至於他的王妃……似乎聽人提過，閒王雖然娶了王妃，但是並不好女色。

一個能理解柔妃、孝順柔妃的人，應當不是什麼壞人吧？

若三皇子是認真的，她嫁給三皇子，好像……也不是太糟糕的選擇。

可，他是認真的嗎？

三皇子實在不像是一個認真的人啊。

穆凌寒從明府出來，一路至皇宮宮門前。

去年除夕，他被皇帝逐出皇宮，如不是皇帝召見，他是不被允許進宮的。

「告訴父皇，我有答案了。」三皇子讓宮門前的太監去通報。

他和石頭便在宮門前等著。

「三皇子，這會不會太急了些？」才聽說明小姐看上鍾浩，轉頭就去找明小姐，然後直接來求皇帝賜婚，這速度比閃電都快。

「石頭，這次明小姐差點喪命是我害的，如果她去年和章簡定下婚事，太子妃就不會下手。我攬黃了她和章簡的婚事，太子妃才會害她。」這一路，穆凌寒越想越明白，明秋意這麼迫不及待嫁人，想必她早就明白自己的處境。她是個聰明人，看透了一切。

石頭一愣，隨即也明白了。「那麼這次和鍾大人……」

「是，她知道想害她的人是太子妃，她一日不婚，太子妃就一日不會放過她。所以這次被害後，她迫不及待的讓劉芸去說媒。」穆凌寒道。

「這麼說，屬下就全明白了，看來明小姐的婚事，確實很著急。」

沒多久就有太監來回報，讓三皇子去見皇帝。

皇帝已經病得下不了床，他大限已到，太醫說就在這半年內了。

皇帝是個頭腦清楚的明君，他知道自己不行了，把該安排的事全部安排好。唯一放不下的，就是三皇子。

皇帝的幾個兒子，除了三皇子，一個個都是人中龍鳳，他也實在不明白，曾經他最疼愛的三皇子，為何如此不同？

柔妃，曾經是他最愛的女人，一直都是。她是個癡人，直到現在皇帝都還不能原諒她。

而三皇子，他又何錯之有呢？

這些年，因為柔妃，他冷淡了三皇子，讓三皇子成了全京師的笑柄。

看著跪在眼前的三皇子，皇帝百感交集。

他快死了，要盡快安排好三皇子的去處，否則他怎麼去見柔妃呢？

「什麼答案？你說得朕都糊塗了。」

「父皇，您忘記了，我說過，我的妻子要自己選。」

「好，你終於想成家了！說吧，是誰家的女兒？」皇帝有些欣慰，如此正好，趁著大婚給三皇子封王，把他趕去封地，一輩子平安富貴最好不過，柔妃也會喜歡的。

「明太傅長女，明秋意。」

「……她？」皇帝皺眉。「怎麼是她？」

皇帝自然知道明秋意，明秋意差點成了太子妃。可畢竟是和太子有過瓜葛的女人，皇帝不希望三皇子和她成親。

「就是她。我的小白很喜歡她，既然小白喜歡，說明她是合適的人。」三皇子道。

「……小白又是誰？」

「是我的雪貂。動物通人性，能被動物喜歡的人就是好人。兒臣也喜歡她。」

如今他的三兒子選妻，居然是這個理由。

「胡鬧，朕不同意。」

穆凌寒堅決道：「我既然認定了，就不會放棄。父皇不同意，我就帶著她私奔好了。反正，我已經被您逐出皇宮，留在京師也沒意思了。」

「……你！」皇帝發現，自己每次見三兒子，都會被他氣得吐血。

「不過，兒臣還是希望父皇能賜婚，我希望能明媒正娶的和明秋意在一起。」

「……好吧，朕同意了，過幾日朕會下旨賜婚。」

「謝父皇，不過不能今天嗎？」穆凌寒急切道。

皇帝無語。「這也能討價還價，你就急著這一天？」

穆凌寒點頭。「兒臣也老大不小了，比我小的幾個弟弟連孩子都有了，我能不急嗎？早一點賜婚就早一天成親，早一天成親，就能早一天生孩子。父皇，兒臣該不該急？」

「這聽起來還真有點道理。」皇帝覺得不成器的三皇子終於講了一次道理，於是點頭。「好，你且等著，朕這就召集大臣，擬寫聖旨。」

很快，皇帝召集了一些大臣。

關於三皇子和明秋意的婚事，大家雖然驚訝，但也並無異議。

三皇子娶了誰，其實大家並不關心，而明太傅的寶貝女兒就這樣一起廢了，有些大臣聽了甚至高興。

明太傅苦心經營，結果最看重的女兒嫁給了三皇子，世事難料啊！

「趁著老三大婚，就封他為閒王吧！把西境邊境鞏昌府、臨洮府、平涼府以及附近幾個衛給他，等他大婚後，就讓他過去。」

這下，幾個大臣不免震驚。

皇子大婚封王也不算什麼了不起的事，即便三皇子多年無所建樹，但他依舊是皇子，封一個沒什麼實權的王爺，也只是保證他日後的富貴生活罷了。但是大婚後去封地，這就讓大家不解了。

其他幾位王爺從沒有被允許去封地，將來太子登基，也不會允許他們去封地，避免他們在封地天高皇帝遠，結黨營私，妄自尊大。

可這位最被皇帝厭棄的閒王，竟被允許去封地。

「皇上，閒王大婚後去封地，這怕是不妥。」有幾個大臣提出反對。

「沒有什麼不妥的，朕知道你們擔心什麼，但是閒王不同，讓他留在京師，他成日偷雞摸狗的反而礙事，不如就讓他去封地吧。朕剛才說的那塊地與韃靼接壤，土地貧瘠，邊界又不安定，放閒王在那兒，還能幫太子守邊。若是他真想鬧點事，別說他沒那個能耐，就算有，腹背受敵，萬劫不復，朕想他不至於那麼蠢。」

鞏昌府、臨洮府、平涼府、寧夏、涼州等地屬陝西布政使司管轄，閒王的封地也不過占了陝西西北一角，封地並不大，且如同皇帝分析的，這塊地貧瘠且不安穩，確實沒什麼好擔心的。

既然皇帝這麼說了，幾位大臣商議後也覺得可行。

別說廢材如閒王，即便能者如二王爺去了這個地方，也生不起反心，這實在不是一個可以擁兵自大的地方。

於是，這件事就定了，很快，有大臣草擬聖旨，皇帝過目修改滿意後，便同時頒布了兩道聖旨——一道是三皇子封閒王，一道則是閒王大婚。

第十五章　賜婚

皇帝賜婚，斷無悔改的可能了。

明太傅心情有些沈重，想到明秋意即將嫁給閒王，日後會同閒王遠赴邊境，他便有些鬱結。

他萬萬沒想到，皇帝會把女兒賜婚給閒王，早知道是這個結局，他去年就應該盡快為明秋意定下婚事，起碼女兒嫁到身邊，日後還有可用機會。如今，卻再無可能了。

明太傅步履蹣跚，一同出殿的大臣，有的陰陽怪氣的恭賀他，明太傅知道這些人是在奚落嘲諷，也不理睬。

這時，一個東宮的太監上前，請明太傅過去一趟。

眼下皇帝身體不行了，太子的勢力早已遍布宮中上下，所以關於閒王的事情，太子很快就得知了。

太子找明太傅，自然也是為了這件事。

明太傅有點擔心太子放不下明秋意，不過此事已經下了聖旨，他不願意也沒有辦法。

其實，太子關心的是閒王前往封地這件事。

「太傅大人，三弟大婚後去封地，這事……令本宮有些不安。」

「太子也不用過於焦慮，那邊境封地物資貧瘠，人口稀少，封地也只有三府數衛，並不大。又接壤敵國，閒王即便有異心，也做不出什麼來。」這一點，明太傅倒是不擔心。

「這個本宮知道，可是其他幾個王爺都不許去封地，偏偏閒王卻可以。本宮有些不明白父皇的心思了，他不是最厭棄三弟的嗎？」太子皺眉。

雖然封地條件不好，但是天高皇帝遠，藩王去了封地，日子可快活多了。父皇對三弟的心思……還真是讓人無解。

明太傅一笑。「太子不必為此掛懷，興許是皇帝自知天命，想到了柔妃罷了。」

人之將死，難免會想到曾經最愛的人，當年皇帝對柔妃的喜愛可是人盡皆知啊。

「若是這個緣故，父皇其實還是喜歡三弟的。」太子的話中有一絲不易察覺的嫉妒。

「喜歡，也不過如此。皇帝對太子的安排才是全心全力，太子也是眾望所歸。」

「好吧，事已至此，又是父皇親口的旨意，本宮不好反駁什麼了，就按照父皇的意思去做吧，也算是本宮的孝心了。」

太子雖然這麼說，心裡卻還有另一個心結。

「另外，閒王妃的人選，怎麼會是明秋意，這不是父皇的想法吧？」父皇知道他和明秋意的過往，怎麼會想到讓明秋意當閒王妃？

「是閒王親自去求皇上的。」明太傅答道。

太子一愣。

三弟親自去求？他什麼時候喜歡上明秋意了？

這天日落之前，皇帝的聖旨就到了明府。

此時，明太傅還沒回府，不過因為聖旨是他和內閣一起草擬的，自然早已知道內容。

明夫人、明秋意以及兩個弟弟在家接旨。

宮中來的大太監在府中宣讀聖旨，眾人目瞪口呆。

明秋意成了閒王正妃，且皇帝要求盡快舉辦婚禮。

「閒王是誰？」明朗忍不住問。

幾個王爺中，沒有聽說過這個封號的。

大太監一笑。「除了三皇子，還有其他人嗎？皇上已經封三皇子為閒王，賜封地，只等和王妃大婚後便前往封地。」

明秋意萬萬沒想到，三皇子是認真的，而且如此雷厲風行，竟然一日之內就讓皇帝下旨賜婚。

她久久無法平靜下來，這個變數實在來得太快太震驚了，而大太監的話也讓她心中欣喜。

閒王，果然是可以去封地的。

原來那一世，眾多王爺中，閒王是唯一一個去了封地安然度日的人，其他幾個王爺留在京師，日子難捱。

眼下，其他人得知三皇子封王，大婚後還會去封地，也不免震驚。三皇子的待遇好像不差啊，可三皇子不是皇帝最討厭的那個皇子嗎？

自從接了聖旨後，明秋意就心緒不定，她一遍遍看著聖旨，總覺得這個結局不像是真的。

她這一世居然沒嫁給最有前途的太子，而是嫁給了最草包的三皇子?!

明秋意不知道自己是怎麼回到小院的。

她重生也沒這麼震驚過。

「小姐，這是真的嗎？這也太快了吧！」十一也很懵，雖然小姐很多事情沒告訴她，但是十一知道小姐是急著出嫁的。

就在前幾天，小姐還想嫁給鍾大人，這一眨眼，小姐竟然已經成了閒王妃。

「我也很震驚，不過聖旨已下，這件事是千真萬確的。十一，閒王大婚後會前往封地，我們很快要離開京師，得好好準備一下了。」

明秋意逼迫自己冷靜下來，既然已經成了閒王妃，她就要開始籌劃以後的生活。

雖然西境邊境條件不如京師，但聽劉芸說那邊日子過著才舒服。沒想到，她以後又能和劉芸經常見面了。

明秋意漸漸接受自己將要成為閒王妃的事實，想到以後全新的生活，她充滿期待，又有些害怕。

她更忍不住想，閒王究竟是一個怎樣的人？

她當然知道，閒王並不如傳聞中那般好吃懶做、草包廢材，連唐清雲那樣的名醫都願意與他相交，就知道他並非那麼不堪。

對於柔妃那件事，也可以說明，閒王孝順重情。

至於其他……明秋意發現，她似乎挺瞭解閒王的，比如她知道閒王喜歡養小動物，除了雪貂，還有馬。

閒王雖然嘴巴很毒，但是也幫過她，他並不是壞人。

明秋意一直在想，直到深夜眼皮撐不住，才陷入沈睡。

在睡夢中，她又作了那個夢。

她夢見閒王撲向她道：「太冷了，快脫掉衣服，我幫妳暖暖。」

明秋意嚇得大叫。「不、不要，不要……」

然後她就被嚇醒了，再也難以入睡。

清晨起來，明秋意沒睡好，她昨晚失眠睡得很晚，又被那個夢嚇醒。她現在越來越肯定，那個在河邊救她的人，就是唐清雲和閒王。

閒王就是個流氓沒錯！

一大早，劉芸就急急到了明府。

「妳知道嗎？昨天中午夫君回家跟我說，妳和我大哥的事情不成了，因為三皇子不允許，我就想完了完了，夫君把這件事透露給三皇子，我沒臉見妳了，我的心七上八下，想著怎麼跟妳道歉，但是我又很疑惑，這件事跟三皇子有什麼關係？妳嫁給誰，三皇子管得著嗎？」

她繼續說著。「然後，昨天晚上，我夫君回來又告訴我，妳要嫁給三皇子了。我就想，這不對上了？三皇子早就看上妳了，妳要嫁給我大哥，三皇子就急了，哈哈哈！」

明秋意也很不好意思，她託劉芸去找鍾浩說親，結果回頭自己婚事定了。

「對不起，我也沒料到會這樣。」

「這不怪妳，得怪三皇子，哦不，閒王，他可真是的，既然喜歡妳，早點說不就好了嗎？」

「閒王也不一定是喜歡我吧。」明秋意可不覺得自己有這麼大的能耐。

劉芸曖昧一笑。「這妳就不懂了。昨天我夫君沒管住嘴，和閒王喝酒時說起妳和大哥的事情，閒王那醋罈子一下子就打翻了。妳放心吧，閒王很喜歡妳，妳等著過好日子吧。」

「……我並不瞭解閒王，也不知道以後會如何。不過能遠嫁去西境，也是好的。」對於未來，明秋意更多的是忐忑。

「閒王雖然名聲不好，但是我夫君說他是值得託付的人。」劉芸安慰她說。

這下，明秋意放心了很多。

等劉芸走後，明秋意就開始打算起來。她讓十一去清點目前留給她的那些鋪子、宅地。日後跟著閒王去了西境，只怕數年也不會回來一次，留著這些宅地、鋪子在京中也不好打理，索性都賣了，換成銀子，去西境再購置。

只是若是急賣，怕價錢不好，只能讓十一費心去操辦。

至於母親為她留下的簽了死契的僕人，若是不願意去西境的，就做個人情，送給父親好了。

她被賜婚給閒王，這麼大的事情，從昨晚到現在，父親和母親也沒見她一次，可見父親的不滿。

不過，明秋意並不擔心，既然是皇帝賜婚，父親不滿又如何？

穆凌寒封了王、賜了婚，整個人都神清氣爽起來。

王府已經賞賜下來，如今也沒有時間重新修葺，只能打掃一下，佈置一些新的家具和擺設，過幾天就可以搬進去了。

又因為穆凌寒很快要去西境封地，皇帝也沒賞賜他什麼貴重物品，就給了他銀子、金器和銀器，並讓送來的太監仔細叮囑，讓閒王省著點花，別到時候窮到養不起媳婦和孩子。

因為王府還沒收拾好，穆凌寒就在府前接受賞賜謝恩，來送賞賜的太監聲音很大，因此不少人都聽見了，有大膽的圍觀百姓還笑出了聲。「真是知子莫若父，皇上英明啊！」

穆凌寒倒是不在意，跪地大聲謝恩。「謝父皇教誨，兒臣一定會痛改前非，向幾位哥哥、弟弟學習！」

不少百姓又笑，這話鬼才信。

一個習慣了吃喝玩樂的人，想要浪子回頭是很難的。閒王這輩子也就這樣了，幸虧他是皇子，才不至於餓死。只可憐了那京中第一才女明小姐，居然被賜婚給了閒王。

「真是一朵鮮花插在牛糞上！」

這時，圍觀人群中傳出一道聲音，不少百姓跟著哈哈大笑。

百姓們並不畏懼閒王，因為閒王雖然喜歡玩樂，性格放浪，卻並不暴戾，相反，平日他和百姓的關係還挺好的，被人罵了，只要那人拿出銀子賠償，他也不會計較。

總之，閒王和太子、其他王爺不同，在民間沒有威信，大家對他的看法出奇一致，就是個只懂玩樂的好脾氣廢材。

果然，穆凌寒聽了，得意的笑。「怎麼是牛糞呢，明明是金糞。」

大夥兒跟著笑得更歡了。「閒王說得是！」

剛得了皇帝的賞賜，穆凌寒轉眼就拿著銀子去了京師最出名的酒樓，宴請一票狐朋狗友。

於是，封王第一天，穆凌寒就喝得爛醉如泥，被人抬回了居住的宅子，也就是之前太子送他的宅子。

這件事，當天就傳得沸沸揚揚。

十一如今在外頭為明秋意忙活轉賣鋪子、房地的事情，自然聽到了不少傳言。

當天晚上，十一回去的時候，一臉氣呼呼的。

「小姐，閒王真是太過分了，他之前窮得吃樹皮，我們好心讓唐大夫給他送銀子，他平日那些狐朋狗友沒一個借錢給他的。如今封王了，得了皇帝的賞賜銀子，立刻就請那些人吃飯喝酒，花了很多銀子，這件事在城裡傳得沸沸揚揚，大家說閒王不但草包，腦子還有包。那些只會落井下石的朋友，用得著搭理嗎？」

明秋意倒是沒那麼生氣，她已經意識到閒王的內外不一，並不特別在意這些事。「算了，妳只需做好我吩咐的事情，其他的我們也管不了。」

「可您是未來的閒王妃啊，閒王那麼窮，如今亂花銀子，日後您嫁給他，可怎麼過日子？」

明秋意安慰十一。「我娘留給我的嫁妝，只要精打細算，即便以後王爺不給我銀子，我們也一輩子不愁吃喝，妳不用太擔心。」

「哪有這樣的，居然要靠您的嫁妝度日，過分！」十一更氣了，卻無可奈何，心想自己以後可得為小姐守好嫁妝，否則小姐以後也會窮得沒飯吃。

第十六章 秋兒

這天，明秋意用過晚飯，就見到父親的侍從過來，請她去書房。

明秋意知道，父女間的這場會面是不可避免的。

她到了明太傅的書房。

「秋意，妳和閒王的婚事太讓我意外了。此前，父親還頭疼妳的婚事，沒想到妳還是有福氣的。」明太傅溫和道。

「父親，女兒也很意外，那日閒王忽然來府中找我，說要娶我，結果當天傍晚聖旨就下來了。此前女兒和閒王也不過見了幾次而已。」

明秋意知道父親在想什麼，這場婚事來得太突然了，父親一定懷疑自己其實早和閒王有了私情。

「這也太奇怪了，雖然閒王做事不按章法，但是他忽然要娶妳，也未免匪夷所思。他之前真的一丁點都沒表現過嗎？」明太傅還是不斷試探明秋意。

「女兒此前確實見過閒王幾次，可每次都有外人在場，女兒真的沒有私下和他說過一句話。」

明秋意把此前和閒王有過的瓜葛全部說出來，而這幾次見面，明太傅都知道。至於其他，明秋意平時很少出門，有事也只會讓身邊丫頭去辦，絕不可能私自出門去和外男約會。對於自己教養出來的女兒，明太傅還是放心的。

這麼說來，這件事真的和明秋意無關了。看來是閒王忽然發了瘋，要娶明秋意，白白害他損失一個女兒。

明太傅長嘆一聲。「唉，事已至此，妳我也只能認命了。秋意，以後妳就要和閒王去封地，我們父女想要再見就難了。」

明秋意跪下，垂淚道：「是女兒不孝，辜負了父親的苦心栽培。」

「罷了，妳嫁給閒王也不會沒有用處，等時機到了，太子會找妳，妳便按照太子說的去辦吧。」

明秋意心中一驚。她都嫁給了閒王，遠赴西境，還能為太子做什麼？

「敢問父親是何事？」

「日後太子自然會告訴妳，眼下妳準備出嫁便是了。」

明秋意心中忐忑不安，不過她已經下定決心，反正自己到時候已經遠走高飛，是絕不會被太子擺布的。

轉眼到了三月底，鍾浩、鍾濤等人述職完畢，要回西境了，明秋意親自去送劉芸。

且不說她們本是好友，日後她也要去西境，劉芸的夫君和大哥都在秦州，秦州就屬於閒王封地鞏昌府管轄之內。

明秋意想著日後去西境和劉芸也有個照應，更是應該送一送。

此時明秋意的病已經好多了，只是正如大夫所言，她的身體變得更加畏寒，不過幸好三月底天氣已經暖和多了，她出門一趟也不妨事。

如今明秋意即將成為閒王妃，相信太子妃也沒有緣由再來害她，便安心帶著十一和幾個護衛出門。

她之前和劉芸寫信，約好今早在北城城門口見，結果到了城門口，十一掀開車窗，就發現閒王騎著馬，帶著石頭也在城門口等著。

「小姐，閒王也在。」

穆淩寒早就瞧見了明秋意的馬車，此時騎著馬過來。「愛妃，我們真有緣分，妳是來送鍾千戶夫妻的嗎？」

馬車裡的明秋意本就忐忑，她之前和閒王只能說是認識而已，眨眼兩人就成了未婚夫妻，她本想著得出來給王爺請安，結果閒王在車外，又來了這一句。

這人還是一點沒變，說話沒有一點禮數，也完全不在意她的想法。

明秋意見閒王這樣，也懶得出去行禮，她聲音清冷。「王爺，請自重，您與臣女尚未完婚，請不要胡亂稱呼。」

「哦，成婚也是早晚的事情，我倒覺得無所謂，愛妃很介意？」

「臣女介意。」明秋意冷冷道。

「哦，那……我就叫妳秋意吧。」穆凌寒想了想，認真的說。

明秋意一時語塞，但是她知道，這就是閒王說話氣死人的本事，她還是不要計較了。

「不知道王爺為何來此？」她乾脆換了個話題。

「我聽說妳今天要來送人，就特意過來和妳見面。」穆凌寒理直氣壯的說。

「……」

別說明秋意，連十一聽了都目瞪口呆。

這也太直白了吧！

穆凌寒身邊的石頭也嘆了口氣，心想王爺你可別把王妃嚇跑了。

「秋意，妳怎麼不說話了，是不是生氣了？」半晌，不見明秋意回答，穆凌寒又問。

「臣女沒有生氣。」她生氣了又如何？閒王肯定又會說出更加無恥的話讓她面紅耳赤，無言以對。

「妳的聲音聽起來冷冰冰的，似乎有點生氣，我也猜不到妳為什麼生氣，若是妳真的生氣，可以說給我聽，我一定會改。」

穆凌寒的語氣聽起來委屈，車內的十一差點嚇掉眼珠子。

明秋意嘆氣，好的壞的都讓閒王說了，她還能說什麼？

「在大婚前，請王爺別叫我秋意，這畢竟不合禮法。」

「好，我都聽妳的，秋兒。」穆凌寒又換了個叫法。

明秋意決定從此閉嘴，她一句話也不想跟閒王說了。

隨後，任由閒王再怎麼戲弄，明秋意一句話也沒說，不過幸好沒多久，鍾浩、鍾濤等人的馬車出城了。

明秋意和劉芸下車相見。

「秋意，還記得三年前妳也是在這裡送我，那時候我們哭得稀里嘩啦，不過現在可好了，過不了多久，我們就能見面了。」

明秋意點頭，她也為此雀躍高興。「昨日妳派人送來的信中，告訴我諸多事宜，我都記下來了。」

「嗯，西境和京師氣候不一樣，更加乾冷，不過你們過去的時候正好是夏秋，倒是很涼快的。但秋冬的衣物一定要備好，西境的冬天很冷。我剛去的第一年，真是有點不適應。」劉芸細細叮囑。「不過呢，那裡大雪，可真是好玩，如果不怕冷，還可以出去抓兔子。」

穆凌寒看似在和鍾浩、鍾濤告別，但是耳朵全部放在明秋意這邊，他聽到劉芸這麼說，立即轉過頭道：「秋兒，妳放心，我早就讓人準備好防寒衣物，絕不會凍著妳的！」

「……」

明秋意臉一下子紅了，她低著頭不知道說什麼好，這流氓竟然對外人也敢這麼說。

劉芸一愣之下抿著嘴笑。「閒王對秋意真上心，令人羨慕。」

穆凌寒聽了，笑得得意。「如果那時秋兒想抓兔子，我親自為妳抓。」

明秋意握緊雙手，內心焦躁不安，恨不得挖個地洞鑽進去。她何時聽過如此孟浪親暱的話？

這種親密言語不應該是夫妻私下說的嗎？明秋意心裡把閒王罵了一百遍。

鍾浩和鍾濤也是尷尬萬分。

此前，鍾濤還想給鍾浩和明秋意搭線促成姻緣，卻萬萬沒想到，明秋意是閒王的心上人，結果差點鬧了笑話。

也幸好當時哥哥拒絕了，否則眼下更加尷尬。

他們兄弟二人早年和閒王結識，意氣相投，是多年的朋友，不過閒王是心胸寬廣的人，那日事後，三人還是如同朋友，不再提及這事了。

「妳身體剛好，眼下雖然天暖，但還是有風，妳還是趕緊回去吧。」劉芸見明秋意尷尬，便為她解圍。

明秋意感激的看了劉芸一眼。「那好，我們日後再見，祝你們一路平安。」她說著，就在十一的攙扶下上了馬車。

穆凌寒見此，也向鍾浩兄弟告辭，然後高聲道：「秋兒，我送妳回去。」

明秋意恨不得拿一根針縫了他的嘴。

一路上，穆凌寒又說個不停。「秋兒，王府已經收拾妥當了，關於我們新房的佈置，妳有什麼想法？」

她一個未過門的王妃，如何去管王府的佈置？明秋意決心不理閒王。

穆凌寒見明秋意不說話，也不在意。

直到明秋意快進了明府，穆凌寒才再次出聲。「這是我從唐大夫那裡要來的一張方子，我聽說妳自從上次掉入河中，留下了體寒之症，這方子可以慢慢調理。」

聽說？從哪裡聽說？聽誰說？是不是那次救她的人，其實就是閒王？明秋意內心暗暗思量，也更加確定幾分。

「臣女多謝閒王。」明秋意讓十一出去拿藥方。

穆凌寒見了明秋意，心情不錯，他路過酒樓，讓石頭買了幾罈酒就回府了。

如今王府已經打掃好了，穆凌寒前兩天已經搬了進來。

王府雖然有些陳舊，卻很大，稍微佈置一番也是像模像樣，不過可惜，他只能在這王府住上幾個月了。

大婚後，他會帶著明秋意去封地，他在封地的王府已經定下，是靠近邊境的鞏昌府，雖然那裡條件落後，偏遠苦寒，但是穆凌寒卻有些迫不及待了。

自母妃死後，十幾年了，他可以說是精心籌劃了很多年，只為了這一天，離開這個壓抑的、如鳥籠一般的京師，去過母妃想要的自在日子。

只是，不知道秋意隨他去那苦寒之地，會不會難過？畢竟，她可是在京師富貴人家長大的千金小姐，讓她跟著自己去受苦，實在有些委屈她了。

但是又一想，既然明秋意為了嫁出去，都可以選擇章簡、鍾浩這些人，那麼她應當不介意隨自己去封地的吧。只是，她身體不好，以後她嫁來，一定要讓唐清雲好好調理。

這樣一想，穆凌寒心情更好了。

回到閒王府，王府管事在門口候著，見到穆凌寒，趕緊來報。「王爺，太子殿下兩刻鐘前就到了，正等著您呢。」

穆凌寒點頭，自他封王賜婚已經過去數天，他忙著各項事務，沒有時間去見太子，也懶得去見。

不過，穆凌寒也知道，對於他賜婚和去封地這兩件事，太子必然是不滿的。

外人都以為，太子最喜歡的弟弟是他。其實太子對他格外關照，還不是因為他對太子沒有威脅。

但是眼下不同了，他要娶的王妃是太子曾經想要的女人。他要去封地，多少會讓太子不安。

唉，這皇家最感人的兄弟情，已經到頭了吧。

不過也不可惜，本來皇家就沒有所謂的親情。

穆凌寒在王府大堂見到了太子，他正喝著茶，穆凌寒要行禮，太子笑容滿面的阻止了他。「三弟，在你府上，何須客氣？」

「太子哥要來，怎麼不早點跟我說？害得太子哥等了這麼久，我真過意不去！」

「無妨，封王和大婚兩件事，也是夠你忙的。」太子溫和道。

「可不是？不過封王就要離開京師，卻是挺煩的，父皇給我的封地太差了，我情願待在京師。」穆凌寒抱怨道。

太子詫異。「怎麼，不是你向父皇提及想去封地天高任鳥飛嗎？」

「我是想天高任鳥飛，但封地是鳥不拉屎的地方，我去了能飛嗎？能有京師這麼好玩，這麼多朋友嗎？」穆凌寒不屑。

「我知道是父皇看我不順眼，想讓我去鍛鍊，但我要是能成才，還需等到今天嗎？要不，太子哥，你幫我去跟父皇說說，就讓我留在京師吧。」

穆凌寒以退為進，眼下他還沒離開京師，還不能讓太子疑心。而他也知道，太子絕不敢去向皇帝開口留下他的。

若是太子真的這樣做，豈不是說明太子還沒登基，就準備對付其他兄弟了？未免太讓皇帝寒心。

太子自然也想到這一層，他若是能開口阻止，又何必等到現在？

「三弟，你這想法若給父皇知道了，可得把父皇氣壞。父皇一心為你考慮，你還不領情。」太子笑罵。

「太子哥，若是你去了那苦寒之地，你就知道多慘了！我聽鍾浩說，從十月就開始下雪，下到三、四月，整整半年！外面的雪比人還高！那環境惡劣不說，城裡也沒什麼好玩的，什麼酒樓、青樓都沒幾間……」

「你也太不像話了，盡想這些事。對了，鍾浩是誰？」太子打斷他。

「就是秦州來的指揮使，三年前，我的馬不是在街上失控了嗎？是他救了我一命。」太子了然。「那你得好好感謝他。」

「可不是，這次他和他弟弟來，我請他們去了幾次芳香樓，還被他弟媳罵了一頓。」

「……不說這事了，你去封地的事情，只有父皇能決定，你若是不願意，便親自去求父皇吧。不過，這次你的王妃人選卻奇怪，怎麼是明秋意呢？你不是嫌棄她醜嗎？我聽人說，是你主動要求娶她的。」

「醜是醜了點，但是小白喜歡，我就無所謂了。」穆凌寒解釋。

「你說那隻雪貂？對了，我聽說你把雪貂給她養了。」太子回憶道：「你該不是早就喜歡她了？」

「喜歡？太子哥，喜歡一個人對我們來說，也太危險了吧。」穆凌寒皺眉。

「說得也是。」

太子一陣試探，也沒從穆凌寒這裡問出可疑之處，反而讓穆凌寒纏住，喝了一頓酒才離開。

第十七章　誤會

最近，明秋意病已經好了，確實感覺到自己更怕冷，其他的倒是沒什麼感覺。

閒王送來了唐大夫的方子，明秋意是信得過唐大夫的，便打算第二日就讓十一去抓藥，調理自己的身體。

結果，這天晚上，她推遲了數日的月信來了。

明秋意這才知道，體寒之症給她帶來的不是怕冷那麼簡單。

從今天下午開始，明秋意就感覺到小腹很不舒服，她知道這是月信要來的徵兆，但是和以前不同，這種不舒服很強烈。

晚上，她的月信來了，小腹就像有一萬根針在扎，又像是肚子裡有一隻手在攪動，而且一刻都不得停，讓她痛得渾身冒汗，無法呼吸。

無論是暖爐或是大夫開的藥方都不能緩解。

明秋意在床上打滾，痛得咬著牙，卻發不出一點聲音，她的面色慘白，十分嚇人。

這可把十一嚇壞了，心想這樣不行，她記得小姐說過唐大夫醫術高超，便吩咐其他婢女照顧好小姐，又向明夫人報告，想親自去請一位厲害的大夫來。

明夫人看明秋意痛得死去活來，請的大夫藥方也不管用，怕明秋意這樣痛下去真的有危險，便讓十一帶著人去請大夫了。

畢竟，如今的明秋意已經是閒王妃，再也妨礙不到她的女兒了。若是明秋意真的出了事，她還不好跟閒王交代。

於是，十一連夜讓人騎馬帶著她去找唐清雲。

聽到三更半夜的敲門聲，唐清雲有些鬱悶，不過看到來人是十一，他態度好多了。當然，也知道事情不簡單。

「怎麼了，是明小姐出事了？」不等十一開口，唐清雲急忙問道。

十一也來不及去想唐清雲怎麼知道沒有蒙面的她是誰，便點頭。「是，我家小姐快疼死了。唐大夫，請跟我來。」

唐清雲騎著馬，跟著十一回到了明府。

明秋意的症狀，雖然唐清雲早有預料，但顯然比他想的更嚴重。然而，這個是病，需要慢慢調理，他一時半刻也不可能去除病根。

唐清雲只好給明秋意開了一些止痛的方子，暫時緩解她的痛苦。

「以後要注意保暖，還有，我讓閒王給小姐的方子，以後要按時服用。」

十一趕緊讓人去抓止痛藥，又煎藥讓明秋意喝下，她才稍微好一些，等輾轉入睡，已經快天亮了。

早上，明秋意喝了一點熱粥，又繼續睡，等她醒來，小腹的劇痛已經緩和不少，雖然還是有些不適，但並不會讓她坐立不安了。

十一聽到她醒來，趕緊進來。「小姐，怎麼樣？餓了嗎？」

「嗯，上一些清淡的東西吧。」

在十一的服侍下，明秋意換了身衣服，外間的小桌上已經佈置了幾道清淡小菜。

想到自己昨晚的慘狀，明秋意心中不禁悲傷。重生這一世，她做了這麼多努力，卻還是落到這個地步。

如今她雖然保住了命，卻得了宮寒症，也不知道能活多久，能不能生下孩子？

十一看明秋意心情低落，忽然想起一件事。「小姐，今天一早，閒王讓人送來了兩隻鳥。」

「鳥？」明秋意一愣，閒王連送禮物都這麼奇特。

十一讓阿來把掛在外面的鳥籠拿進來，裡面是兩隻小巧可愛的綠色鸚鵡，明秋意一看，心情好多了。

「送鳥過來的是閒王的侍衛，他說閒王知道小姐身體不適，希望這兩隻鳥能給您解悶。」

「他以為別人都同他一樣，盡喜歡玩這些無聊……」

明秋意話還沒說完，就聽見其中一隻鸚鵡道：「秋意！秋意！」

明秋意一愣，十一驚喜。「小姐，這鳥會說話，還會叫您的名字呢！」

明秋意目瞪口呆，訓練鸚鵡說話可不是一天兩天的事，這鸚鵡竟然能說得這般清晰，想必閒王早就開始教了。

而她和閒王訂下婚約也才幾天而已。想到這兒，明秋意又忍不住臉皮發熱。難道他早就教鸚鵡喊她的名字了？

另一隻鸚鵡也不甘落後，大聲嚷嚷。「栗子糕，栗子糕！」

明秋意又愣了一下，隨即噗哧笑了。她想起去年年底，她和閒王在梅園相見，閒王吃的那塊栗子糕。

那時，他分明說她做的栗子糕難吃的。

看到明秋意笑了，十一心想這個閒王還不是一無是處。

於是明秋意的院子裡又多了一種動物。明秋意心情好了，逗逗鳥，吃了點東西，又去睡了，這樣又過一日，她的身體好多了。

四月初，明太傅偶感風寒，明良娣焦心不已，太子便帶著明良娣回娘家探望明太傅。

明秋意並不知道這件事，她在院子裡逗鳥，忽然有下人來報，老爺讓她過去，明秋意便去了父親的院子，途經花園，遇到了太子。

明秋意眉頭一皺，便知道這是父親的有心安排。之前父親跟她提過，太子有事要吩咐她。

想必此刻太子就是為了這件事而來。

領路的下人是明太傅的人，見到太子，行禮後便退下了。

太子看了旁邊的十一一眼。

十一膽子不小，只跟著明秋意一起行禮，卻不走。

「十一，妳到那邊的亭子等我。」明秋意讓十一先離開，既然太子費盡心機找機會見她，她自然是躲不過的。

「秋意，自從妳上個月遇險落水，我一直很擔心，想來探望妳，可找不到機會。如今看妳大病未癒，我真是心痛。」

看著太子溫柔的樣子，明秋意覺得有些好笑。

原來那一世，她嫁給太子，太子對她還算客氣尊重，但是遠遠沒到這般溫柔體貼的地步。

而她如今已經是太子的弟媳，太子卻如此說話，讓明秋意一時覺得荒謬。她經歷兩世，自然知道太子這番話虛假做作。

「讓太子費心了，不過臣女已經好多了。」明秋意語氣冷淡。

「唉，妳這樣的態度，讓我不知如何是好。前幾天，我聽聞父皇賜婚，將妳許給了三弟，我一晚上都沒睡好，不知道事情怎麼會發展至此？」

「太子殿下，雖然嫁給閒王是我意想不到的，不過臣女終究是要嫁人的，希望太子殿下能明白，不要再打擾臣女了。」

明秋意這疏離的態度，讓太子無法進一步談事情。

然而他能見明秋意的時間不多，若是耽誤久了，傳出醜聞，對他不利。所以太子只能直接提及正事。

「我知道，我們之間是不可能了，但妳嫁給閒王，我有諸多不放心。」

明秋意低頭不語，心想關你何事。

太子只好繼續說：「三弟這人，我比妳瞭解的多，他看起來似乎隨和坦誠，但是我隱隱感覺並非如此。日後妳隨他前往封地，偏遠苦寒，只怕他那時恢復本性，對妳惡言惡行。」

「臣女相信閒王不是這樣的人。」明秋意惱了，雖然她不是很了解閒王，可閒王哪裡是那麼壞的人？再說了，當著她的面說她未來夫君的壞話，也不是君子所為吧。

「秋意，妳涉世不深，又在深閨之中，自然不懂這些。閒王也許並不是妳想的那樣。不過，妳也不必擔心，若是日後發現閒王言行反常，妳就寫信告訴我，我在鞏昌府、臨洮府等地都佈置了暗樁。」

明秋意這才知道，太子要她做什麼。

原來，太子不放心閒王去封地，怕閒王會有反心，讓她做奸細呢。這也太可笑了。

她是閒王妃，不與自己的夫君一條心，難道還會跑去跟太子一條心，去害她的夫君？

「太子殿下，臣女不懂您要我做什麼，也不會這些。」

「這並不難。妳也不必太擔心，若是沒發現便罷了，若是發現了閒王的反常，告訴我便可。妳的父親也是我的岳丈，我們是一家人。」太子居然還拿明太傅說事。

明秋意是巴不得遠離這一家子利益薰心之人。只是眼下，她若是拒絕，太子和父親還是會想其他辦法逼她就範，不如先假裝同意。於是明秋意做出沈思的樣子。「那我去了閒王封地，如何見您的暗樁呢？」

太子神色一喜。「這個妳不用擔心，鞏昌府、臨洮府有一些商鋪老闆便是我的暗樁，我把這些店鋪的位置和名字告訴妳。」說著，太子遞給明秋意一張紙。

明秋意收下紙條，點頭。「我知道怎麼做了。」

太子微笑。「秋意，雖然以後我們不能常見面，但若是能收到妳的消息或書信，我會萬分欣喜。」

臉皮可真厚啊！明秋意心中冷笑。

見了太子，也用不著去見父親了，明秋意帶著十一返回自己的小院。這邊，明秋意剛回小院，喝了調理宮寒的藥，在院子裡逗狗子和雪貂，明春如又找上了門。

明秋意心裡不耐煩極了，剛剛應付完太子，這邊又得應付明春如。

明春如聞到明秋意身上的藥味，心中高興，她腦子簡單，眼底藏不住的得意。

「姊姊，妳喝藥了嗎？我聽母親說妳上次遇險，留下了病根。」瞧瞧這話，顯然是故意來刺激她的。

她上個月出城祭祀遇險，這事八成和明春如脫不了關係。

明秋意假笑。「是啊，這次能保住一命，可以說是神仙庇佑了。」

「姊姊這是大難不死，必有後福啊，只等著做閒王妃了。雖然閒王是不爭氣了點，但好歹也是個王爺。」明春如有心提點閒王的劣跡，自然是為了提醒，即便明秋意是閒王正妃，也不如她這個太子側妃。

明秋意忍著笑，嘆氣道：「是啊，可如今婚事已定，我也只能認命。想到日後要去西境苦寒之地，我是日日夜夜都睡不好了。」

明春如心中快意。「姊姊也別太難過，雖然不如在京師過得好，但妳畢竟是閒王妃，而且閒王那般中意妳，自然會疼惜妳的。」

明秋意幾乎垂淚。「閒王那樣的人，妳又不是不知道，他風流放蕩，日後他的身邊美女如雲，哪有我的立足之地？只盼他別過分，寵妾滅妻才好。」

明秋意說著，忽然覺得有些不對勁，似有一道目光盯著她。身邊的十一也不著痕跡的拉了拉她的袖子。

明秋意抬頭一看，只見剛剛被她斥責的閒王，正黑著臉站在小院門口，冷冷地盯著她。剛才她和明春如那些話，看來他全部聽見了。

明秋意臉色一陣紅，想要解釋自己是說給明春如聽的，可眼下明春如還在，她又如何開口？

而閒王顯然發怒了，他冷笑一聲。「沒想到秋意竟然如此看待本王，本王非但不上進，還是個浪蕩子，真是委屈秋意了。那百姓們說的也不錯，妳一朵鮮花，是白白插在牛糞上了，可惜，婚事已定，妳想反悔都不成了。」

閒王這般疾言厲色是很少見的，他一向性子寬容溫和，如此對明秋意說話，可見是真的生氣了。

明秋意臉色發白，愣在那裡不知如何是好。

明春如卻心中暗喜，沒想到她無意中讓閒王和姊姊有了心結，想來姊姊以後是沒好日子過了。

明春如向閒王行禮，誰知穆凌寒卻冷笑一聲。

「明良娣，妳剛才說本王什麼？不爭氣？正好太子哥也在這裡，我去問問太子哥，這話是什麼意思！」

穆凌寒說完，轉身甩袖就走。

明春如嚇得都站不穩，這下糟糕了！若是閒王把事情鬧大，太子一定會厭棄她的！明春如顧不上奚落明秋意，趕緊去追閒王。

明秋意還沒回過神，她眼底泛起淚花，不知如何是好。她若是日後再去跟閒王解釋，閒王只怕也不會信她了。

十一擔心地看著明秋意，又見跟著閒王來的石頭沒走，趕緊說：「石侍衛，我家小姐不是那個意思。」

石頭點頭。「小姐不必難過，王爺自有判斷。之前唐大夫開的藥方，裡面有一味藥材難尋，今天王爺是來送藥的，請小姐收下。」

明秋意心中更是難過，閒王好心來送藥，她卻背後說他壞話，還讓他聽見了。

十一趕緊接過箱子，道了聲謝。

而穆凌寒呢，自然是要把這件事鬧大的，他氣沖沖地去明太傅那裡找太子。

太子正和明太傅說話，穆凌寒忽然闖入，一臉怒氣，讓太子和明太傅滿頭霧水。

「太子哥，你來給我評評理！」

「三弟，你這是怎麼了？你怎麼也在這裡？」

「我今日來給秋意送藥，結果呢，明良娣在跟秋意說我的壞話，說我不爭氣？太子哥，就算我不爭氣，她也不能跟秋意這麼說我，秋意不喜歡我了怎麼辦！」

這時，失魂落魄的明春如剛剛趕到，太子和明太傅瞪著她，滿臉怒氣。

這個蠢女人，盡做一些蠢事。

太子自然知道她的心思，必然是想去刺激明秋意才說出那番話，但是卻好死不死讓閒王聽見了。

「三弟，是明良娣失言，你不必生氣。」

明春如淚眼汪汪，已經嚇得跪在了地上。

「太子哥，我真的這麼沒用嗎？隨便一個女人，便可這般侮辱我？」穆凌寒不依不饒，有點撒潑耍賴的味道。

太子無奈。「三弟，你自然有你的長處。你性子寬容親和，百姓都喜歡你。明良娣犯下如此大錯，我必然會重重罰她！」

穆凌寒哼了一聲，冷冷看向明春如。「明良娣，妳的父親是當朝太傅，學識淵博，德高望重，妳倒是一點皮毛都沒學會啊！」

這話又狠狠打了明太傅的臉，明太傅又怒又慚愧，心想若是這個小女兒有明秋意一半聰慧，也不至於這般惹事。

明太傅只好向穆凌寒道歉。「閒王恕罪，是老臣教女無方。」

穆凌寒撒了氣，心情又好了，要拉太子去喝酒，太子拗不過他，便和他走了。

明春如則被送回東宮，即日起禁足，罰抄女誡。

第十八章　好脾氣

「小姐，二小姐真是活該。」十一得知這件事，覺得痛快極了。可明秋意自從見了閒王後就一直心中不安。「閒王對明春如那樣生氣，只怕也很氣我。」

明秋意嘆氣，對於閒王，她並沒有太深的感情，畢竟兩人沒見過幾次面。只是，日後既然做了夫妻，她還是希望兩人能和和睦睦的度過這一生。

誰知她還沒出嫁，便鬧出這事，讓閒王反感了。

「不會的，我覺得閒王沒生您的氣，那石侍衛不是說，閒王自有判斷嗎？」十一安慰。可十一心裡也疑惑，閒王那樣的草包，能判斷什麼嗎？

明秋意心想不能坐以待斃。

她既然下定決心要好好過這一生，即便不想像前世一般步步為營，可該慎重的時候也得小心。

她想起那兩隻會喊栗子糕的鸚鵡，便讓十一去採買一些新鮮的枇杷，打算做一些點心送給閒王，以表歉意。

穆凌寒喝得醉醺醺的，和石頭回到了王府。

忽然，車中昏睡的穆凌寒陡然睜開眼睛，神色清明，他看向身旁的石頭。「石頭，我什麼時候風流浪蕩，身邊美女如雲了？我自己怎麼不知道？」

他想起明秋意那些話，心裡有些好笑又有些氣。

他這些年是不務正業，但也算潔身自好，即便去青樓喝酒取樂，也不會和那些姑娘鬼混。

石頭趕緊扶起穆凌寒。「王爺，當時明小姐應該是順著明良娣的話說的，並無惡意。」

穆凌寒微微一笑，他點頭。「嗯，她這騙人的本事可不比我低。她把太子、明太傅這些人騙得團團轉。」

石頭也有聽穆凌寒說過一些，卻還是不敢信。「去年中秋宮宴，那琴真的是明小姐故意弄斷的？」

穆凌寒點頭。「雖然當時我看得不是很明白，但事後她去找唐清雲要裝病的藥，便可以推斷這一點。她是故意不想當太子妃的。哈哈，我以為我是這大月朝一等一的騙人高手，但現在感覺自己遇到對手了。」

穆凌寒心情極好，忽然石頭耳朵一動，他似乎聽到外面有熟悉的聲音。

穆凌寒見此，也仔細去聽。

那是十一的聲音，她正在跟別人說話。

「這枇杷怎麼賣？」

「五文一斤。」

「太貴了吧。」

「姑娘，妳看我這枇杷，多大多鮮，剛剛摘下來的！」

穆凌寒給了石頭一個眼神，石頭會意，立即掀開簾子，跳下馬車，他看見十一就在不遠處的街邊，站在一攤賣水果的老婦面前。

石頭走過去。「十一，妳來買枇杷嗎？」

十一見到石頭嚇了一跳，她點頭。「嗯。你怎麼在這？」

「我剛好路過。妳不是明小姐的貼身婢女，怎麼親自來買枇杷，是小姐要的嗎？」

十一點頭。「小姐要做枇杷糕給閒王。」

石頭聽了，心想這下閒王又要高興了。「多謝小姐費心了。」

石頭趕緊掏錢，把老婦的一筐枇杷全買下。「這枇杷太重，妳坐我們的馬車回府吧。」

他雖自作主張，但猜想閒王一定不會責怪他。

十一想了想，點頭答應。

於是石頭把十一領回了馬車，果然，當穆凌寒知道這是要給他做枇杷糕的，瞬間得意起來。「告訴秋意，多放點糖，我喜歡吃甜的。」

「是。」

「也不用急著做，秋意身體不好，本王也不急著吃枇杷糕。」穆凌寒想了想說。

十一看閒王心情很好的樣子，大著膽子問：「閒王，您不生我家小姐的氣吧？」

「生氣？」穆凌寒一愣，隨即明白了，哈哈大笑。「本來有一點點生氣，但是既然有好吃的，我就不生氣了。」

「多謝閒王。」十一心想，這閒王真好說話。感覺小姐嫁給閒王，還真的挺不錯呢。

回到府中，十一把閒王誇了一頓。

「……總之，奴婢覺得閒王脾氣很好，小姐不用擔心了。」

明秋意雖然放心許多，可又想這閒王好本事，現在她的婢女都為閒王說話了。

但是，她心裡也高興，她知道閒王是個好脾氣的人，如今看來確實如此。

明秋意便趕緊讓十一幫忙處理枇杷，清洗、剝皮、去子、搗碎，剩下的事情等明天再做，明秋意打算明天一早做出新鮮的枇杷糕，送給閒王。

由於穆凌寒封王，又即將大婚，帝后都對他有諸多賞賜，穆凌寒最近手頭十分闊綽，便和昔日那些狐朋狗友又熱絡起來。

這日，他邀請威遠將軍家庶出的小公子張融出去喝酒。

張融的母親是威遠大將軍在外出征時，無意寵幸的一個村婦，後來懷孕生了兒子，大將軍沒法子，只好把村婦和兒子帶回來。

這村婦雖然地位低賤，又不怎麼受寵，但就是能生，大將軍將她帶回後，她三年生倆的速度，一口氣生了五個孩子，如今已為大將軍生了一個兒子和四個女兒。

張融身為庶子，被上頭幾個嫡兄們欺壓，想出人頭地卻不得門路，時間一長便有些抑鬱，和游手好閒的閒王關係好了起來。

「你也別沮喪，做個富貴公子不是挺好的？」穆凌寒「不理解」張融的沮喪。

「王爺，您不懂，我和您不同，您不愁吃喝有封地，我手上什麼都沒有，如果不靠自己，日後怎麼過日子？」張融嘆氣。

「但你幾個哥哥壓著你，你爹也不怎麼管你，想謀個好一點的差事不容易啊，可惜，我在朝中也說不上話。」穆凌寒很是慚愧。

「王爺，您可千萬別這麼說，您把我當朋友，我已經感激不盡了，我也知道您的處境不易。」張融急忙說。

「不過，我想了想，雖然我在朝中說不上話，但是可以幫你出個主意。」

「什麼主意？」張融趕緊問。

「你可以讓太子幫忙啊。你有個妹妹不是太子妃嗎？」穆凌寒道。

張融苦笑。「您這是取笑我呢。太子妃是大夫人的嫡女，和她幾個哥哥一樣，十分痛恨我和母親，如何會幫我？」

「我是認真的。太子妃不是你親妹妹，但是如果你的親妹妹也在太子身邊伺候呢？你想，你幾個哥哥得意，不就是因為親妹妹嫁給了太子？你不是有四個親妹妹嗎？」

穆凌寒這麼一提醒，張融立即會意。「這個辦法雖然好，可太子怎麼會看上我的親妹妹呢？」

「這不是有我嗎？」穆凌寒得意一笑。「我了解太子的喜好。你且說，你那些妹妹哪個最溫柔、最體貼、最乖巧，便選哪個。」

張融聽了，感動的立刻跪倒在地。「若是王爺能將舍妹送到太子身邊伺候，那不僅是對舍妹的大恩，更是對我的再造之恩！」

穆凌寒趕緊扶他起來。「誰叫我們是朋友呢！」

之後，穆凌寒又讓張融一一記下太子的喜好，讓他去選一位妹妹調教，等時機成熟，便促成好事。

張融內心激動，若自己有個妹妹被太子惦記上了，日後自己還怕沒出路嗎？

張融感激涕零的走了，穆凌寒看著一桌好菜，喝了一口酒，露出一個玩味的笑。

石頭卻有些不解。「王爺，您以前從不參與女人的事情，而且事關太子，您若是干涉太多，只怕引得太子懷疑。」

穆凌寒目光幽冷。「太子的事情，我當然不想插手，可太子妃最近似乎過得太開心了，先給她一點小苦頭，當作開胃菜吧。」

石頭這才明白，閒王這次針對的是張明珠。張明珠狠毒善妒，若是府中多了個新人，還是她的妹妹，又更得太子喜歡，張明珠只怕會氣死。

只怪張明珠自作自受，差點害死了王妃，活該！

辦妥這件事，穆凌寒便回府了，結果還沒進門，王府管事老杜趕緊來報。

「王爺，剛剛明小姐的婢女來過，送了一盒糕點。」

穆凌寒原本身邊沒幾個人，除了太監袍子、侍衛石頭，便再也沒什麼得用的人。王府現在的人都是禮部安排的，後來，石頭舉薦自己的一位老鄉老杜，被穆凌寒看上，當了王府的管事。

這管事雖然年紀有點大，但是機靈，知道閒王在意明小姐，於是等閒王回來，立即稟報這件事。

果然，穆凌寒聽了眉開眼笑。「嗯，快點拿給我嚐嚐。」

「是，那明小姐的婢女說，這是小姐早上剛做的，趁熱吃才新鮮好吃。」

於是穆凌寒剛回到書房，一個食盒就被提了上來，這樣質樸、沒有雕花的食盒，穆凌寒已經蒐集了好幾個。

他打開盒子，盒子裡方方正正擺著八枚金黃色的糕點。穆凌寒拿起嚐了一塊，入口軟綿。

果然，是他喜歡的味道。

「不錯，果然是秋意親手做的，一半糕點一半糖。」

石頭詫異，心想王爺原來你也知道明小姐做的東西甜得膩死人啊！

很快，穆凌寒和明秋意大婚的日子定了下來，就在五月初一。

由於穆凌寒生母早逝，皇帝讓皇后主持這次大婚事宜。皇后一向對宮中皇子、公主視如己出，不敢馬虎，也不敢讓人說她厚此薄彼，便越發看重穆凌寒的婚禮。

這幾日，禮部按照王爺大婚的規格，送來了明秋意的聘禮，另外，皇后也額外添了一份聘禮。皇帝聽說這事後，誇讚皇后賢德，又想起閒王沒有母親，便又添了一份聘禮。

如此一來，送到明府的聘禮浩浩蕩蕩，竟並不比當初賞賜給張明珠的少。

這些聘禮日後自是要隨著明秋意一起嫁到王府的。明太傅倒是不惦記這些財物，不過，明夫人卻眼熱得很。

她很想從這些聘禮中剋扣一點，但卻無從下手。

明秋意可不是軟弱蠢笨的人，她早就防著明夫人，剛謝恩得了這些聘禮，還不等明夫人開口，就直接道：「多謝公公，還煩勞將這些東西送到我的小院。十一，妳來領路。」她說著，遞給太監管事一大袋銀子。

「……」明夫人目瞪口呆，明秋意是沒出閣的閨女，本就不該拋頭露面，雖然因為是帝后的賞賜，她應該來跪謝，可也輪不到她來指手畫腳安排事情吧？明府什麼時候輪到明秋意作主了？

明夫人原先想著把這些東西先送到府庫，然後她清點一番，剋扣一些也不易發覺，卻沒想到明秋意厚著臉皮，直接吩咐人把東西搬到自己的小院子。

「秋意，這些事還是讓母親來安排。」明夫人想要阻止她。

「母親，這是皇上和皇后的賞賜，女兒感激不已，現在便想一一查看，就不煩勞母親費心了。」明秋意一點不害臊，當著眾人的面便這麼說。

當年，這位明夫人也想搶走她生母留下的財物，也虧得明秋意厚臉皮撒潑耍賴才保住了生母留給自己的東西，所以如今她知道明夫人的打算，便豁出去也不會讓明夫人得逞。

東西送進了明秋意的小院，明秋意帶著十一、阿來一一清點記錄入冊。而其中貴重的東西，如金銀首飾、玉器書畫等，都讓十一收拾好，鎖在房間裡。總之，防賊一樣防著府裡的其他人。

明夫人氣得吐血，這事也不好跟明太傅說，畢竟她的心思，明太傅也略知一二，又想到自己的女兒明春如還在禁足，再對比如今的明秋意春風得意，心中苦惱。

明夫人左思右想，便給明春如寫了一封信。

自從月初得罪了閒王，明春如已經被禁足半個月了。這半個月，她不得出自己的房門一步，而太子也十分厭棄她，竟沒來看過她一眼。

太子在大婚之前，已有幾個侍妾，如今明春如和張明珠是東宮地位最高的，現在她被禁足，張明珠豈不是得意。

明春如心急如焚，不知如何是好，直到收到了母親的書信。

明夫人在信中給明春如出了個主意，如今明春如被太子厭棄，不得翻身，連帶明夫人在家也被明太傅嫌棄，說她教女無方。

為今之計，得讓太子改觀。可太子現在根本不見明春如，所以明春如要找人幫忙。這個幫忙的人，自然是蘇錦。

蘇錦曾是明秋意的婢女，她若是勾搭太子，自然也容易一些。等蘇錦能在太子跟前說上話，就能幫明春如一把。

這樣，明春如主僕兩人對付張明珠一個，自然也容易多了。

明春如雖然內心不願，可如今還不知道要被禁足多久，只得同意了這件事，便安排蘇錦去行事。

不過幾日，東宮中便多了一位蘇良媛，明春如也被解了禁足。

第十九章　大婚

閒王大婚這日，天空不作美，陰沈沈的下著小雨。

天氣壞就罷了，更倒楣的是，明秋意因為宮寒導致月信紊亂，原本應該在上月底的月信推遲了，今早卯時她起床梳妝打扮時，就感覺到有些不適。

這種小腹墜痛的感覺，明秋意已經經歷了一次，她立刻便知道事情不好。這腹痛會越來越嚴重，從一開始還可以忍受，過兩、三個時辰，就會痛到無法控制自己，更糟糕的是，這般劇痛會持續三、四個時辰才能減緩，因此整個婚禮過程都無法避免。

她只好先讓十一去煎藥，那是唐清雲之前留下的止痛藥方，希望這藥能夠幫助她熬過這段時間，不至於在婚禮上痛暈過去。

十一得知明秋意月信將至，也嚇壞了。「小姐，您得撐住啊！」

上次明秋意來月信的恐怖樣子，讓十一心有餘悸，那時明秋意足足痛了一晚上，臉色慘白無血色，連枕頭都被她給抓爛了，可見有多痛。

「我喝了唐大夫的調理方子那麼久，或許不會痛得那般厲害。妳快去煎止痛藥，我早些喝藥，避免萬一。」明秋意吩咐。

十一便讓阿來帶人伺候明秋意梳洗打扮，她趕緊去煎藥。

明秋意卻知道，比起上次，她這次來月信好不了多少，因為沒過一會兒，那腹痛顯然又加重了。

「阿來，我臉上的妝要濃一些。」明秋意吩咐。

「可小姐不是喜歡淡妝嗎？」

「我怕淡妝遮不住我的病容了。」明秋意嘆氣。

兩個時辰後，穆凌寒身著紅衣，騎著高頭大馬，興致勃勃的來明府迎親。

而漫天的小雨，非但沒影響到他的興致，反而增添他的風采，他像是陰雨中披荊斬棘的英雄，來迎娶他心愛的女子。

穆凌寒俐落地翻身下馬，大步流星跨上紅毯，走進明府大門，一路來到大堂，拜見明太傅和明夫人。

新娘子被請了出來，她身著紅色的喜服，鳳冠霞帔，頭蓋蓋頭，雖然見不到容貌，不過穆凌寒猜想，一定是「不太美」的。

因為，穆凌寒對香粉過敏，他聞到明秋意身上濃重的香粉味道。

奇怪，自從明秋意斷琴之後，便再也不注重打扮，也不塗粉敷面。他此後數次見她，明秋意甚至都懶得裝扮，不施粉黛，可見她本意並不喜歡裝扮的。除了那次去見章簡之外。

而今天她卻盛裝打扮，難道是為了讓他驚豔？穆凌寒心想，以後他會告訴明秋意，他並不喜歡她塗粉。

但是很快的，穆凌寒就發現不對勁。

他牽著紅綢，和明秋意一起拜別明太傅和明夫人，正準備帶著新娘子一起離開，卻發現明秋意身子似乎站不穩，抖了一下。

穆凌寒正納悶，卻看旁邊的十一紅著眼圈，抿著唇，緊緊扶著明秋意，那姿態似乎是明秋意自己根本無力站穩，只能借助十一的力氣讓自己不至於倒下。

穆凌寒大吃一驚，直接扔下手中的紅綢，上前握住了明秋意的手。

隔著袖衫，他都能感覺到她雙手的冰涼和顫抖。

穆凌寒的動作嚇了明秋意一跳，她知道這樣不合禮法，想要抽出雙手，但是根本沒有力氣。

下一刻，她就被穆凌寒抱在了懷裡。

「王爺，這樣不合禮法……」旁邊一個禮儀嬤嬤趕緊勸阻。

「本王想怎麼樣就怎麼樣。」在眾人震驚的目光中，穆凌寒直接抱著新娘子出了門，把新娘子送進轎子。

雖然這樣不對，但明秋意卻暗暗鬆了一口氣，此刻甚至感激閒王是一個不守禮法的人，可以直接把她抱出來，否則若是暈倒了，那可不妙。

穆凌寒上了馬，又把石頭叫過來吩咐一番，這才騎馬帶著新娘子回府。

而石頭則跑去和主辦這次婚禮的禮部大臣協商，說是閒王身子不適，要縮短婚禮流程。婚禮流程本就是定好的，現在突然修改豈不是亂套？不過既是閒王的意思，也只好遵守。畢竟，閒王可是什麼事都幹得出來。

於是商量後，便留下了拜堂以及進合巹酒等步驟。至於招待賓客宴席等，自有他人操持，閒王不必出席。

很快，穆凌寒便帶著新娘子回到王府，他依舊不顧習俗，在眾人驚訝的神色中，親自把新娘子從轎子裡抱了出來，直接抱到了拜堂處。

一路上，穆凌寒感覺到懷中人兒的痛苦和忍耐。

他繃著臉，想要趕緊把新娘抱回房中，仔細查看安撫，但偏偏大婚不能耽誤。完婚後，她才是他名正言順的妻子。至少目前，他不想讓明秋意遭受更多的非議了。

太子是婚禮的主婚人，看到這一幕，也不由得眉頭直跳，雖然想罵閒王不守禮，但還是忍住了，畢竟今天閒王大婚，還是給他留一些面子。

因為閒王要求加快婚禮流程，於是禮官便直接進入正題，讓新人拜堂，而太子身為閒王兄長，代父母接受了新人的跪拜。

明秋意咬著牙，強忍著不適，站穩身姿，按照流程和閒王拜了天地，最後，還來不及和閒王夫妻對拜，一陣劇痛下，竟然眼前一黑，暈了過去。

那一瞬間，她想也好，暈了之後，她就不用那麼痛苦了。

她倒下的瞬間，穆凌寒眼疾手快抱住了她。
現場一片譁然，連太子都傻了。
閒王的婚禮上，新娘居然暈了?!
「小姐！」
「新娘暈過去了！」
不少人驚叫起來，現場一片混亂，而穆凌寒已經抱起新娘，直接往後院走去，石頭帶著唐清雲也趕緊跟上。
後院眾人見這番情景，也是一驚，不過穆凌寒早就為明秋意準備了幾個穩重的婢女，很快便冷靜下來，收拾好床鋪，幫助閒王把王妃安置到床上。
現在也管不了那麼多了，穆凌寒直接掀開蓋頭，原本應該最美麗的新娘，此刻別提有多狼狽。
明秋意緊閉著雙眼，眉頭緊蹙，她這時暈過去了，卻依舊被腹痛折磨，不得安寧。冷汗浸透了她臉上的粉黛，髮絲濕漉漉的黏在臉頰上，看上去十分淒慘。
婢女見狀，趕緊打了一盆熱水，十一拿帕子要給明秋意擦臉，卻被穆凌寒接了過去。
「她這是又犯病了？」
十一點頭，言語哽咽。「是早上來的月信。」十一是個直爽性子，反正閒王已經知道了這事，和閒王說小姐的月信也並不避諱。

「唐清雲不是留下止痛藥方了嗎？吃了嗎？」

「服藥了，但是看來沒用。」

穆凌寒狠狠瞪了一眼匆匆趕來的唐清雲，唐清雲無奈。「這止痛藥治標不治本，而且見效不會那麼快，需要等一段時間才會起作用。」

「從早上到現在都幾個時辰了，我看你真成了無用的江湖郎中！」穆凌寒罵道。

「王爺，這真的不能怪我。本來王妃這病，發病時需要靜心休養，你們偏偏今天要大婚，這禮節繁瑣，想必王妃一早起床沒好好休息，又沒好好用膳，所以她這樣跟我沒關係。」

「就你廢話多，現在怎麼辦？」

「就這麼辦唄！讓她好好休息就是了，暈過去反而好些，至少對痛沒感覺，她也舒服點，不過你這洞房花燭肯定泡湯了。」

「滾。」

穆凌寒給明秋意擦臉，沒了脂粉的遮掩，這一張臉慘白近乎透明，唇上更是一點顏色也沒有，若不是她痛苦的蹙眉、微微發抖，看上去都不像活人了。

穆凌寒抿著唇，放下帕子。「十一，妳好好照顧王妃。其他人都先出去，不許任何人打擾王妃休息。」

穆凌寒離開後院，又回到了前廳。

此時，宴席還在進行中，不過大家對新娘忽然暈過去很好奇，然而鑒於新人的身分，又有太子在場，大家知道太子和閒王交好，故而也不敢明目張膽的議論，只是先把疑惑壓在肚子裡，假裝一切如常，照常吃喝。

太子十分擔心明秋意，只是還需留在這裡主持場面，不過很快，穆凌寒又返回了。

「三弟，王妃怎麼了？」

「她身體有些不適。」

「可這婚禮……」太子有些犯難，畢竟婚禮只進行了一半，閒王和王妃並沒有完全履行拜堂禮儀。

「管他呢，等她醒了，我們夫妻倆自己想對拜幾次都成。太子哥，今天多虧了你，不然還不知道要亂成什麼樣子。」

「你我兄弟，何須言謝，今天這事也是事出突然，也只能這樣了。」現在吉時已過，不可能重來一次。只能說閒王和閒王妃的婚事，如今看來並不吉利啊。

「唉，太子哥，你陪我喝幾杯吧，我心裡不痛快。」穆凌寒拉住太子。

太子見他頹廢的樣子，也不忍心拒絕，兩人便去堂中喝酒。

穆凌寒喝得醉醺醺的，說自己書房有一罈好酒，拉了太子一起去。太子也喝醉了，被穆凌寒拉著便也跟著去了書房。

兩人走在走廊，忽然從對面拐角處跑出一名粉衣女子，她跑得快，等看到人時已經來不及了，她驚叫一聲，撞在太子身上。

太子一愣，而穆凌寒則哈哈笑了。「還是太子哥福氣好，居然有人投懷送抱。咦，妳看著很眼熟……」

「王、王爺，臣女是張融的妹妹，今天受邀來參加王爺的婚禮，臣女也來了。」那女子趕緊行禮，戰戰兢兢地道。

「哦，那妳跑來我的後院幹什麼？」

「我迷了路，方才有些慌張，請王爺恕罪。」那女子跪在地上，她雖然害怕，聲音還算沈穩。

「妳還挺老實的。我沒怪妳，再說，妳撞到太子，應該向他道歉才對。」

女子聽到是太子，有些害怕，趕緊又跟太子道歉。

太子倒是不在意，只是問：「張融是誰？」這三弟又結交了什麼人？看不出三弟的人緣這麼好。

穆凌寒哈哈笑。「太子哥，你的小舅子你都不知道？妳跟太子解釋解釋吧。」說完指著女子說。

於是女子告訴太子，她叫張歡歡，是威遠將軍府的庶女，也就是張明珠的妹妹。

太子仔細看，這女人眉目間確實有一點像張明珠。不過，卻沒有張明珠那般張揚肆意，更多的是溫順乖巧的氣質。

「妳撞了太子，就來罰一杯謝罪吧。」穆凌寒見太子盯著張歡歡看，忽然道。

太子正要反駁，卻被穆凌寒拉著走。「走吧，在我府裡就別假正經了。」

於是三人去了穆凌寒的書房，穆凌寒果然拿出一罈酒，袍子準備了酒菜，穆凌寒讓張歡歡自罰一杯，張歡歡雖然面有猶豫，還是同意了。

「是臣女不好，衝撞了太子殿下，自罰一杯，希望太子殿下別生氣。」然後，她就那樣站著，舉起酒杯一口氣把酒喝下，結果劇烈咳嗽起來。看起來她並不會喝酒。

穆凌寒和太子都愣住了，穆凌寒無奈。「妳太認真了，也沒必要一口氣全喝了啊。」

「咳咳，應該的……」張歡歡上氣不接下氣，這下，太子對她也刮目相看。

穆凌寒眼中透出一絲不易察覺的笑，這時，石頭的聲音從門外傳來。「王爺，王妃醒了！」

穆凌寒一聽，扔下筷子。「是嗎？我去看看！」

他撒腿就走，扔下太子和張歡歡不管了。

等穆凌寒走到後院，卻慢下腳步，自言自語道：「該做的我都做了，接下來就看張歡歡了。」

「太子會要了她嗎？」石頭問。

「會的，她不蠢，而且我已經告訴她，太子喜歡什麼樣的女人。」

「可王爺費心把她送給太子，又不告訴她我們的目的，若她沒有按照我們想的做，豈不是浪費王爺的苦心？」

「她和張明珠勢必水火不容。她們兩人在家中就已經結下深仇，張明珠小心眼善妒，容不得她。而張歡歡為了保命，也不會放過張明珠。只要張歡歡能拿住太子的心，對付張明珠那個蠢貨也不難。」穆凌寒神色陰狠。「這只是開始，日後我要她更痛更慘。」

「張明珠是罪有應得。對了，王爺，王妃是真的醒了。」石頭後知後覺，趕緊提醒。之前他們約定好找個理由讓穆凌寒脫身，給太子和張歡歡製造機會。但是，太子妃醒了是真的。

「你怎麼不早說！」

第二十章　最醜新娘

穆凌寒快步回到後院，進了門，幾個婢女在外間候著，他走進裡間，十一正端著碗在餵明秋意喝湯。

明秋意靠在床上，臉色看著有些憔悴，但比之前好多了，看來，她已經緩過來了。

明秋意見閒王進來，有些尷尬。

婚禮上的情景，她都聽十一說了，更悲慘的是，因為冷汗她的妝容都花了，她成了大月朝有史以來最醜的新娘。

這是兩人婚後的第一次見面，原本該是洞房花燭合巹酒，結果卻……

「我來餵王妃吧。」穆凌寒從十一手中接過碗，坐在床邊，拿著勺子，給明秋意餵湯。

明秋意覺得渾身不對勁，一口湯含在嘴裡，喝也不是，不喝也不是。她還不習慣和閒王如此親密。

她一口把湯嚥下，說：「王爺，不用了，我吃飽了。」

穆凌寒瞧這沒怎麼動過的湯，便知道明秋意在說謊。

他也不強求，便擱下碗。「這麼快就飽了？不過我還餓著呢，一整天忙下來，天都快黑了，我也沒吃什麼，真是餓死我了，快上點好吃的，什麼水晶蝦餃、蒸鮮魚、醋蝦、三鮮湯、杏仁豆腐、川炒雞，快讓廚房去做，對了，再多上些清淡的。」

聽到這些好吃的，快餓了一天的明秋意口水都要流下來了。

這閒王，是知道她沒吃飽，故意饞她的吧！

果然，閒王還讓婢女把桌子擺在她床前，菜品一道一道上來，那香味讓明秋意感覺自己好像餓了好幾年。

見鬼，她從來沒如此刻這般餓。

穆凌寒也不招呼她，自己坐了下來，然後讓婢女們退下，一邊吃，一邊看著她笑。「妳真不餓？」

明秋意再也裝不下去了，她掀開被子，慢騰騰的從床上下來，她身上還穿著那身紅嫁衣，只是霞帔和頭飾已經取下了。

穆凌寒怕她身體虛弱，便上去扶她過來坐下。

明秋意坐在桌前，垂著頭，一會兒才低聲說道：「對不起，是我毀了婚禮。」

畢竟婚禮還沒結束，她就暈了過去。

「沒什麼，我並不在意這些。」

「謝謝王爺。」明秋意心裡鬆了一口氣，閒王果然性子好，日後和他相處應該不難。

「快點吃吧，這裡沒有別人，妳想吃什麼就吃什麼，不用拘謹。」

穆凌寒也不客氣，自己拿著筷子開始大快朵頤。他自然不像其他公子王孫那般優雅，但也足夠讓明秋意大開眼界了。

一張嘴就能吃下一整顆水晶餃子！還沒嚼兩下，就吞了下去，然後，又一張嘴，吃下一塊巴掌大的雞肉！

穆凌寒正吃得開心，看明秋意卻目瞪口呆的望著他，十分驚奇的樣子，這才想起兩人雖然神交已久，但這還是第一次面對面吃飯呢！

「我吃相很嚇人？」

穆凌寒很快明白明秋意驚訝的原因了，她從小在深閨中長大，接觸的也都是講究的人，自然沒看過男人這般吃飯的。

想到這裡，穆凌寒竟然有些不好意思了，也許是他扮演隨興之人十幾年習慣了，也許他本就是這樣的人，總之，那些細嚼慢嚥，他還真不習慣了。

「沒有，王爺這樣很好，吃得香。」明秋意趕緊說。

「沒錯，這樣吃得香，妳也試試。」穆凌寒也覺得如此，真誠的建議明秋意。

「……」

為了表明自己說的是真的，明秋意也只好學穆凌寒，把一整顆餃子塞進嘴裡，結果她滿嘴塞得滿當當，不方便咀嚼，而餃子沒咬碎又吞不下去。明秋意捂著嘴，這樣不上不下，心急得差點掉淚，幸好穆凌寒看出她的困窘，趕緊找了個空碗讓她吐出來。

穆凌寒嘆氣。「算了，我們該怎麼吃飯就怎麼吃飯，不用管對方怎麼吃了。」

明秋意點頭。「甚好。」

反正本就打算舒服過日子，怎麼舒適就怎麼來吧。

於是一個大口吃飯、大口吃菜，一個細嚼慢嚥，慢慢品嚐。

穆凌寒風捲殘雲很快吃飽，明秋意才吃了幾口。

「妳慢慢吃，我等妳。」

穆凌寒看著明秋意，覺得她吃飯的樣子還滿養眼。

「……」明秋意被穆凌寒這樣盯著，根本吃不下去。她哀怨的望著他，希望他能頓悟迴避一下，誰知穆凌寒卻美滋滋的欣賞她吃飯。

明秋意只好胡亂吃幾口，就結束了用飯。

「哦，差點忘記了。合巹酒。」

穆凌寒一拍腦門，趕緊取來兩個杯子倒酒。「這個規矩還是要的。」

明秋意輕輕點頭，接過一個杯子，和穆凌寒喝了交杯酒。

等婢女收拾好，兩人各自漱洗後，天色已經暗了下來，若是按照正常的大婚規矩，此刻應該是洞房了。

但明秋意現在是有心無力了……不，她才沒有那個心思呢！

明秋意已經換了身衣服，她躺在床的裡側，也許是唐清雲的藥起了作用，痛過那三、四個時辰後，她感覺好多了。雖然小腹還是有些不適，卻能忍受。

而閒王剛剛去了外間如廁，他回來的時候，手裡拿著一本冊子。

「秋意，妳看，好東西，睡前必看。」

「什麼？」什麼睡前必看？該不是她想的那樣，那種壓箱底見不得人的冊子吧？

她緊張極了，果然，閒王就是個臭流氓！

穆凌寒直接翻身上床，靠在她旁邊。「喏，新出來的話本子，很多人都喜歡看的，《賣炭郎獨占花魁》下冊，剛刻印我就找來了。」

「……」明秋意一時無語。若是在以前，這些話本小說對她而言絕對是禁書，可其實她還挺愛看的，重生後還看了不少呢。

這本《賣炭郎獨占花魁》上冊，她之前看過，還十分期待下冊。但這本小說描述的是青樓女子和賣炭郎的愛情故事，原本她一個未出閣的女子，是絕對不允許看這種話本的。

若她承認自己也在看這話本，豈不是顛覆自己的形象？

於是明秋意搖頭。「這本我沒看。我喜歡看《東遊記》，講神怪故事的話本。」

「哦，那個我早就看完了。我書房有，妳想看的話，我讓人給妳取來。」

於是，穆凌寒便讓婢女去書房把《東遊記》拿來給明秋意，而他則津津有味的看起了《賣炭郎獨占花魁》。

「……」

看閒王看得入迷，明秋意覺得自己手中的《東遊記》一點都不好看了。明秋意不想看書，便躺下來休息，她閉著眼，卻有些緊張。

從今以後，她就要和這個人度過餘生了。

原來那一世的孤獨、痛苦已經離她越來越遠，她相信自己和閒王能過上期待的日子。

穆凌寒並沒有看太久就準備休息。

「今天妳身體不舒服，早點休息吧。」說著他掀開被子，鑽了進去。

明秋意一動不敢動，但是，閒王並沒有做什麼，他只是躺在她身邊，靜靜的睡著了。

次日，明秋意因為身體虛弱，睡到很晚才醒，而十一得了閒王的吩咐，也不許人打擾王妃休息。

等明秋意醒來已經日上三竿，她嚇了一跳。

按照皇室婚禮習俗，今天早上，她應該要和閒王一起去拜見皇上和皇后。

「王妃，不用著急，宮裡來了人，皇上和皇后知道王妃身體不適，免了您和閒王的拜見。」十一趕緊解釋。

明秋意這才鬆了一口氣。

雖然有些失禮，但以她現在的身體情況，去了也是失禮。等過兩日她身體好些了，再和閒王一起去宮中拜見皇上和皇后吧。

「王爺呢？」

「王爺去遛馬了，我聽袍子哥說，王爺養了兩匹好馬，每天都要出去遛呢。」

養雪貂、養鸚鵡又養馬，閒王是想在府裡開百獸園嗎？明秋意腦袋有點疼。

不過，她自然也不會去管王爺遛馬這些事，明秋意梳洗、用飯、喝藥後，還有一堆事情要處理。

首先，就是用人的事情。

願意同她一起去封地的下人只有十一和阿來。王順年紀大了，不願再遠走他鄉。阿來的身契在明夫人那裡，她為了阿來去求了父親，父親也沒為難她，直接讓明夫人把阿來的身契給明秋意。

除了之前閒王封王賜府時，禮部送來一些下人外，閒王又買了四個婢女服侍明秋意。袍子道：「這四個婢女，王爺分別取名阿雪、阿雨、阿風、阿霜，她們四個日後可以跟著一起去封地。」都是十三、四歲的小丫頭，心思單純，也方便調教，看來閒王是用了心的。

明秋意點頭。「好，那妳們四個先跟我說擅長什麼，我也好分派事情。」她貼身的事自然有十一和阿來，這四人可以在院子裡做一些事情。

「擅長？」

四個丫頭有點疑惑，其中一個顯然想在王妃面前出頭，便說：「王妃，我很忠心。」這小丫頭叫阿霜。

明秋意聽了好笑。「忠心，可不是嘴上說說的。」

「我、我可以證明。」阿霜想了想說。

「妳要怎麼證明？」明秋意覺得這個女孩很有意思。

「我前天看到王爺把一個姑娘帶到中院的書房去了，他們一起在書房待了好一會兒，快一個時辰吧。」阿霜說。

袍子的臉色都變了。「大膽，竟然敢在王妃面前說王爺壞話！」

袍子看明秋意錯愕的樣子，趕緊說：「王妃，不是您想的那樣，王爺絕不是那種人！」袍子自然知道那姑娘是誰，可這事情不該由他來解釋。

「王爺帶回一個女人，並不是什麼大事。」明秋意心中自然是難過的，她是打算要和閒王和睦恩愛過一輩子的。可在他們大婚前日，閒王卻帶了一個女人進來。

袍子憤怒的瞪著阿霜。「妳這個死丫頭，王爺對妳不好嗎？」

阿霜嚇得跪下，十分委屈。「是王爺跟我們說的，我們四個以後只需效忠王妃。既然以後我的主子就是王妃，我為什麼不能這麼說嘛……」

「這麼說，也沒錯。」明秋意覺得阿霜這小丫頭很有意思，又想到閒王搬起石頭砸自己的腳，心情好了點。

其他三個丫頭倒沒有阿霜這麼少根筋，只是她們年紀小，以前也是窮人家出身，並沒有特別擅長什麼，明秋意就讓她們四個都在院子先學著做事。

袍子又把府中的帳目、財物全部交給明秋意打理，明秋意卻沒有接受。

如今閒王有了封地，日後去封地有了進項，自然不怕坐吃山空，因此她也懶得管。她自己手中的嫁妝也不少，等到了封地再仔細打算，購買鋪子和房產維持收入，也不缺銀子花。

穆凌寒遛馬回來的時候已快中午。

袍子慌慌張張跑來，趕緊把阿霜叛變這件事跟他說了。

「倒還真是忠心。」穆凌寒搖搖頭。

不過，關於張歡歡的事，他本不想讓明秋意知道的，這一解釋起來，也不知道三天三夜說不說得明白。

穆凌寒一邊想著說辭，一邊來到後院，他看十一等人在外面忙活，也不讓他們稟報，便悄悄走進去。

只見明秋意正靠在床上看一本書，她看得入迷，嘴角不時露出笑意，穆凌寒站在裡間門口，仔細看了看那本書，頓時笑了。

那不是他昨晚看的那本《賣炭郎獨占花魁》嗎？

昨晚他隨手把書扔在床榻便熄燈睡了，今早也沒收起來，結果……

「妳不是不看這個話本嗎？」

穆凌寒忽然出聲，嚇得明秋意差點滾下床。

她手裡捧著書，一時間和他四目相對，尷尬的想找個地洞鑽進去。

「若妳喜歡看這類話本，我蒐集了很多，這幾年流行的話本，我書房都有。」穆凌寒看她無地自容，笑著說。

「也沒有喜歡，就是早上看到你沒收起來，隨手拿起來看看。」明秋意狡辯道。

穆凌寒只是笑，這時，趴在床榻打盹的狗子醒了，看到了穆凌寒，竟然起身朝穆凌寒小跑過去，還在穆凌寒腳邊親暱的蹭了蹭。

穆凌寒蹲下身摸了摸狗子，又走到床邊挨著明秋意坐下。

他仔細看了看明秋意，她今日穿了一件紫色對襟繡花長衫，氣色也好多了，頭上只點綴了一支白玉釵，看起來十分清麗。

看來他的王妃，其實還挺好看的呢。

明秋意被看得有點不好意思。「王爺？」

「哦，對了，我是來解釋阿霜說的那個女子。」穆凌寒想起正事。

明秋意垂下眸子，聲音淡然。「王爺不必解釋。」

「那妳生氣什麼？」穆凌寒聲音帶著笑意。

「我哪有生氣！」

「明明就生氣了，還不承認。」

「……」明秋意乾脆閉嘴不說話了。真是，越說越錯。

「那個女子叫張歡歡，是太子妃的庶妹，她的哥哥是我朋友，託我想辦法把張歡歡送給太子。前日我讓張歡歡來了解府中的情況，昨天我們大婚，太子也來了，我讓她假裝與太子偶遇，應該成了吧。」

明秋意一聽就知道了，原來那一世，張歡歡也是新帝的妃嬪，不過那一世的張歡歡是皇帝登基後才入宮的，這一世倒是提前了一些日子。

張歡歡入宮後，得到了皇帝的喜歡，後來成了靜妃，和她的關係不錯，因為她們有共同的敵人張明珠。

張歡歡雖是張明珠的庶妹，卻勢同水火。

「你為什麼要這麼做？」明秋意知道閒王游手好閒，但卻從不插手朝廷的事情，事關太子，閒王跑去摻合，豈不是給自己惹事。

穆淩寒哼了一聲。「就是看張明珠不順眼，讓張歡歡進去膈應她。」

明秋意一愣，沒想到閒王和她一樣討厭張明珠。只是，若讓太子知道閒王有心設計他，後果不敢想。

太子心機深沈，疑心極重，若是知道這件事，只怕不會再相信閒王了。

雖然她心裡高興，但還是勸說道：「王爺，太子的事情，您還是不要沾手。您平時養養鳥、遛遛馬，出去喝喝酒，便很好。」

穆淩寒聽了，眉開眼笑。「妳不討厭我游手好閒？」這個明秋意果然很合他的心意。

「不討厭。」

於是穆凌寒靠過去就抱住明秋意，在她的驚呼聲中，狠狠親了下她的臉頰！

明秋意趕緊捂住臉，臉紅地瞪著閒王。

大白天的就如此放肆，果然就是流氓！

第二十一章 刺殺

到了午膳時間，兩人又一起在外間用飯。

穆凌寒飛快吃完，然後就看著明秋意吃飯。

他越來越覺得明秋意好看了，吃飯都這麼賞心悅目。果然，清水出芙蓉，天然去雕飾的女人最好看。

明秋意心想這怕是以後他們吃飯的常態了，便讓他看，自己則不疾不徐的吃，這麼多佳餚，她也捨不得浪費。

等她吃得差不多了，穆凌寒問道：「聽袍子說，府裡的帳目妳懶得打理？」

「我身體不好，以前既然是袍子打理的，以後還是讓他打理吧。」

穆凌寒聽了點頭。「也是，現在養好身體才是最重要的。這樣吧，袍子，你以後也效忠王妃，就當你替王妃打理府中帳目。」

一旁的袍子目瞪口呆。「王爺，您讓我效忠王妃是什麼意思？王爺是我的主子，王妃也是我的主子啊。」

「我的意思是，你像那個阿霜一樣做就可以了，明白嗎？」

袍子看了看站在一邊的阿霜。「也就是說，以後我可以為了王妃，背叛王爺?!」

「差不多就是這個意思。」

穆凌寒輕飄飄的說，而袍子卻難過得差點哭了。

他和阿霜不一樣，阿霜才進府十幾天，直接效忠王妃也沒牽掛，可他從小就跟著王爺長大啊！

「王爺，你這樣太為難袍子了。」明秋意理解袍子的心思。

「我哪裡為難他了，是他自己笨。秋意，妳看我們相親相愛的，哪用得著他背叛我呢？是吧？」

「……」

閒王果然是厚臉皮的人！明秋意低著頭，臉都要燒起來了！

用過午飯，明秋意要午睡，穆凌寒也沒事，跟著她一起睡，明秋意就想，他們兩個人的日子，是不是過得太安逸了？

到了晚上，兩人依舊是睡一起，穆凌寒果然從書房拿了不少話本過來。明秋意也懶得看什麼《東遊記》了，找了一些自己沒有看過的話本看。

「王爺，我的身體好多了，明天我們去宮中拜見皇上和皇后吧？」

「不用，反正都錯過了，就不用特意去彌補了。」穆凌寒並不想去。

「可這樣也太……」明秋意把不合禮數四個字吞了下去。

她在閒王面前說這四個字，豈不是對牛彈琴？
穆凌寒看她想說又不敢說的樣子，便道：「他們不會在意的。我去不去都無所謂，去了還得費心接待我，何必呢？」
這次明秋意更清楚的意識到，閒王在皇室中確實是一個異類。那些繁文縟節，誰又真心喜歡呢？
明秋意點頭。「王爺說得是。」
「這幾日我們把東西收一收，過了五月十五，我們就要去封地了。」
「嗯。」
明秋意很期待這一天，離開京師，她會過上和原來完全不同的人生。

太子對新來的張良媛很是寵愛，一連幾日都宿在她的房中。
這件事讓太子妃很不滿，和太子鬧了一場，結果被太子訓斥一番。
這日，六王爺瑞王來見太子。
幾個王爺中，太子和閒王最要好，其次便是瑞王。不過，瑞王卻不喜歡閒王，甚至有些嫉妒太子同閒王的交情。
「太子哥，您一向說老三性情直爽，是個實誠人，今天我請您看看他的真面目。」
太子皺眉。「六弟，你這又是怎麼了？三弟得罪你了？」

「他沒得罪我，可他當真好本事，算計了太子哥，您卻還把他當真兄弟。太子哥，您還記得去年章簡夜宿青樓，被鴇母押著去章府門前要錢這件事嗎？」

太子自然是知道的，這件事，很多人都認為是有人暗算了章簡，並認為是他做的。實際上他雖然也不希望明秋意去見章簡，可心裡認為明秋意必然看不上章簡，便沒有動手。

「章大人一直認為這件事是您下的手，和您離了心。太子哥，您知道自己給誰背了鍋嗎？」瑞王冷笑一聲。「太子哥萬萬想不到，咱們那個與世無爭的閒王，會有這般手段。」

「你說是三弟做的？六弟，不可空口冤枉人！」

「我若是沒證據，會跑到您這裡嗎？我親自抓了當時和章簡過夜的幾名女子，還有芳香樓的老鴇，細細拷問，她們承認，這件事就是閒王幹的！」

「你怕不是屈打成招吧？」太子皺眉。

「絕對不是。太子哥，您仔細想想，那些青樓女子若是背後沒人撐腰，敢去得罪章大人？敢去毀了章簡的名聲？這背後之人是誰呢？是誰不希望章簡和明秋意相親？是誰最後娶了明秋意？」瑞王分析道。

瑞王這話一點也沒錯。

細細想來，不知從何時起，閒王和明秋意有了千絲萬縷的聯繫，似乎他每次見到明秋意，閒王就會出現。

去年冬天，明秋意在東宮被罰，是閒王忽然找他要回東宮看鳥。

上元節，他找到機會和明秋意見面，剛言明心意，就被閒王打斷。

如此想來，莫非閒王早就對明秋意有心，因此陷害章簡，毀了章家和明家的聯姻？

「太子哥，怎麼樣，想明白了吧？老三這個人，表面看起來直腸子，沒心機，實際上陰著呢。太子哥，您可別再被老三給騙了。」

瑞王得意，以後太子會更加信任他了。

太子想到之前總總，越來越心寒，如果閒王表現出來的一切真的是裝的，那麼他大婚後很快就要去封地，豈不是縱虎歸山？

「咱們啊，以後可不能再被老三騙了。」瑞王又說。

太子皺眉。「你現在來說這些有什麼用，老三過幾天就要去封地了，這是父皇的旨意，難道我還能攔住他不成？」

「太子哥，您別急，其實也不是沒有辦法。」

太子正眼看向瑞王。「你有什麼好辦法？」

「咱們雖然不能直接阻止老三離開京師，但可以想辦法讓他自己不能離開。比如……受傷了？」

太子神色一沈，這倒是個好主意。

或許他應該早點解決閒王，結果現在白白讓明秋意嫁給了他。

瑞王走後，太子細細考慮這件事，忽然又想到了一個人，張良媛。

他沈著臉，來到張良媛的房中。

「其他人退下。」

太子神色陰沈，似乎有怒氣，張歡歡嚇得不敢言語，不知道自己哪裡得罪了太子。閒王大婚那晚，太子見了她後，當晚就把她帶進了宮。

這幾天，太子對她很好，甚至為了她冷落太子妃。張歡歡還想著自己的好日子要來了，卻沒想到……

宮女們迅速離開房間，關上了門。

在太子的冷眼下，張歡歡戰戰兢兢的跪在太子跟前。

「太子殿下……」她含著淚，不知道自己做錯了什麼。

「是本宮小看了妳。那日在閒王府，是妳故意撞上本宮的，對嗎？」

張歡歡一驚，沒想到這件事，太子這麼快就看破了。

不過，她記起之前閒王對她的提點。閒王告訴她，若有一日，太子得知自己被設計會生氣，那時她不要試圖隱瞞什麼，而是要對太子說真話。只有徹底的真誠，才能得到太子的一絲信任。

張歡歡相信閒王，便按照閒王的提點，做出驚恐害怕卻又十分坦誠的模樣。「是，臣妾故意撞上了太子殿下……」

太子臉色越發難看。「賤人，竟敢設計本宮！是閒王讓妳這麼做的？說，閒王讓妳到我身邊來做什麼？監視本宮？」

太子憤怒不已，他一向認為自己得天獨厚，掌控一切，沒想到如今卻被閒王當猴耍。是閒王把明秋意搶走，還塞了這個賤女人到自己身邊！

張歡歡伏地磕頭，聲音顫抖。「不是的，不是，閒王沒有讓臣妾做什麼，是臣妾自己想來伺候太子殿下……是哥哥想把臣妾送到太子殿下身邊……」

「閒王為什麼幫妳？妳哥哥又為什麼想把妳送到本宮身邊？妳來我身邊，就真的沒有別的目的嗎?!」太子逼問。

「臣妾不知道閒王為什麼願意幫忙。太子殿下，您真的誤會臣妾了，臣妾母親身分低微，大夫人根本看不上母親還有我們幾個，我們在張家過的日子連下人都不如。哥哥沒有出頭之日，我們姊妹也很難找到一個好人家。臣妾真的只是希望能得到太子殿下的一點垂愛，以後能給哥哥安排個差事，讓母親在張家過得好一點。臣妾真的沒有別的心思，如果有，就讓臣妾死無葬身之地！」張歡歡對天發誓。

這些話，讓太子信了幾分。

他調查過張歡歡的身世，張歡歡的親哥哥和三個親姊妹在張家確實過得不好。

這種身分的女子能當上太子良媛，也實在是一個好出路。而張融希望藉著這層關係得到他的提拔，倒是情理之中。

「妳哥哥想為本宮做事？」太子目光移轉，有了主意。

張歡歡見太子態度軟化，不再那麼憤怒，鬆了一口氣，趕緊點頭。

「父親不喜母親，連帶著也不喜歡哥哥。而大夫人和幾個嫡哥哥又千方百計的壓制著哥哥，如今哥哥都十八歲了，還沒有一官半職，哥哥並非無能之人，只是沒有效力之處。」

「若是想為本宮效力，必須忠心不二，他能否做到？」

「一定可以的。能為太子殿下做事，是最好的前途，哥哥一定不會讓太子殿下失望的。」

「妳呢？妳對本宮忠心嗎？」太子又問。

「臣妾這一生都要仰仗太子，臣妾不忠心太子，還能忠心誰？」張歡歡含情脈脈地看向太子。

太子輕笑。「行，妳一會兒回家去見張融，本宮要派張融去做一件事。」

張歡歡眼睛發亮。「太子殿下儘管吩咐。」

「先別急著答應，這件事，只要本宮說出口，你們就得做成，否則只有死人才能守密，懂嗎？」

張歡歡有點害怕，但是她沒有退路，哥哥也沒有退路，她堅定的點頭。「太子殿下請放心，哥哥一定能做到。」

「很好，既然妳這般說，便沒有反悔的餘地了。」太子笑著，眼神卻極其陰冷。「讓張融把閒王約出來。我會給妳一包藥，妳拿去給張融。」

「……是。」張歡歡內心一驚，片刻之間，卻還是果斷點頭，不敢露出半分猶豫，只是內心有一絲不易察覺的痛苦。

再過幾天，穆凌寒就要帶著家眷去封地了。這幾天，他撇下家中的新王妃，忙著和京師的各個狐朋狗友道別。

這天，穆凌寒剛出門就遇到了張融，張融非要拉著他去喝酒，說要好好感激一下他。因為他的引薦，如今張歡歡進了東宮。

「順手而為，也沒什麼。」

「王爺，對您來說沒什麼，對我來說可是大事。您不去，那我只好天天等在王府前了。」

穆凌寒被張融纏得沒法，只好答應了。

「我已經在百醉樓訂了雅間，今天王爺也別跟我客氣，想吃什麼、喝什麼儘管點。」百醉樓是京師有名的酒樓，裡面的大廚都是從全國各地召集而來的，據說做出的菜品不比御廚差。

穆凌寒聽了心動。「那還等什麼，走吧。」

於是他上了張融的馬車，去了百醉樓。

「王爺，您可真神了，當晚太子殿下就把我妹妹接進了宮，做了良媛。那太子妃氣得大鬧東宮，還被太子殿下訓斥了一頓呢。」

張融得意洋洋，他在家中被嫡母及張明珠兄妹等人打壓欺辱，如今他的親妹妹張歡歡得到了太子的喜愛，反過來整了張明珠一回，可不讓他欣喜？

穆凌寒聽了，覺得很有意思。「那太子妃也太沈不住氣了，等太子登基，那妃子一個接一個的，她氣得過來嗎？」

「就是。不過，還得多謝王爺提點，妹妹在東宮中多忍耐，乖巧溫順，很合太子心意。來，我敬王爺一杯。」

穆凌寒微笑。「好。」

在張融的目光下，將酒一飲而盡。

張融又聊了一些穆凌寒將要去封地的事情，又勸穆凌寒喝了幾杯，穆凌寒倒是沒有拒絕，只是身邊的石頭卻有些焦慮，提醒穆凌寒少喝一點。

「石侍衛，要不你也來喝幾杯？」

「謝謝張公子，我不喝酒的。」

石頭拒絕，張融也就沒再勉強他。

過了一會兒，張融藉口要出恭便離開了，而穆凌寒則隱隱感覺到頭有些發暈。

他皺眉。「果然。」

「王爺，快把解毒丸服下。」

石頭從懷裡掏出一個小瓶子，卻被穆凌寒制止。「沒用的，不是毒藥。是蒙汗藥。」

話音未落，數個黑衣人已經破門而入，他們手持大刀，衝向穆凌寒和石頭。

石頭想要保護穆凌寒，但是對方人多，並且有意拖住他，然後直接奔向穆凌寒。

「王爺小心！」石頭大喊，自己卻被逼到角落。

而穆凌寒因為喝了藥，越來越無法集中精神，腦中一片混沌。

對方一刀砍來，直接砍在他的手臂上，鮮血頓時噴濺。

穆凌寒皺眉，另一手奪過對方的刀，反手砍向對方。

然而，這個殺手倒下，下一個殺手繼續撲來，穆凌寒已經受傷，又無法集中精力，轉頭後背又被砍了一刀！

石頭心急如焚，不停的看向門外，似乎在等著什麼人。

終於，在穆凌寒胸口又挨了一刀後，路旬帶著一隊捕快匆匆趕來。

「大膽，竟然當眾行凶，都給我拿下！」

黑衣人見此，紛紛跳窗逃走，沒逃走的也吞毒自盡，不留活口。

路旬見穆凌寒受傷嚴重，趕緊給他請了大夫包紮，送回王府。

第二十二章　養病

明秋意正在後院，便看到石頭帶人把閒王抬了進來，而閒王身上的淺青色衣服，此時已被血染成了黑紅色。

明秋意見閒王緊閉著眼，昏迷不醒，臉色不禁發白。「王爺怎麼了？」

「王爺遇刺了，還請王妃別慌，不算嚴重。」

明秋意倒吸一口氣。「這還不算嚴重？」流了這麼多血，看著昏迷不醒，命在旦夕！

「王爺應該只是睡著了。」畢竟喝了那麼多蒙汗藥。

石頭雖然這麼說，可明秋意心裡卻七上八下，一時間也不知道自己應該做什麼，只能看著他們把閒王放到床上，很快唐清雲又趕來，要給閒王重新清洗傷口上藥。

唐清雲見明秋意還在房中，便道：「王妃，請您先迴避，我要為王爺重新清理傷口了。」

「我就在這裡。」

唐清雲看了她一眼。「那王妃可別嚇暈了，我沒工夫一次治兩人。」

等石頭和唐清雲把閒王的衣服脫下來，明秋意還真的差點暈過去。

整個上半身像是浸在血裡一樣，血跡斑斑，她都不知道他到底有幾處傷了。

道。

「手臂一處，背後一處，肩膀一處。還挺機靈，都不深。」唐清雲一邊用濕帕清理一邊

明秋意忍著不適，趕緊幫忙換下髒掉的帕子，又讓十一把髒水倒掉，端來乾淨的水。這一會兒功夫，就倒了幾盆血水。

「雖然喝了蒙汗藥，可明明是可以躲開的……」石頭語氣有點不甘，他看了明秋意一眼，沒有接著說下去。

唐清雲也瞄了一眼明秋意。「躲得了這次，又躲不了下次，只能這樣了。」

「你們在說什麼？王爺是故意受傷的？」明秋意不笨，一下子就聽出來了。

「我們什麼都不知道，等王爺醒了，請王妃自己去問他吧。」唐清雲擺擺手，等清理好血跡，又趕緊拿出藥粉敷在傷處。雖然傷口不深，面積卻不小，用了幾瓶藥才把傷口都塗上。

接著，唐清雲又拿出繃帶包紮。

就在這時，袍子匆忙跑了進來。「太子殿下來了！」

唐清雲和石頭對視一眼，又看向明秋意。「王妃，等一下一定要裝作王爺受傷很輕，一點也不影響去封地的樣子。」

明秋意瞬間領悟，點點頭。「我明白。」

唐清雲又迅速從藥箱中取出一包銀針，抽出一枚，在穆凌寒的腦袋上扎了一下，穆凌寒

便慢慢睜開眼睛。

他眼皮子千斤重，模糊中看到了身前的唐清雲、明秋意等人。

穆凌寒眼眸一轉，便想起自己暈倒前的一切：張融下藥、刺客刺殺。

「王爺，太子殿下馬上要進來了，您要挺住。」唐清雲輕聲道。

穆凌寒微微點頭，表示明白，而後看向一旁神色擔憂的明秋意。「扶我起來。」

明秋意會意，眼下閒王顯然要應付太子演一齣戲，而她則需要配合。眼淚是無用的，她需要鎮定一些。

唐清雲退開，明秋意走到床邊坐下，扶起穆凌寒。

穆凌寒就勢靠在明秋意身上，這時，太子帶著人剛剛進來，身後還跟著管事老杜、十一等人。

太子見穆凌寒竟然清醒著坐在床邊，有些吃驚。

喝了蒙汗藥，又被刺客砍了幾刀，竟然還能醒著？是張融無能，還是那些殺手太廢物?!

很快，太子又像是鬆了一口氣。「三弟，本宮聽說你遇刺了，傷勢頗重，心急如焚，你現在如何了？」

穆凌寒靠在明秋意身上，一臉憤恨。「那些狗蛋刺客真噁心，居然還在酒裡下藥，害我差點死了，要不是石頭身手好，我現在就上天了。」他聲音洪亮，中氣十足，看上去並不虛弱。

太子笑道：「看來三弟傷得不算重了。」

「手臂一刀，肩膀一刀，差點把我砍成殘廢！」穆凌寒避重就輕，沒提及背後最重的一刀。

「今天也實在凶險，雖然三弟看起來還精神，但是不能馬虎，我剛在宮中聽到你遇刺的消息，便帶了御醫來給三弟好好看看。」

在太子的示意下，老御醫給穆凌寒把脈。

穆凌寒伸出手。「也好，這個江湖郎中我也不是很放心。」

唐清雲眼皮抽動，心想等會兒藥方裡要加點黃連才好。

老御醫給穆凌寒把脈後，略有疑惑。「王爺脈搏虛浮無力，看起來失血過多，卻還如此精神，令人詫異。」

「不就是一點血嗎？這有什麼。對了，秋意，回頭讓廚房給我多弄點豬血、鴨血，我得補回來。」穆凌寒對身邊的明秋意道。

「是。」明秋意點頭。不過，吃血補血有用嗎？

其實太子剛進來時就注意到了明秋意，只是他剛才心思並不在明秋意身上。現在再去看明秋意，只見她雖然眼圈有點發紅，神色卻還平靜。

難道說，閒王真的沒大事？

「三弟，你如今傷成這樣，得好好養傷才是。對了，你去封地的日子，之前是定在本月中旬吧，不如我去同父皇說一下，延後一段時間。」

「就這點皮外傷，不礙事。太子哥不必因為這樣的小事去麻煩父皇。」

「你都被砍了兩刀，怎麼是皮外傷了。三弟，身體為重！」太子皺眉，不認同閒王的說法。

「去封地又不急在這一時。」

「不成不成，不能因為這點事情耽誤。太子哥，你不知道，我託鍾濤給我搞了兩枚海東青的鳥蛋，很快就要孵出來了，我得趁這鳥還小去馴服，等過了幾個月再去，小鳥變大鳥，牠們還認我這個主人嗎？」

「……」明秋意無語，閒王總能恰到好處的找到合適的理由。養鳥很符合他對外展現出的個性。

太子也愣住了，聽聽多麼荒謬的理由，若別人為了這個理由不顧傷病要上路，大家會說這人是個傻子。

但是閒王說這個理由，卻讓人無比信服又無法反駁，畢竟，他「本來」就是這樣的一個人。

「三弟，你也太胡鬧了。」

「太子哥，我真沒事，鳥重要還是命重要我分得清，我這點傷不礙事的。」穆凌寒死皮賴臉不聽勸，太子知道說服不了他，便讓御醫開了藥方，又叮囑他一會兒去抓藥便離開了。

太子一走，穆凌寒就靠在明秋意肩頭昏睡過去。

明秋意趕緊和唐清雲一起把他放下，讓他趴睡在床上。

「今晚王爺會高燒發熱，一定要小心照料。過了今晚就沒事了。」唐清雲道。

過了一會兒，袍子把煎好的藥端了過來，可穆凌寒此時已經陷入昏迷，即便扳開他的嘴，也不容易餵進去。

「這個簡單。十一，妳扶著閒王，王妃嘴對嘴灌進去就好了。」唐清雲提出解決辦法，反正這個場景也不是第一次了。不過上一次，是閒王灌王妃。

明秋意臉一紅。她和閒王大婚數日了，可因為自己身體不適，閒王都還沒碰她，她身為妻子，自是該照料閒王的，可卻還是感到害臊不安。

袍子見王妃尷尬，心想要效忠王妃，替王妃解圍，便道：「要不，小人來吧。」

唐清雲白了他一眼。「你腦子被驢踢了？你現在趁王爺昏迷輕薄了王爺，等王爺醒了，會放過你嗎？」

「……」明秋意心想輕薄這個詞，是不是用得不太對？

「總之，這件事就交給王妃了，我們先出去吧。袍子，我們先歇會兒，今晚怕還得忙。」

旁人走了，閒王也昏迷著，明秋意就沒那麼多顧慮了，讓十一小心扶著閒王，避免他背後傷口碰觸到其他地方，自己喝了一口藥，對著閒王的嘴灌了進去。

原本明秋意還擔心自己餵不進去，心中忐忑，卻沒想到閒王很配合，她的唇才貼上去，閒王的嘴就自己打開了，明秋意便順勢把藥灌了進去。

她鬆了一口氣，剛準備放開閒王喝第二口，誰知對方卻對著她的唇狠狠啃了起來。明秋意一驚，見閒王不知何時已經睜開眼睛，正瞅著她笑。

這個流氓，估計剛才都在裝睡，就等著現在欺負她！真是，人都傷得半死不活了，還想著一些不正經的事情！

明秋意惱火的瞪著他，穆凌寒也不好再逗她了，鬆開了明秋意。「好了，直接給我喝吧，妳這一口口的，太折磨人了。」他舔了舔唇，意有所指。

明秋意頓時羞憤不已，明明受折磨的是她好嗎？

明秋意想用勺子餵，誰知穆凌寒直接用自己沒受傷的手接過藥，仰頭一口氣喝光，然後又趴下。

十一收拾藥碗退下了。

直到現在，兩人才有了獨處的時間。

明秋意見閒王正看著她，趕緊說：「王爺，您傷得那麼重，先休息一下吧。」

「我還不想睡，妳陪我。」穆凌寒把手伸出來，握住明秋意的手。

這一刻的他，終於像是一個重傷之人，看起來有些虛弱和委屈。

明秋意也為穆凌寒難過，她已經活了一世，自然知道身為皇子的閒王，遭遇了什麼。皇室的爭奪和陰暗，是每個身處其中的人都無法避開的，即便是游手好閒的閒王也一樣。

「王爺，是太子嗎？」明秋意輕聲問。

穆凌寒卻沒回答，他知道她聰慧通透，卻不想讓她知道這些齷齪的事情。

「太子他……為什麼……你明明對他沒有威脅……」明秋意忍不住抱怨，如今閒王是她的夫君，她是多麼期待和閒王一起離開這裡，可太子卻這麼做。毀了她前輩子不夠，又要害她一生嗎？

他表面溫和寬厚，實際上多疑猜忌、從不相信任何人，也總是從最壞的一面去揣度他人。所以，即便閒王無害，那又如何？只要太子覺得閒王可疑，閒王就該死！

穆凌寒卻淡淡道：「哪有那麼多為什麼，任何人身處他的位置，都會這麼做吧。那個位置是會讓人改變的。他做什麼，我都不奇怪。」他一點不怨，也沒什麼可怨的。

身為皇子，什麼沒見過，又有什麼不明白呢？

明秋意抿著唇，差點沒哭出來。原來閒王早就看透了一切，那這些年，他做的一切也許都不是本心。

身邊的一切都是算計鑽營，而他厭惡這一切，無法同流合污，只得想方設法避開。這其中的寂寞和孤獨，又有幾個人知道？

「唉，妳可別哭。本來就不好看了，哭了就更……」穆凌寒見她快哭出來，趕緊說。

「你總是說我醜，我真的那麼醜嗎？」明秋意收了眼淚，認真的問。

「……」這真是搬石頭砸自己的腳，穆凌寒想。

他只好說：「妳再醜，也比我好看。」

誰不知道閒王面容俊朗？他這是誇他自己，還是誇她呢？明秋意輕笑了起來。

「王爺，你還是休息一下吧，如果睡不著，我給你彈一首安神的曲子？」

穆凌寒詫異。「妳不是不喜歡彈琴嗎？」

明秋意愣住，她確實不太喜歡彈琴，但閒王是怎麼知道的？這話，她只對十一還有蓮娘說過吧。

「哦，我很久沒見妳彈過了，妳彈吧。」穆凌寒又補充了一句。「多難聽都無所謂了。」

「……」

她彈琴怎麼說也不算難聽吧。畢竟她的琴藝嫻熟，在京中也是佼佼者，只是她並不是真心愛琴，不擅作曲，只能去練習他人佳作罷了。

明秋意讓十一取了琴，彈了一首安神的曲子，不一會兒，穆凌寒趴著睡著了。

晚上，穆凌寒果然發起熱來。

明秋意和十一按照唐清雲的指導，用棉帕浸涼水，給穆凌寒擦拭身體降溫。

唐清雲很滿意。「有王妃果然不一樣，若是讓袍子來，效果應該沒那麼好。」

明秋意心想，這跟男人和女人有關係嗎？

不過，穆凌寒的身體還真是硬朗，他雖然發熱，卻也沒到很壞的地步，喝了唐清雲的藥，加上棉帕降溫，到了半夜，溫度降了下來。

「王爺情況已經穩定了，王妃去休息吧。」唐清雲道。

明秋意也沒堅持，讓十一和袍子留下，自己則去隔壁偏房休息了。明天她還得繼續照顧穆凌寒，總不能把身體熬壞了。

第二天早上，穆凌寒醒了，雖然看起來蒼白虛弱，精神還是不錯的。

一大早，明秋意就讓廚房準備適合他吃的菜粥，等溫度合適了，便端來讓穆凌寒吃。穆凌寒便坐在床上，等著明秋意餵他。

明秋意想到昨天餵藥的情形，穆凌寒不喜歡磨磨唧唧的，便把碗遞給他，意思是讓他直接一口氣喝了。

穆凌寒看看碗，再看看明秋意，卻道：「這粥，還是一口一口吃有味道。」他懶洋洋的坐著，就等明秋意餵他。

明秋意覺得閒王有時候還真有趣，像個孩子一樣的折騰人，一會兒想這樣，一會兒想那樣。她也不計較，用勺子一勺一勺餵穆凌寒吃。

這時，唐清雲來給閒王換藥，看到這一幕，嘖了一聲。「受個傷也太享受了吧。王爺，昨天您應該把我帶上，讓我也掛點彩。」

「你又沒媳婦，想讓袍子嘴對嘴餵你嗎？」

想到那畫面，唐清雲瞬間難受了。他偷偷瞄了站在旁邊的十一，可十一壓根兒沒看他。

唉！

第二十三章　黏人

待穆凌寒喝完粥，唐清雲幫他換藥，這過程明秋意看著也是心驚肉跳，一晚上過去了，那些被砍傷的皮肉和包紮的繃帶黏在一起，唐清雲直接就要扯開！

「唐大夫，我來吧，你這樣弄太疼了！」明秋意看著都怕。

唐清雲沒鬆手。「他不疼。」

「我疼！」穆凌寒大聲道。

唐清雲無奈，王爺又不是沒受傷過，以前怎麼沒見他說疼?!

唐清雲只好讓明秋意來，叮囑一番，然後告退。

明秋意小心翼翼的揭開繃帶，若是和皮肉黏在一起，就用帕子沾水，一點點的潤開，然後再揭。

雖然這樣速度很慢，但確實不怎麼疼。

只是明秋意的臉貼在他身邊，他都能感覺到她每一次呼吸，而她的手指又貼在他的皮膚上，更是讓他渾身難耐。

穆凌寒忍不住，伸出左手悄悄摸上了明秋意的腰。

誰知卻被明秋意狠狠瞪了一眼。「王爺！」

聽這嗔怒的聲音，是真生氣了。

穆凌寒不理她，手掌貼在她的腰上，漸漸向下。

十一瞄了一眼，趕緊退出房了。

明秋意有些無奈。她自然知道穆凌寒的心思，好笑又氣，她伸手到背後去拍穆凌寒的手，結果卻被穆凌寒的手牢牢抓住，這下，她的手被固定在身後，整個人便失去支撐，向後仰去。

穆凌寒就勢反壓過來，絲毫不在意渾身的血肉模糊，直接把明秋意壓在床上，狠狠親了下去。

這是明秋意第二次被親，穆凌寒的吻總帶著急不可耐的味道，霸道又急切。

明秋意被他親得喘不過氣，又羞又氣。「王爺，快起來！」

她不敢劇烈掙扎，怕觸碰到他的傷口，這讓穆凌寒越發有恃無恐，手甚至探入她的長衫下襬。

「王爺！」

明秋意又叫了一聲，聽起來真的氣炸了，還帶了哭腔。他這般孟浪，既不顧自己的身體，也不顧及她的顏面。這大白天的，讓她無地自容。

穆凌寒嘆了口氣，雖然不甘心，還是放開了她。

明秋意看傷口裂開了些，又急又氣。「王爺，你真的太胡來了。」

「我又不是太監，妳叫我怎麼辦呢？」穆凌寒幽幽盯著明秋意，心裡也委屈。美食在眼前，只能看不能吃，多難受。

「……」

她還能說什麼？明秋意忍著羞怯，繼續給他揭下繃帶，弄了大半個時辰，才把髒污的繃帶都拿下來，又細細給傷口上了藥，再用乾淨的繃帶包紮傷口。

這倒是讓穆凌寒刮目相看，他沒想到她會這個。

明秋意的衣服也因為剛才穆凌寒的舉動沾上血污，她自己找了一身衣服，去房間一邊的屏風後面更換。

這讓穆凌寒有點抓耳撓腮，又怕去偷看再惹她生氣，只好隔著屏風看看影子過過癮。

沒多久，袍子來報。「王爺，宮裡來人了，是皇上身邊的金公公。」

金公公伺候了皇上幾十年，是皇上十分信任的人，皇上派金公公來，等於是他親自來了。

穆凌寒受了傷，不便下床迎接，換好衣服的明秋意，趕緊帶著人出去。

此時，管事老杜、石頭已將金公公帶到了後院。

明秋意趕緊行禮，金公公卻阻止了。「王妃不必多禮，奴才是代替皇上來探望王爺，並且宣旨的。」

聽說有旨意，明秋意趕緊把金公公請進房中。

穆凌寒依舊躺在床上，並未起身接旨。「金公公，你看我傷著，不好挪動，我還是躺著接旨吧。」

金公公點頭。「您隨意。」

他還不了解閒王嗎？閒王對皇上都是桀驁不遜的態度，何況是他呢？

明秋意只好代他跪下聽旨。

聖旨言簡意賅，讓閒王按照之前定下的日子如期啟程，前往封地。臨行前，也不必去宮中辭行了。

表面上，似乎皇上不近人情，絲毫不關心閒王的傷勢，實則是為閒王考慮良多。

穆凌寒微微動容。「兒臣接旨。」

「王妃快起來吧。王爺，皇上的心意，您可明白？老臣在這裡祝您和王妃一路平安。」

穆凌寒低頭。「金公公，是我不孝，替我向父皇辭行。」這一別，就是生死之別了。皇上身體日漸不行，撐不了多久。

眼下，他遇刺受傷，是太子不讓他走，父皇這旨意就是讓他盡快離開，避免夜長夢多。畢竟，父皇已經快保不住他了。

穆凌寒雖然怨恨皇上，可畢竟那是他的父親。最終，父親還是成全了他，讓他娶了想要的王妃，盡力安排他去封地過自己想要的生活。

他其實知道的，父親對他也並非無情。只是父親是皇上，身處高位，做不到一個夫君和父親應盡的責任。

金公公眼中濕潤。「王爺，有您這句話，皇上會高興的。對了，您的傷怎麼樣了？奴才帶了不少好藥，皇上讓您帶去封地。」

「就是一些皮外傷。」穆凌寒笑了笑。「請父皇放心，我沒事。」

金公公點頭。「還有一些話，皇上讓奴才私下帶給您。王妃也不是外人，奴才這就說了。」

「公公請講。」

「皇上讓您一路小心，等去了封地要安分度日，不可生事。」

「我還不夠安分？這全京城也沒一個比我安分的。」穆凌寒哼了一聲。

金公公笑了笑。「是，王爺是明白人，也是聰明人，知道該怎麼做的。另外，皇上還有一道密旨。」

金公公說著，從袖口掏出一張摺疊好的錦書。

穆凌寒詫異。「這又是什麼？」

「皇上說了，他殯天後，您不必回京赴國喪。這道密旨，您要收好，旁人還不知道這道密旨的存在，若是知道了……」怕是更跳腳，恨不得立刻把閒王碎屍萬段吧。

「等您到了封地，皇上就會把這道密旨告訴太子殿下，那時塵埃已定，太子殿下也不會強求了。」

穆凌寒有些震驚，他沒想到父皇竟然為他考慮了這麼多，不但下旨讓他迅速啟程，還允許他不用回京奔喪。

畢竟，那時太子已經是新帝，他回京師一趟，豈不是凶多吉少？

這一切的凶險，父皇都考慮到了。

「王爺，這般安排，所有王爺中您可是獨一份，皇上還是惦記著您，惦記著柔妃的。」人死了，父皇才知道惦記？穆凌寒冷著臉，不作聲。

「好了，奴才該說的都說了，該走了。王爺，保重。」

「秋意，妳替我送一送金公公。」

「是。」

難得閒王竟然懂禮了一次，這讓金公公詫異。

明秋意一路送金公公出門。

「王妃，想必王爺的性子您也清楚。王爺是聰明人，就是太直太較真，和王爺的母妃一個樣。」

路上，金公公和明秋意小聲道。

「閒王這樣很好。」這樣的性子才能交心，成為彼此真正的親人。

「唉，王爺自然是個好孩子，可世道如此，剛則易折，硬則易碎，王妃性子柔順又聰慧，日後要多多提點王爺。」

「我會盡心的。」

「那便好。其實皇上也想見你們一面，卻怕又給你們惹來麻煩。奴才今日見到王妃，覺得您和王爺十分般配，皇上知道了，一定很欣慰。」

送走金公公後，明秋意回到房中，穆凌寒還在看密旨。

「王爺，皇上對你還是很好的。」

穆凌寒哼了一聲，把密旨扔給明秋意。

「收著吧。他對我好又如何，還不是害死了母妃。」害他五歲就沒了娘，在宮中受盡欺辱。

「皇上也有他的身不由己。王爺，您對太子都能不怨，對於皇上，何不放下心結？」

「我又沒死，我幹麼怨太子。再說我先坑了他幾次。」穆凌寒很坦誠。「他希望我死也正常。但是父皇不一樣，我母妃死了，可活不了了。」

雖然柔妃是跳水自盡的，但在穆凌寒眼裡，就是被皇上害死的。

「……」這邏輯也沒錯。

這下，明秋意又忍不住擔憂了。「這次王爺假裝傷不重，可以按時啟程，太子會不會還來對付你？」

明秋意了解太子，他可不是輕言放棄的人。

「只能小心應付了。今日初八，我們十五啟程，這些天，妳再將府中的東西整理一下，只帶貴重物品，那些不要緊的都別帶了。隨行的下人，也只帶我們信得過的。」

穆淩寒也得趁這幾天好好養傷，從這裡去封地要走兩個月，路上還不知道會發生什麼事，他要是病懨懨的，怎麼保護秋意呢？

「我知道的。」

這時，明秋意又想起一件事。

昨日石頭和唐清雲把穆淩寒抬回來的時候，說了一些話，似乎……

「王爺，昨日聽唐大夫和石頭說話，似乎您早預料到這次刺殺，卻故意受傷？」

穆淩寒無奈，看來什麼也瞞不過明秋意，他只好坦誠了。

「張歡歡回了趟娘家，昨天她哥哥張融就約我出來喝酒，我感覺不太對勁，所以就提防著。果然，張融在我酒裡下藥，又有殺手來殺我。」

「你明知道張融圖謀不軌，卻不拒絕，是怕太子想出更可怕的計謀？」明秋意沒想到閒王還是很有謀略的。

穆淩寒點頭。「明槍易躲，暗箭難防，我這次受了傷，閉門不出，太子也不好下手。」

更重要的是，太子心機深沈，若他這次事先做好防範，太子會怎麼想？必然會認為閒王本事了得，更不能養虎為患。還不如裝傻受傷，讓太子放鬆警惕。

不過這些思慮，他就不要讓明秋意跟著操心了。

明秋意嘆氣。「說來說去，還是你不該把張歡歡送給太子。」其實她知道，沒有張歡歡，太子也會對付閒王。

「沒辦法，誰叫我看太子妃不爽呢。聽說因為張歡歡，太子妃和太子鬧得不可開交。」

想到這裡，穆凌寒又覺得自己受傷值得了。

「你怎麼那麼討厭太子妃？她得罪過你？」明秋意不解。

穆凌寒看了明秋意一眼，點頭。「是，我恨不得她死。不過，死了不好玩，讓她嚐嚐在皇宮一輩子不受寵的滋味，那才好。」

受寵的妃嬪尚且日日擔驚受怕，謹小慎微，更何況那些不受寵的？那種折磨，明秋意都不敢想。

沒想到閒王還挺惡毒的呢。

「我差點忘了，我可饒不了那張融。」閒王忽然道。

「晚了。今早聽石頭說，張融被威遠將軍送去了西南軍營，說是要去磨練。」

穆凌寒點點頭，這結果還差不多。

中午，穆凌寒又要明秋意餵他吃飯，別人餵他還不吃。明秋意沒辦法，只好順著他。用了飯，又要明秋意陪他午睡。

等醒了，又讓明秋意給他讀話本。

「你眼睛又沒受傷。」明秋意都有點煩了，閒王未免太黏人了。

「我傷得太重了，坐不起來，只能趴著舒服點，可趴著又不能看書。」穆凌寒解釋。

「……」剛才是誰坐著讓她餵飯的？

「養傷太無聊了，妳不給我念話本，我就出去喝酒好了，反正也沒人在意我。」穆凌寒又說。

「……」剛剛還說自己重傷坐不起來，轉眼就能出去喝酒了，也不怕咬了舌頭？

「好吧，我念。」明秋意也不好跟一個受傷的人計較那麼多。

「那本，新出的那本，《杜十娘怒打負心漢》不錯，就念那本。」穆凌寒指了指桌上的話本。

明秋意也懶得說閒王品味世俗，反正她也愛看講市井故事的話本。這杜十娘被負心漢辜負，奮起追打負心漢，也是個奇女子，不知道現實中有沒有這樣的女子？

次日一早，明秋意收到了太子妃的帖子，邀請她去東宮喝茶。

去年她也是去喝茶，結果凍了一場病。

不知道如今的喝茶，又是什麼光景？

「不用理她，省得她又欺負妳。」想到太子妃，穆凌寒又惱火。

「她能欺負我什麼？頂多讓我站一會兒，喝口冷茶罷了。不過，經過上次的事情，太子妃應該長教訓了，不會無緣無故叫我去受罰。」明秋意推測，也許想讓她去東宮的人並非太子妃。

難道是太子？此前她還未出嫁，太子便去明府找她，希望她成為太子在閒王身邊的暗樁。

很有可能是太子想從她這裡得到點什麼消息，若是不去，反而讓太子不安，還不如……

「要是太子授意，就更不能去。」穆凌寒可沒忘記，明秋意是差一點成為太子妃的人！

「不去反而不好，不如去了隨便應付一下太子，也不是難事。」明秋意決心要去，她起身打算換一身衣服、裝扮一下便去。

如今她在府中不施粉黛，可出門的話，還是要講究一下。

穆凌寒盯著明秋意，臉色難看。「妳該不是想去見他吧？」

明秋意腳步一頓，回頭看向穆凌寒，神色震驚又有些難過，不過她瞬間了然。「我知道王爺介懷我和太子曾經的事情，但是王爺放心，這次我去東宮，只是為了打消太子的顧慮，不為其他。」

她竟然差點忘了，在去年中秋之前，她和太子時有往來，是大家認定的未來太子妃。

這些事情，閒王自然是知道的。

如今也不怪閒王介意，只是她心中還是有些難過，她籌謀許久，就是為了擺脫太子，如今陰差陽錯嫁給了閒王，也是一心一意想和閒王過日子的。

日久見人心，閒王最終會明白的。

穆凌寒見明秋意這樣難過，知道自己說錯了話。

他當然也知道明秋意並不想嫁給太子，可想到太子此前還覬覦明秋意，他就惱火。

他想要道歉，卻不知道怎麼開口。

明秋意叫來十一和阿來，幫她梳洗打扮。

她選了一身藍色的繡花長襖，搭配素色褶裙，頭上戴了海寶蘭珠花，顯得嫻靜溫雅。

這讓穆凌寒更憋屈，看她還在塗抹脂粉，哼了一聲。「……塗牆一樣。」

明秋意也不理他，裝扮好了，便帶十一出了門。

第二十四章　演戲

果然，明秋意到了東宮後，小太監領著她去見太子妃，在走廊上卻撞見了太子。

小太監不等吩咐，便直接退下。

「拜見太子殿下。」明秋意屈膝行禮。

「閒王妃不必多禮。」太子看了一眼跟在明秋意身邊的十一，但是十一低著頭，根本不走。

他只好委婉地看向明秋意。

明秋意這才讓十一退開一點。

「秋意，聽說昨天金公公去見了閒王，他說了些什麼？」

原來太子是為了這事。

明秋意道：「金公公帶了皇上的聖旨，讓閒王按時啟程去封地。」

「就這樣？」關於聖旨的內容，其實太子早就打聽清楚了。為皇上起草聖旨的那些人中，自然有太子的心腹。

父皇忽然擬了這樣一道聖旨，讓太子不得不心驚。父皇急著讓三弟走，是怕三弟走不了？

父皇竟然那樣在意三弟嗎？太子並不怕皇上知道他做的一切，但皇上竟在意那個廢材三弟，這讓他很憤怒。

「金公公還帶了一些藥。」明秋意又說。

「還有呢？」太子繼續追問。

「沒有了。」

「金公公有沒有單獨和閒王說話？」

「沒有。」

太子皺眉，他不信。若是沒有什麼，皇上身邊那麼多小太監，何須讓金公公親自走一趟，只不過是傳個旨而已。

忽然，明秋意露出一個恍然大悟的表情。「哦，我想起來了。」

「妳想起什麼了？」太子急忙問。

「金公公還說，閒王以後去了封地要安分老實，不許鬧事。」

太子無語。

可他也不好逼問明秋意，心想以後還得靠明秋意給他通風報信。

「秋意，明太傅最近身體不好，不過妳放心，我已經派最好的御醫去照料明太傅。另外，妳兩個弟弟的仕途，我也時時刻刻記在心上。過陣子，我就給明朗安排個好差事。」

「多謝太子殿下。」明秋意心中卻冷笑，明朗做什麼和她有關係嗎？原來那一世，她為了家族賠上性命，有人感念她的付出嗎？

「妳我之間，無須言謝。對了，閒王呢，他的傷真的不重？」

「閒王失血過多，身體還是虛弱，但不會影響啟程去封地。」明秋意斟酌了一下道。她既不能讓太子認為那場刺殺對閒王毫無影響，也不能讓太子找到藉口阻止閒王去封地。

太子有點不滿，但也不好繼續攔著明秋意逼問，只好讓她去見太子妃。

最近張明珠可是一肚子氣。

自從她和明春如在花園懲罰明秋意後，太子便對她十分冷淡，幸好她的娘家給力，太子對她的態度漸漸和緩。

上元節時，太子偷偷見了明秋意，她便設計去殺明秋意，卻讓明秋意逃了，爹爹幫她找的那幫殺手一點用都沒有！

轉眼明秋意成了閒王妃，張明珠心裡得意，心想明秋意曾經那般心高氣傲，自詡是京師第一才女，還不是被許給閒王那個窩囊廢！不過，她貴為太子妃，也懶得再去奚落明秋意了。

結果明春如那個蠢貨，又去找明秋意的碴，得罪了閒王，被太子禁足。這本是明春如那賤人自找的，可這個賤人為了籠絡太子，把她的婢女蘇錦塞給了太子！

那蘇錦跟了明秋意十幾年，最是擅長模仿明秋意，那虛偽的溫柔個性，還彈琴畫畫，嗯心死了。但是，太子偏偏好這一口。

這還沒完，前些天，太子不知怎麼的，又看上了她的庶妹張歡歡！

張明珠自小看不起張歡歡，這個村婦肚子裡爬出的卑賤女人，也配當她的妹妹?!

她不願張歡歡進東宮，但太子喜歡！

一連數天晚上，太子只去找張歡歡。眼下她才進宮半年，太子就接連有了兩個新人，當她是擺設嗎?!

張歡歡給她的氣自己還憋著無處發洩，今早，太子居然命她把明秋意請進東宮！

明秋意已經是他的弟媳了，太子可真是色心不滅啊！

哦，不，是明秋意這個賤人還真會勾引人，當了閒王王妃，居然還要勾引太子！

張明珠真是恨不得撕碎明秋意！

明秋意也不想見太子妃，可帖子是太子妃邀請她進宮喝茶的，她不得不見。

「閒王妃婚後也沒進宮一次，妳我姊妹好久不見，我也挺想妳的。再過幾天，妳就要隨閒王去封地了，只怕以後我們都難相見了。」

張明珠一臉哀戚。

明秋意聽著格外難受。若是以前的她，見慣宮中之人的虛偽演戲，也不會覺得太難受，但和閒王相處了幾天，她竟然噁心的想要趕緊拔腿就跑，曾經擅長的虛與委蛇都做不到了。

「多謝太子妃掛懷，我本該和閒王進宮拜見的，但是我身體不好……」她大婚當日拜堂暈倒的事情，人盡皆知。

果然，張明珠旁邊的婢女輕笑了一下。

「對，我差點忘記了，妳身體如何了？怎麼會在大婚當日暈倒呢？我聽著實在擔心。」張明珠有意提及明秋意的醜事。

「太子妃有所不知，今年三月，我不小心掉進河裡，得了體寒之症，時常會暈倒。」明秋意提及那場差點要她命的迫害。

張明珠似乎恍然，看來那些殺手雖然沒幹掉明秋意，明秋意也因此壞了身體。

「怎麼會如此？那這體寒之症治得好嗎？」張明珠急忙問。

明秋意搖頭。「治不好了。只怕以後也很難有孕。」

張明珠差點沒笑出來，她假裝震驚的捂住嘴。「這樣啊，那真是太令人難過了。」

明秋意看起來哀傷不已。

張明珠得了上次的教訓，不敢再懲罰明秋意，只敢暗暗刺激她幾句。「對了，妳還記得蘇錦嗎？」

「當然，她現在是明良娣的婢女吧。」

「那個蘇錦可厲害了。現在是太子的良媛了，日後在宮裡也是半個主人了。」張明珠道：「也是她命好，原本只是妳的婢女，現在卻有了好前程，可憐妳卻只能去那西境苦寒之地。」

明秋意擦了擦眼淚，嘆氣道：「命由天定，我除了認命，也沒別的法子。」

張明珠高興得嘴角都揚了起來，卻又故作同情。「妳也別難過，好歹閒王也是個王爺。」

「……」可不是嗎？人人都知道廢材王爺。

「對了，聽說閒王受傷了？」張明珠又問。

「嗯，王爺婚後日日出去飲酒作樂，前日他出去喝酒，在酒樓遇到了刺客。」明秋意嘆氣道。

「我也知道閒王的個性，就是愛玩，這也沒辦法。秋意，妳也只能忍耐了。」

張明珠踩了明秋意幾腳，心情舒坦了，便打發了明秋意。

明秋意也鬆了一口氣，她真的快演不下去了。

告辭了太子妃，明秋意快步離開，結果又在花園撞見一個人。

看那女人的衣著打扮，應該是太子的妻妾。

那女人給了領路小太監銀子，小太監會意，便退開幾步。

「王妃。」女人恭恭敬敬的向明秋意行禮，明秋意還不知她是誰，又聽到她問：「閒王他還好嗎？」

明秋意頓時不悅，這話倒像是這女人關心閒王一樣？閒王這個風流鬼！

「王妃請不要誤會，我是因為閒王入宮的，所以很感激他。」

明秋意聽了這話，略想一下便明白了。「妳是張歡歡？」

「是。」

明秋意看張歡歡這神色言行，估計是愧疚吧。她和張融協助太子暗害閒王，卻好意思關心閒王傷情？

「他很好，不勞張良媛關心。」明秋意冷著臉道。

「……那就好。」張歡歡還想問些什麼，可她明顯感覺到明秋意不悅，便告辭了。

回到府中，穆凌寒冷著臉，不理睬明秋意。

明秋意也冷著臉，不搭理穆凌寒。

這可把穆凌寒氣壞了。

明明是明秋意打扮得那麼美跑去見太子，他在家中度日如年，結果明秋意回來了，還給他臉色看！

見明秋意在外間甚至不肯進來，穆凌寒氣壞了。「進來。」

沒人理他。

他握緊拳頭，心想怎麼回事，為什麼明秋意膽敢這麼對他，他不是王爺嗎？按照道理，明秋意不該對他恭恭敬敬嗎？

據他所知，其他幾個王爺的王妃、太子妃對太子，或是父皇的妃子對父皇，都是恭恭敬敬的！

這時，袍子來送藥，他以為像之前那樣，把藥給王妃就行了，王妃會親自餵給王爺吃。

於是袍子把藥擱下，對在窗前看書的明秋意道：「王妃，這是王爺今天下午的藥。」

「嗯，你端進去給王爺喝。」

袍子一愣，雖然奇怪，還是把藥端了進去，結果裡頭的王爺臉色難看。

袍子還沒說話，穆凌寒就說：「我不喝！」

「王爺，這怎麼行？」

「端出去！」穆凌寒冷冷道，然後給袍子使了個眼色。

袍子機靈，立即會意，又把藥端出來，苦哈哈的看著明秋意。「王妃，怎麼辦，王爺不肯喝，您得勸勸啊，王爺的傷那麼嚴重，過幾日就啟程了，這路上旅途勞頓，可怎麼辦？」

明秋意嘆氣，她是不想理睬穆凌寒，可穆凌寒跟個孩子一樣鬧脾氣，也不把自己的身體當回事，他不喝藥，這傷怎麼好？

嫁了一個這樣任性胡鬧的夫君，明秋意感覺自己好操心。

她只好端著藥走進裡間，就見穆凌寒穿著一身雪色中衣，正一臉鬱悶的盯著她。

像是一個被欺負了的孩子，正等著安撫。

明秋意頓時心軟了，放柔了語氣。「王爺，喝藥。」

她在床邊坐下，正拿起勺子，打算像之前那樣一口一口餵他，穆凌寒一隻手托著她端碗的手，低頭一口氣把藥喝光了。

然後，他抓著她的手不放，盯著她的眼睛，十分無奈的樣子。「明明是妳去見太子，惹了我吃醋，為什麼妳回來還給我臉色看？」

穆凌寒說得很直白。

明秋意雖然早就知道他的個性，也有點目瞪口呆，她臉紅低頭。「王爺吃莫名其妙的醋。你明明知道，我去見太子只是為了應付他。」

「應付也不行。妳以後再也不要見他了。」語氣又霸道起來。

「王爺你這般霸道，那你自己呢？你在外面和其他女人親近，我也管不了。」明秋意忽然低聲說。

穆凌寒一愣，接著笑道：「我親近其他女人？妳說我吃莫名其妙的醋，妳這醋又是從哪裡來？」

「我沒有吃醋！」明秋意像是被踩中尾巴，聲音都提高了。

「……好吧，妳沒有，我現在只想知道，我親近的女人究竟是誰？」他倒要看看，是哪個女人能讓明秋意給他臉色看！

「今日我在東宮遇到了張良媛。她很關心你，很擔心你的傷勢。」像閒王這種被全京師女人唾棄之人，卻能得到張良媛的另眼相看，明秋意想要不多想都難。

誰知穆凌寒竟哈哈大笑。「我遇刺的事情，她也參與其中，我倒是不明白她這麼問有何用意了。」

「自然是關心你。」女人的直覺往往很準，在東宮的那一面，讓明秋意對張歡歡生了戒心。

「哦？原來我還是很受女人喜歡的嘛，嘖！」穆凌寒看起來竟然得意洋洋的。

明秋意瞪著他，十分惱火。

穆凌寒再也忍不住，大笑著把明秋意拉進懷裡，也不在意自己的傷，將她狠狠壓在胸口。「不過秋意放心，我心底再也裝不下別人了。所以，妳就別吃醋了。」

「我沒……」

明秋意還來不及否認，就被穆凌寒壓在床上，堵住了唇。

不過，他也就親親摸摸，再想做點什麼，明秋意就不肯了。

「不要……你的傷還沒好。」她閉著眼睛，聲若蚊蠅。

「沒事，這一點傷，我根本不在意。」

他還想繼續，可明秋意卻咬著唇，閉著眼睛，看著楚楚可憐。「不要，王爺。」

穆凌寒心中一動，在她額頭吻了一下。「每次妳裝出這可憐樣子，我就狠不下心。」

明秋意微微睜開眼睛，有些氣惱。「我沒裝。」

「哦……」穆凌寒若有所思，若是明秋意床榻上如此嬌弱動人，那倒是很有趣味，他越想越興奮，眼神熾熱。

明秋意也並非一無所知，她察覺到穆凌寒的變化，頓時閉上眼睛，羞憤不已。「流氓！」

「……」饞自己的夫人，應該不算流氓吧？

不過，穆凌寒沒有再逗明秋意，若是因為他的傷，讓她擔驚受怕，反而不美，以後他們的時間很多。

等穆凌寒放開明秋意，明秋意就飛快下床，藉口要去餵小白和小黃溜了。

剛才被穆凌寒一頓鬧，明秋意熱得冒汗，她讓十一拿扇子給她搧風。

十一很驚訝。「王妃很熱嗎？」

「熱，很熱。」

「難怪您的臉那麼紅呢。不過，我覺得一點都不熱。」

十一說，明秋意覺得自己更熱了。

等她冷靜下來，想起本要告訴穆凌寒的一件事，卻給穆凌寒一鬧，把這件事給忘了。

明秋意趕緊又回房，看到穆凌寒此時正趴在床上，手裡正拿著一方絲帕把玩。

明秋意仔細一看，那不是她的帕子嗎？

原來剛才穆凌寒對明秋意上下其手，從她身上搜走了這塊絲帕。

這流氓！明秋意臉更紅了。

不過，她還是穩住心神。「王爺，我想跟你說一件事。」

穆凌寒從床上翻身坐起，臉上還帶著戲謔的笑。「妳說。」

「今日在東宮遇到太子，他對你還是有諸多顧慮。我想，上次刺殺不成，他或許還會有別的行動。」

原來明秋意要說的是正事，穆凌寒也收起了玩世不恭的神態。

「太子自傲，自然不允許事情超出他的掌控。他不希望我離開京師，是很有可能再次行動。不過王妃不用擔心，我也不是毫無準備。必要時候，我們會提前啟程。」

「可這樣做會讓王爺遭到非議，更會引起太子甚至朝臣的忌憚，認為王爺不尊旨意，肆無忌憚。這是下策。我有一個辦法，也許會有用。」

明秋意畢竟重生一次，對事態發展是有所預見的。她可以利用這個優勢，化解這次穆凌寒遇到的危機。

「說來聽聽。」穆凌寒十分期待，他知道明秋意很聰慧，或許對這次的困局有不一樣的見解。

「眼下太子盯著王爺，是因為太子認為王爺是最大的威脅。但京師中王爺眾多，如果有別的王爺更讓太子忌憚呢？」

「圍魏救趙？這主意是不錯。不過目前其他幾個王爺並沒有異動。眼下時間緊迫，要讓他們弄出點動靜，怕是不易。」明秋意的建議不錯，可執行起來卻有困難。

「這個王爺不必苦惱。五王爺景王，其實已有反心。」

原來那一世，景王早有反心，並且早已在暗中準備，不過，景王真正撕破臉和太子對著幹是在一年後。那時，穆凌澈登基不久，景王想趁這個機會推翻新帝，最終卻失敗被殺。

她現在說出景王的反心，不過是提前一年讓景王失敗。

第二十五章　離京

「妳知道景王有反心？」穆凌寒看向明秋意，神色震驚而迷惑。

他知道明秋意通透聰慧，但說到底也是閨房女子，她的聰慧用在逃避太子、迷惑明太傅這些事上都不足為奇，可她現在說的話，若是讓旁人聽到了，誣衊親王謀反，那可是殺頭大罪。

明秋意知道閒王不信，又接著說：「景王的小舅子眼下就在景王的封地東北一帶，秘密為景王招兵買馬、打造兵器。王爺有自己的手段，可派人去辨別真偽。」

這下穆凌寒更加錯愕，明秋意知道得這般仔細，可不像是空口白話。「妳怎麼知道這些？」

這般隱秘的事，景王做得如此謹慎小心，太子和他都不知道，明秋意是怎麼知道的？

明秋意早為自己想好了藉口。

「這件事說來話長，去年中秋宮宴，我早到了片刻，便隨意去御花園逛了逛，無意中經過假山隱蔽處，聽到景王和愉妃在說話。他們說的，便是這件事。」愉妃是景王的生母。

穆凌寒聽完一身冷汗。「妳也太不小心了！若是聽到這種話，趕緊悄悄離開，怎麼還聽了那麼多？」

宮中隱秘之事若是無心聽到，被人發現，那可是死路一條。而且景王和愉妃說的是謀反的事，事關重大，若是被他們知道明秋意偷聽……

「我當時也嚇得走不了，只好屏住呼吸，等他們離開後才悄悄離開。我知道這件事事關重大，便憋在心裡，沒有告訴任何人。」明秋意趕緊解釋。

「妳可真是撿回一條命。」穆凌寒心驚不已。

「但是現在卻派上了用場。」

「我寧可不要。」也幸好明秋意機靈，沒讓人發現，否則他現在可沒這個王妃了。

明秋意說出這件事的後果就是，穆凌寒晚上陪著她一起睡，不許她再去隔壁偏房睡了，原因就是穆凌寒表示自己受了驚，需要安撫。

當晚，穆凌寒就讓石頭帶話給張元，調查這件事。

數天後，張元帶來消息：景王借助妻弟，在封地秘密招兵買馬、打造兵器的事情屬實。

然後，穆凌寒讓人向太子揭發了這件事。這下，太子再也顧不上穆凌寒，轉而全心全意去調查景王意圖謀反的事。

畢竟以閒王的能耐，謀反還是很遙遠的事情，他即便有謀反的心，若是要籌劃，也要數年光景。

而景王呢？眼下太子還沒登基，他便在封地招兵買馬，太子是否能順利登基還難說，所以不除掉景王，太子心中難安。

不過太子也不想打草驚蛇，便暗中調動自己人去蒐集景王的罪證，打算時機成熟，就將景王一網打盡！

到了五月十五，閒王帶著王妃以及王府侍從十數人，前往封地。

因為穆凌寒封王不久，還沒有組建自己的護衛營，於是皇帝便從京軍中調出一衛，專門護送閒王及家眷前往封地。

太子聽了這件事，又是火冒三丈，只是此時，他需要調查景王預謀謀反的事情，無力分心再對付穆凌寒。

幾日後，閒王的隊伍便離開了京師範圍。

這支護衛閒王去封地的京軍衛指揮使是何原，他此前和閒王並不相熟，但對閒王紈袴之名卻早有耳聞。

何原雖然出身一般，卻十分刻苦上進，他的父親只是一名千戶，他承襲了父親的職位後，因為能力出色，被提拔成了指揮使。

因此，何原十分看不慣出身高貴卻自甘墮落的閒王。被派來護送閒王，何原有些憋屈。

閒王因為受傷，便一直和王妃坐在馬車中，因為要配合馬車的速度，整支隊伍速度十分緩慢，走了幾日，才走不到一百里。

若按照這個速度，走到閒王封地鞏昌府王府，怕是要三、四個月，再加上返回京師的時間，只怕半年都不止。

他離開京師這半年，也不知道京師局勢如何？如今皇上身體不好，京師局勢瞬息萬變，在這個緊要關頭，他本應該在京師靜待時機，一飛沖天，結果……

何原心中覺得很悶。

忽然，石頭騎馬過來。「何指揮使，王爺說要休息，麻煩讓護衛隊原地停下。」

又來了！何原心中嘆氣，這幾天下來，他對閒王已經有所了解。

這一路上，閒王不急著前往封地，反而走走停停，一會兒餓了要吃現做的飯菜，一會兒無聊了要出來吹風看雲等等。

何原是真不明白，閒王對自己目前的處境難道一點都不知道嗎？如今不趁著皇上護佑，趕緊跑到封地去躲起來，還在這裡慢吞吞看風景？此前被刺殺的事情，他難道忘記了？

這京中有人，可不想他去封地啊。

唉，竟連這麼淺顯的道理都想不明白，這閒王果真是草包。

「石侍衛，走了三、四天，咱們才走不到一百里，這速度委實太慢，麻煩你……」

石頭打斷何原。「王爺說了，慢慢走不急，他要休息好、心情好，才能養好傷。若是急著趕路，導致王爺傷情惡化，反倒不好。再說了，王妃身體虛弱，若是急著趕路，讓王妃累病了怎麼辦？」

「……我明白了。」真是好心當做驢肝肺，他提醒閒王盡快趕往鞏昌府，也是為了閒王好，既然閒王這麼不怕死，那就慢慢走吧。

何原讓護衛隊停下。

他讓護衛隊中幾名千戶去整頓隊伍，自己則去看閒王這次又要幹什麼。

只見閒王扶著王妃下了馬車。

何原知道閒王妃是差點成為太子妃的明太傅之女，陰差陽錯下，竟被皇帝賜婚給閒王，真是一朵鮮花插在牛糞上。

何原心中惋惜。

不過，經過這幾日的觀察，他發現王妃似乎並不懊惱這樁婚事，和閒王相處起來格外親暱。

何原還沒成親，他不知道別的夫妻怎麼樣，但暗中觀察閒王和王妃的相處情況，何原忽然有點想娶媳婦兒了。

「秋意，走，我們去河邊看看。」

原來，隊伍經過了一條河，此時正是夏日，馬車內炎熱，穆凌寒便想去河邊吹吹風，涼快一下。

明秋意也是熱得不行，便同意了穆凌寒的提議。這幾日太熱，不利於王爺的傷口癒合，讓明秋意心中焦慮。

穆淩寒伸手想要去拉明秋意的手，明秋意看見了，急忙快走一步，避開了穆淩寒的手。這青天白日的，穆淩寒又不老實了。

穆淩寒手落空了，也不生氣，便和明秋意一起去了河邊。

旁邊的十一、石頭等人早已見怪不怪，不過何原還是有點不習慣，這閒王果然如傳聞一般，不守禮數，肆意胡來。

這條河還算清澈，站在河邊，涼風習習，果然舒服多了。

早有人擺好桌椅、茶水，閒王和王妃兩人坐下喝茶，欣賞河邊風景。

「怎麼樣，如今已經離開京師數日，秋意還習慣嗎？」

明秋意還是第一次離京師那麼遠，想來也可笑，她活了那麼久，居然從未走出京師這座圍城。

如今雖然才走了四日，周圍風景已經和她看過的有明顯不同。

天地廣大，令人敬畏。

「雖然才走了不到一百里，卻有種大開眼界的感覺。王爺一定覺得我是井底之蛙吧。」

明秋意四處看看，對外面的一切，她都很新奇。

「咦，妳怎麼能說自己是蛙，妳是蛙，那我不也成了蛙？我不要做蛙。」穆淩寒很嫌棄的說。

明秋意抿著嘴輕笑。

這時，她看見河邊有魚群跳動。「哇，有魚！」

穆凌寒也看見了，驚喜的站起來。「喲，這魚好大，一定很好吃！」

石頭見王爺想吃魚，便主動請纓。「王爺，我去為您抓魚。」

「不必了，既然是王妃想吃魚，我親自去抓。」穆凌寒擺擺手道。

明秋意傻眼，她什麼時候想吃魚了？明明是王爺自己想吃吧！

明秋意看著那寬闊的大河，心中害怕。自從她此前跳河之後，便十分怕水。「王爺，還是算了，下水危險。」

穆凌寒卻捨不得。「秋意不必擔心，我水性很好的。」

他說著，捲起褲管，又讓石頭從護衛隊那裡借來矛，便走到河邊，慢慢入水。

這河邊是石灘，有一片河水較淺，時不時有魚群游到淺灘，穆凌寒就在這淺灘上拿著矛刺魚。

接連幾次，他都落空。好一會兒過去了，穆凌寒一隻魚都沒有刺到，臉色難看。

明秋意知道閒王是覺得丟臉了，便想找個臺階給他下。「王爺，太陽太大了，我們回馬車上吧。」

穆凌寒沈著臉，不肯上來。

這時，他扭頭一看，忽然看到何原正站在岸邊不遠處，望著他的方向。

穆凌寒目力很好，看到何原似乎笑了，他頓時惱火。小小一個指揮使，竟然敢嘲笑他？於是穆凌寒指著何原。「何指揮使，你過來，幫我叉魚！」

何原目瞪口呆，不管怎麼說，他也是正三品的指揮使，閒王居然就這樣當眾讓他去叉魚?!這讓他在幾千將士心中，有何臉面？

明秋意也覺得這樣不太好。「王爺，算了吧，我不想吃魚了。」

「不行，我想吃。」穆凌寒盯著何原不放。

何原心裡惱火，但也不得不從命。他是皇上派來護送閒王的，一路上還是得聽從閒王安排。

何原心裡有氣，也不脫鞋、捲褲管了，直接下了河。

他自然是有一些真本事的，不一會兒，便叉了六、七條魚。

眾將士看到何指揮使的本事，更是鄙夷閒王，心想閒王果然是一個一無是處的草包。

穆凌寒見有魚了，又讓護衛小兵生火，打算就地烤魚。

明秋意沒了心情，她還是第一次見到閒王在外囂張跋扈的樣子。

何原是皇上派來保護他們去封地的護衛指揮使，是京軍正三品武將，閒王雖然是王，但是在實權上，根本沒辦法和何原比。

這何指揮使是脾氣好，若是脾氣壞，當場拒絕，閒王又能如何？

閒王當著何指揮使手下士兵的面，挑釁何指揮使的權威，這豈不會得罪了他？

這一路去封地還要三、四個月，明秋意不敢想若是惹怒何指揮使，以後他們要怎麼辦？

明秋意藉口說不舒服，回到了馬車上。

她是真的擔心自己的前途，也擔心閒王。她費心籌劃，若是不能和閒王平安到達封地，她還不如順從命運，去當那太子妃得了。

至少，還能活到三十三歲呢。

沒多久，穆凌寒上了馬車，手裡還端著一個盤子，盤子裡裝著烤魚，他看了十一一眼，十一便下了馬車。

穆凌寒將烤魚放在馬車的壁桌上。「嚐嚐，我親自烤的，味道還不錯。」

明秋意神色淡淡的。「謝王爺，我不餓。」

「妳生氣了？」穆凌寒認真的看向明秋意。

「我不敢。」明秋意低頭。

「妳敢，妳又不是第一次衝著我生氣了。就妳去東宮那次，妳吃醋我能理解，這次又是為了什麼？」穆凌寒納悶。

明秋意無奈。「王爺，你別總是打岔。這次不一樣，你不應該那樣對何指揮使。」

穆凌寒挑眉。「哦？妳認識他？」

「這和我認識他有什麼關係？去封地的路途遙遠，他是護送我們去封地的人，我們這一路還得靠何指揮使，所以王爺應該對何指揮使以禮相待。」明秋意苦口婆心。「我知道王爺不在意這些，可眼下我們還沒到封地，不得不委屈一些。」

穆凌寒笑了。「原來妳不是生氣，是擔心我啊，那我就放心了。」

「王爺！」她說了這麼多，也不知道穆凌寒聽進了幾個字。

「秋意，妳放心，我心裡有數。好了，妳快吃烤魚吧，肉質十分鮮美，不過得小心魚刺。」

「……」

看穆凌寒這般吊兒郎當，明秋意心中實在鬱悶，可她這般勸誡，已經是逾越了自己的本分，她一個王妃，又怎麼好對閒王指手畫腳？

只是看到那魚，也不忍心辜負穆凌寒的一番心思，便吃了一條。

等休息完了，穆凌寒便又趴在馬車內養傷，時不時還捏一下明秋意的手、腿，完全不在意明秋意還在生氣中。

天漸漸黑了，此處沒有臨近的城鎮，何原便安排隊伍就地紮營休息。

此前還在京師時，穆凌寒雖然受傷，還是和她同榻休息，晚上也對她毛手毛腳的，常常讓明秋意神經緊繃，睡得不太安穩。

而啟程之後，她和穆凌寒夜間還是在一處休息，不過穆凌寒卻老實了很多。兩人睡在一個榻上，穆凌寒也只是老實的趴在她身邊，不再對她毛手毛腳。

不過這晚，明秋意正閉眼打算睡覺，誰知穆凌寒忽然一手搭上了她的胸口，還輕輕的捏了一下。

明秋意猝不及防，驚得低呼一聲。「啊！」

而後，穆凌寒忽然起身壓在她身上，唇親上了她的耳朵。

明秋意面紅耳赤，野外紮的營帳本就隔音不好，王爺竟然如此胡來，他若是做點什麼，外面的將士都聽得見，讓她以後怎麼見人？

這些日子和穆凌寒相處下來，明秋意本以為王爺對她很好，不但對她體貼，還十分尊重她的心意，眼下看來是她想多了。

王爺這樣對她，完全不將她的尊嚴放在眼中。

明秋意越想越難過，想到自己這次又所託非人，之前暢想的和閒王安然度日似乎不可能了，又悔恨又痛苦，忍不住暗中垂淚。

第二十六章　不是草包

這可讓穆凌寒傻了眼。「秋意，我……」

他壓在她身上，焦慮萬分，聲音低沈。

「秋意，我只是想告訴妳，我們身邊有眼線，我對何原那樣只是作戲。何原為人忠厚，不會因此苛待我們的。不過，我真沒想到，在妳心中我竟然如此不堪。」

說完，穆凌寒便翻身下來，大聲嘟囔了一聲。「啊，我的傷口，他娘的又裂開了。」便大聲喊來袍子，讓他幫忙查看傷口。

明秋意眼中掛著淚珠，躺在床上，神色有些呆滯，她這才想明白穆凌寒的意思。

原來，太子在他們身邊安插眼線，監視他們的一舉一動，若是閒王刻意去討好、拉攏何原，反而讓太子不滿。

而閒王這樣吊兒郎當的欺辱何原，倒是能讓太子安心。

也幸好何原是實誠人，不會為此真的惱火王爺。

而剛才……

穆凌寒忽然趴在她身上，並不是想對她做什麼，只是為了跟她說悄悄話。

明秋意十分懊惱，她誤會了穆凌寒，還心生絕望，哭了出來。

她哭，也並非僅僅覺得穆凌寒羞辱她，更重要的是，她害怕這一世又沒了指望，一生沒有可以相信的人。

可不能怪她嘛！閻王那麼突然……

明秋意心虛的瞧了穆凌寒一眼，他也在看她。

石頭重新給他上了藥，又包紮傷口，這才退下。

明秋意低著頭，不敢再看穆凌寒，也不知道要說點什麼好。既然身邊有人監視，自然是不能隨意說話的。

「睡吧！」穆凌寒沒有再說什麼，躺在了床上。

明秋意也只好跟著躺下，她心中忐忑不安。

一面想著誤會了他，讓他難過。一面又擔心自己真惹了穆凌寒生氣，日後夫妻離了心。

她雖然不敢動，內心卻焦躁不安，無法入睡。

許久，身邊穆凌寒的聲音又響起。「睡吧，妳誤會我也正常，我雖然沒做什麼，心裡卻是想做點什麼的。」

明秋意臉頰發熱。

她就說嘛！他的流氓想法怎麼會沒有了呢！

明秋意坦然了許多，過一會兒就睡著了。

又過了幾日，閒王赴藩隊伍到了山西境內。再走幾日，就可以抵達山西五台縣。穆凌寒和何原商量後，打算隊伍在五台縣修整兩日，讓大家休息一下。

何原自然是不願拖拉，可閒王執意如此，他也沒法子。

何原現在是明白了，閒王把去封地的這段路權當成遊山玩水了。他壓根兒不在乎時間，也不在乎自己的命。

既然閒王不愛惜自己的命，何原又有什麼辦法，只好一切聽他。

因為逐漸接近五台縣，路途中也漸漸有了人煙。

此時已經六月，杏子快成熟，不遠處有一片杏林，應該是附近村民種植的。

此時穆凌寒的傷已經好得差不多了，他悶得無聊，便跑出來騎騎馬。這時，瞧見遠處那一片杏子林，他眼眸一轉，便有了主意。

穆凌寒走到馬車旁。「秋意？秋意？」

馬車的窗簾本來就是掀開的，除了透氣散熱，明秋意也想欣賞路上的景致。

她聽到穆凌寒叫她，便從車窗探出頭來。「王爺？」

明秋意也看到了不遠處的杏林，自然知道穆凌寒的打算，他估計又是想藉口去胡來了。

「妳想吃杏嗎？」

明秋意搖頭。「王爺，我不想吃。眼下還是趕路要緊，過兩天到了五台縣，我們再好好休息。」

再說了，若是真的想吃杏子，直接派人過去跟村民買一些，也不用耽誤時間。

結果穆凌寒直接說：「不，妳想吃。石頭，去讓何原停下隊伍，王妃要親自去摘杏子。」

「……」明秋意無奈，不過，她已經漸漸習慣了。

何原呢？也知道掙扎抗議是徒勞，便同意停下隊伍修整，然後派了幾個將士給閒王，讓閒王、王妃帶著去摘杏子。

既然事已至此，明秋意也不想假裝矜持了，便下了馬車，和穆凌寒一起去摘杏。

她長到這麼大，吃過無數次杏，卻從沒有親手摘過杏子，看到一大片杏林，也覺得十分新奇，想要走進去看看。

不過，杏子林看著近，走過去還是有點遠的。

穆凌寒已經下了馬，把馬牽到明秋意面前。

這是穆凌寒養的一匹黑色公馬，十分高大健壯，名字叫做大黑，性子有些急躁，但是在穆凌寒面前卻格外溫順。

穆凌寒抓了一些豆子，讓明秋意餵大黑，大黑也不排斥她，就著她的手吃豆子。

看大黑對明秋意還算溫順，穆凌寒便放了心，他直接摟住明秋意的腰，一把將她抱起，讓她坐在馬上。

明秋意嚇了一跳，驚呼一聲，隨後穆凌寒已經迅速上馬，貼在她的身後。

明秋意不會騎馬，覺得頭暈目眩，心驚膽戰。

穆凌寒一手拉著韁繩，一手攬在明秋意的腰間，讓她緊緊貼著自己的胸膛，這樣，明秋意無論如何也不會掉下去。

可明秋意還是怕，她雙手緊緊的抓住穆凌寒的手臂，大氣都不敢出。

穆凌寒笑道：「放心吧，我不會讓妳掉下去的。」

「王爺，我們騎馬幹什麼？不能走過去嗎？」明秋意心驚膽戰的問。

穆凌寒聽了哈哈大笑。「這杏子林看著近，其實很遠，妳是走不過去的，妳若是不想騎馬，我可以抱妳過去。」

穆凌寒平常不戲弄她一下，就不是他了。

看著旁邊的石頭等人，明秋意紅著臉，卻沒有覺得那麼害羞了。她這還真是近墨者黑，跟著閒王久了，也成了那種厚臉皮之人。

這段路程說遠不遠，可明秋意卻實在難忍。

她的背後貼著穆凌寒的胸膛，她才知道，原來男人的胸口可以這麼熾熱，她完全無法忽略背後傳來的感覺。

而穆凌寒的手也不老實，他的掌心貼在她的腰間，不斷摩挲，讓明秋意的體溫跟著上升。

穆凌寒嘴角噙著笑，對她動手還不夠，竟然猛然低頭，親了她耳朵一口。

明秋意頓時腦袋一片空白，旁人就在身後，豈不知道穆凌寒做了什麼？

她低低罵了一聲無賴，結果換來穆凌寒的哈哈大笑！

「……」

沒多久，他們就到了杏子林。

杏子林有一位老農看守，石頭給了他銀子，那老農得了二十兩銀子，眉開眼笑。他就是把這一片杏子林全部賣了，也換不了二十兩。

「你下去吧，我們王爺不喜外人打擾。」石頭打發了老農。

石頭將準備好的籃子遞給穆凌寒，穆凌寒帶著明秋意摘杏子。

明秋意身高不夠，只能摘一些低處的杏子，她看那高處的杏子果大顏色好，想要穆凌寒幫她摘，卻發現穆凌寒似乎心不在焉。

他環顧四周，似乎在留意周邊的一切，而石頭也緊緊跟在他們身邊，神色警惕。

明秋意見他們這樣，有些擔心。「王爺，怎麼了？」

穆凌寒搖頭。「沒什麼。」

穆凌寒察覺到一絲不尋常的氣息。他沒想到，太子居然還不放過他。

太子的心未免太狹隘也太多疑。一個景王還不夠他操心，竟然追到了這裡。

即便他的紈袴、無用是裝出來的，但他確實對朝政無心，太子又何必如此趕盡殺絕？

穆凌寒苦笑，果然出身在皇家，怎麼做都是錯的。他只要一日活著，都是太子的心腹大患。太子的多疑，和父皇比起來，有過之而無不及。

但是這般猜疑忌憚，這朝中有幾人敢相信太子？太子這般，日後真的能坐穩皇位嗎？平心而論，這杏子林確實是好地方。這裡距離護衛隊伍有段距離，此時動手，他孤立無援，殺手很容易得手。

穆凌寒緊緊跟在明秋意身邊，十分後悔，自己還是低估了太子的多疑，讓明秋意也陷入險境。

這時，一聲低嘯聲響起，數支箭破空而來！

「保護王妃！」

穆凌寒把明秋意推到石頭身邊，拔出配劍，迎著聲音來的方向衝過去。他動作極快，揮劍或抵擋、或劈開，那飛來的數支箭要麼調轉方向，要麼直接掉在了地上。

這突然的變故，著實讓明秋意嚇了一跳，不過她也是前一世做過皇后的人，瞬間冷靜下來，知道有殺手。

她不敢添亂，只躲在石頭身後看著穆凌寒的情況。

而穆凌寒的身手讓她震驚不已，即便她不太懂，也看得明白，穆凌寒這身手，絕對不是草包。

有五、六名黑衣殺手從林子裡鑽出來，他們倒是沒理會石頭和明秋意，直接把目標對準穆凌寒。

他們手持大刀，一擁而上，而穆凌寒也並不懼怕，飛快躲閃、反擊。

那些殺手似乎也沒意料到穆凌寒身手如此了得，不過眨眼間，殺手只剩下兩、三人。

而跟隨過來保護閒王的宋千戶和幾名士兵這才反應過來，也和殺手糾纏在一起。

「宋千戶，那裡有放冷箭的殺手！」穆凌寒指了指剛才冷箭射出的方向道。

宋千戶根本顧不上震驚，趕緊帶人去了林子裡，而穆凌寒解決了剩下的殺手，又看了明秋意一眼，只見她還算冷靜，便給石頭一個眼神，也衝進林子裡。

那些放箭的殺手，一個也不能留，不能讓他們回去將他的身手告訴太子。

過了一會兒，何原帶人趕了過來。他一直在注意這邊的情況，聽到砍殺聲，意識到不對勁，迅速騎馬帶人過來。

他一眼看到石頭保護著王妃，而不遠處的地上，橫七豎八躺著幾具黑衣人的屍體。何原仔細掃視，沒有閒王和宋千戶等人的屍體，鬆了一口氣。

「閒王殿下呢？」何原急忙問。護送閒王安全到達封地是他的任務，若是閒王中途出事，後果他不敢想。

「殿下和宋千戶都去了林子裡追擊殺手。」石頭答道。他警惕的站在明秋意身邊，不敢有半點馬虎。

石頭了解閒王的身手，所以並沒有很擔心，可若那些殺手聲東擊西，要對付王妃，那可不妙。

王爺是假廢材，王妃可是真廢材啊。

何原很快明白石頭的顧慮，趕緊又派幾人守護明秋意，便要去林子深處尋找閒王。

他才剛要行動，閒王、宋千戶等人已經回來了，看閒王手持長劍，一身殺氣凜凜，那些剩餘的殺手怕是都死了。

而宋千戶幾人跟在閒王身後，都用震驚又敬佩的目光看著閒王。

「何大人，殺手已經被閒王殿下全數擊殺。」宋千戶實在不知道該用什麼語氣說話。究竟，京師中閒王是廢材的傳聞，是從哪裡傳來的？

剛才這些殺手，絕大部分都是閒王解決的，他動作又快又狠，還輪不到他們這些護衛動手。

何原看向閒王，一時錯愕。

這才是真正的閒王嗎？難怪太子如此忌憚他！

穆淩寒收起劍，衝著何原露出吊兒郎當的笑。「何大人，我能信你嗎？若是不能，你們這些人，我可都不能留下活口了。」

他指的是宋千戶這邊數人，還有何原剛才帶過來的數十人。

穆淩寒語氣傲慢，卻十分自信，顯然他並不是開玩笑。為了讓他們保密，他會殺了他們全部的人。

第二十七章　醋罈子

何原趕緊下馬。「王爺請放心，這些都是我的兄弟，他們會守口如瓶的。」

「並非我不信你，可你帶來的護衛隊中，怕是有不可靠的人。」穆凌寒冷笑。

何原自然明白他指的是太子的奸細。

「王爺，那數千人的護衛隊我不敢保證，可現在這裡的人都是我的親信，宋千戶也是十分可靠的人。」

宋千戶趕緊跪下表忠心。「請王爺放心，我們只會做好分內之事，絕不是多嘴之人。」

「好吧，我可以信你。但是，何大人，我非常討厭護衛隊裡有不安分的人。隊伍繞道去五台縣，是我臨時的主意，為什麼有人知道隊伍的路線，讓殺手埋伏在我們身邊？這是不是你的失職？」

何原也趕緊跪下。「確實是下官失職，王爺放心，我一定會盡快揪出護衛隊裡的奸細，保證王爺一路平安！」

穆凌寒點頭。「最好如此。若是再害我的王妃受驚嚇，我不會手下留情。」

穆凌寒這才走到明秋意身邊，語氣一改剛才的陰冷，變得十分溫柔。「秋意，別怕。這摘杏子不好玩，我們回去吧。」

明秋意還算冷靜，只是臉已經有些發白，她微微點頭。

穆凌寒把她又抱上馬，看了看那些屍體。「這些死屍太礙眼了，都燒了吧。」

何原趕緊點頭。「是！」

等穆凌寒、石頭等人走遠，何原才鬆了一口氣，宋千戶也是一身冷汗。

他站起身，看向何原。「何大人，這是怎麼回事？閒王不是草包嗎？」

何原苦笑。「閒王哪裡是草包，我們才是草包。宋池，這隊伍裡有奸細，我們得想辦法調查出來。這次我們去五台縣是臨時改變路線，殺手埋伏在這裡，是提前知道消息了，也就是說，王爺兩天前決定改道的時候，就有人傳了出去。」

宋池點頭。「兩天前知道隊伍要去五台縣的人不多，只要按照這個線索，便可查出奸細。何大人，這件事讓我來悄悄辦吧。」

「好，有消息便同我說。」

穆凌寒把明秋意送回馬車上，他也鑽進了馬車，十一則到後頭的馬車去了。

剛才事發突然，他相信明秋意是第一次見到這種血腥的場面，不過明秋意的表現卻讓他意外，既沒有嚇暈，也沒有尖叫大哭。

穆凌寒仔細看她的臉色，只覺得有些蒼白外，還算鎮定如常。

「妳膽子挺大啊。」穆凌寒給她倒了杯茶。「不愧是我的王妃。」

明秋意現在已經釐清了事情原委。

「是太子派來的人？」她輕聲問。

穆凌寒輕輕點頭，卻不做聲，明秋意知道他是擔心隔牆有耳，便換了個話題。「王爺，你騙了我多少事情？」

穆凌寒沈吟一番，十分認真道：「別的我不敢說，但是說到女人，真的，只有妳一個人。」

「……」她問的是這個問題嗎?!

真正的閒王和表面的閒王差距有多大呢？明秋意不敢想。她甚至懷疑，這世界上是不是有兩個穆凌寒了。

不過，因為穆凌寒剛才的一番動作，原本幾乎癒合的傷口又裂開了，唐清雲不得不再次上藥包紮。

「王爺，如果想要傷口恢復，可不能再動手了。」

穆凌寒無奈。「我也不想，我真的只是想去摘杏子而已。」

閒王的隊伍在五台縣，部分官兵在城外紮營，何原只帶了幾百人隨閒王進城。

原本城中有專門的驛站讓路過官兵借宿，但閒王嫌棄驛站簡陋，便包下城中最奢華的酒樓，帶王妃等人住了進去。

如今在外趕路大半個月，許久沒有住這般舒適的房間，穆凌寒往床上一躺，心想這才符合他王爺的身分嘛！他打算在這裡多住幾天。

明秋意卻覺得太子緊追不放，他們不應該耽誤時間，速速趕路才是保命良策。

穆凌寒不以為然。「經過杏子林一事，太子一定會認為我們此時防備甚嚴，最近不會再次行動，而且，這兩天何原在嚴查護衛隊中的奸細，太子混進來的人不敢妄動。所以我們如今的情況，太子一無所知，他更加不會輕舉妄動。」

明秋意聽了點頭。太子並非魯莽之人，正如穆凌寒的分析，現在太子把握不足，便不會動手。

「那也好，你之前傷口裂開了，咱們在這裡住兩天，你好好休息養傷。」穆凌寒的傷好了又裂開，讓明秋意十分擔心。

「我皮糙肉厚的，這點小傷不要緊，不過妳這兩天感覺怎麼樣？」

明秋意不解。「我？我沒有事，雖然之前有些暈車，不過最近已經習慣了。」

穆凌寒輕笑。「不，我說的不是這個。」

「那是指什麼？」明秋意問。

「妳這幾天是不是要來月信了？」穆凌寒很直白的問。

明秋意倒吸一口涼氣，她還真沒想到穆凌寒竟然會關心這件事。

這種私密的事，她自己都快忘記了！

明秋意紅著臉。「王爺，你、你怎麼記著這事……」她聲音低低的，幾乎聽不見。

穆凌寒只好起身，湊到她身邊，將她圈在懷裡。

「我怎麼不記得？妳上個月這時候在大婚時暈倒，可把我嚇壞了。我這輩子都忘不掉這件事了。」

原來，他們已經大婚一個月了，時間過得可真快啊。

「我的月信其實並非那麼固定，會推遲四、五日。」明秋意低聲道。

「哦！那我們這幾天是不是可以……」穆凌寒衝著明秋意眨了眨眼睛，曖昧的暗示她。

好歹，他也忍了一個月了。

明秋意趕緊站了起來。「王爺，我去看看藥煎好沒。」

「不是有袍子嗎？」

「我、我想親自去看。」明秋意不看他，飛快走出房間。

穆凌寒看著她逃走的背影，只是笑。

他的王妃，也太害羞了吧！

安頓好後，到了下午，五台縣官府知縣等人就來拜見。

閒王路過五台縣，縣中官員有心好好招待，儘管閒王在朝中是一個廢材皇子，可他畢竟是皇帝的兒子、是太子的弟弟，對於一個知縣來說，也是朝中的大人物，自然得用心招待。

可閒王並不去驛站，反而選擇自己住酒樓，不過問題不大，李知縣決定還是按計劃行動——他邀請閒王和王妃去縣中府衙做客，要為閒王接風洗塵。

穆凌寒正覺得無聊，便答應了。

對此明秋意也新奇得很，她第一次出京師，對外面的一切都很好奇，這五台縣雖然靠近京師直隸，卻是山西布政司較為偏僻之縣，這裡的一切和繁華的京師都不同。

既然此時太過擔心安全，她便也興致勃勃的去了府衙。

此時宴席還沒開始，李知縣要找閒王賞玩字畫，李夫人便請王妃去逛後花園。

何原在縣衙裡外都佈置了人手，又想到太子如今也不會輕舉妄動。穆凌寒也沒什麼不放心的，讓石頭跟著明秋意，便讓明秋意隨李夫人去了後花園。而宋池則跟在穆凌寒身邊保護。雖然宋池覺得沒這個必要。

李夫人在後花園準備了一桌茶點。後花園中，有一名女子早就等在那兒了。

她見到李夫人和明秋意過來，趕緊起身行禮。

「這是小女李雪兒。」李夫人介紹道。

這個名字……明秋意覺得有點耳熟，還來不及細想，李雪兒就已經抬起頭來。

明秋意大吃一驚，差點心神不穩。

她知道李雪兒是誰了。

原來那一世，她死前，閒王曾帶著王妃回京過一次，她當時和皇上接受過閒王和王妃的拜見，那時她見到的王妃就是李雪兒。

也就是說，若不是她斷琴改命，閒王會娶李雪兒為王妃！

原來那一世，閒王還沒娶親就封王，他並沒有攜王妃前往封地，原來是在路上遇到了李雪兒！

那麼，現在該怎麼辦？是她拆散了閒王原有的姻緣嗎？

明秋意一時腦中空白，不是如何是好。

「王妃？」李夫人察覺到明秋意不對勁，喊了她一聲。

明秋意笑了一下。「沒什麼，只是沒想到這五台縣小城，也有李小姐這般清麗佳人。」

李雪兒被誇得紅了臉，而李夫人有些高興。「雪兒不過是小門小戶的女兒，站在王妃面前，如星辰見皓月。」

明秋意坐下來，仔細打量李雪兒，心中更是不安。

李雪兒並不是特別貌美，卻氣質高雅，舉手投足間十分嫻靜端莊。

明秋意並不陌生，這不是和她一樣的大家閨秀嗎？

難道說，閒王原本的王妃本該就是李雪兒，而她只是陰差陽錯，因為沒嫁給太子，才碰巧嫁給了閒王？

明秋意臉色發白，若真是這樣，當閒王見到李雪兒，一見鍾情，她的位置在哪？

千算萬算，明秋意沒想到會這樣。

十一見明秋意臉色不好，有些擔心，還以為她月信來了。

這時，李夫人又道：「王妃美名傳遍天下，我們雖然在這偏僻的五台縣，也知道王妃擅長琴藝。巧了，小女雪兒也喜歡彈琴，想為王妃獻上一曲，還望王妃莫嫌棄，若是能指點一二，那我們更是感激不盡了。」

李夫人說完，李雪兒又屈膝行禮。「雪兒獻醜了。」

這時，婢女已經拿來了琴，花園裡也準備好了桌椅。

人家都說到這個分上了，明秋意怎麼拒絕？

「不敢，雪兒小姐氣質超然，想必琴藝也是不同凡響，我也很期待。」

於是，李雪兒便彈奏起來。

另一頭，穆凌寒和李知縣看了幾幅字畫，覺得無聊，李知縣便提議來後花園找王妃。

穆凌寒正有此意，便欣然應允。

府衙並不大，他們很快就從書房繞到了後花園。這時，花園中有人彈琴，琴聲悠揚。

穆凌寒知道明秋意其實並不喜歡彈琴，便有點奇怪。「是誰在彈琴？」

李知縣籌劃許久，就等這個機會了，立即道：「這是小女雪兒，琴藝生疏，在王爺和王妃面前獻醜了。」

穆凌寒看了李知縣一眼，神色玩味。他倒是沒想到，自己也有被算計送女人的時候呢。

穆凌寒走了過去，正想看看他的小氣王妃是否吃醋了，結果卻一眼瞧見了李雪兒，頓時愣住了。

這個女子，怎麼長得那麼像……

穆凌寒的震驚和呆滯，所有人都看在眼裡。

李知縣和李夫人驚喜不已，李雪兒一臉嬌羞，繼續彈琴。

明秋意心都涼了。

這就是命定的緣分嗎？

閒王和李雪兒本就該是夫妻，即便閒王先娶了她，他還是會一眼愛上李雪兒。這般震驚癡迷，閒王從沒這樣看過她，可見閒王對李雪兒的不同。

她那麼努力想要擺脫命運，也不過如此。既然是她插足了閒王和李雪兒原定的緣分，等到了封地，她便安分的當王妃，至於閒王和李雪兒想要如何，隨便他們了。

她只不過占個名分罷了。

李夫人注意到王妃的臉色，有點擔心，但是一想到閒王看李雪兒的眼神，便又有了底氣。

王妃不滿又如何？她不過是一個王妃，什麼都得聽王爺的。只要雪兒能得到閒王的心，王妃不過是一個擺設而已。

這時，李雪兒彈完了琴，她知道閒王一直在盯著自己看，便羞澀的站起身，看向閒王。

「王爺，小女的琴彈得不好，獻醜了。」

閒王回過神來，還沒說什麼，那邊明秋意已經站了起來。既然事已至此，忍耐和妥協也沒用，她便成全他們好了。

「雪兒小姐氣質卓絕，琴藝高超，令人驚嘆。王爺以為如何？」她冷著臉，雖然是誇讚李雪兒，但是態度顯然十分生氣。

「什麼？」穆凌寒還處於震驚之中，後知後覺，似乎王妃生了好大的氣。什麼王爺以為如何？

明秋意冷眼瞧著穆凌寒。「王爺若是喜歡雪兒小姐，我也樂得多個姊妹。今日我身體有些不適，就先回去了。」

她已經把話說到這個分上了，夠賢慧大方了，閒王喜歡的話，今晚就可以和這位雪兒姑娘成就好事，相信李知縣和李夫人都十分樂意。

明秋意說完就要離開，穆凌寒這才反應過來。

天，這次是真的打翻醋罈子了！

第二十八章 怕媳婦兒

明秋意平時看起來身子嬌弱，一陣風來就能把她吹走，誰知生起氣來走路還挺快，一眨眼就要走出後花園了。

穆凌寒正要去追，李知縣卻叫住他。「王爺，您這是要走？那雪兒……」

雪兒？

穆凌寒看向李知縣。「雪兒跟我有什麼關係？李大人，你這安排的好戲，惹得我王妃生氣了，我回去還要哄王妃，回頭我再找你算帳。」

穆凌寒再也不去看李雪兒，趕緊去追明秋意。

明秋意幾乎是一路小跑，已經到了府衙外，在十一的攙扶下上了馬車。

她用帕子捂著嘴哭了出來。

想到剛才穆凌寒看著李雪兒的眼神，她幾乎無法維持冷靜，只好匆匆離開。

這時，穆凌寒也上了馬車，一掀開車簾，就看到自己可憐的王妃哭得稀里嘩啦。

穆凌寒覺得有點頭疼，他才多看了其他女人一眼，王妃就如此在意，日後他真要小心了。

「秋意……」

穆凌寒想要解釋，卻不知如何開口，他確實是多看了李雪兒一眼，那是因為……

這時，外面傳來石頭的聲音。「王爺，張公子來了。」

張元？

想來張元來這裡見他一面不容易，應該是有事。

關於李雪兒，穆凌寒打算等會兒回去再慢慢跟明秋意說，便趕緊下馬車去見張元。

明秋意這下更絕望了。

回到酒樓，她草草用過晚膳，想看書也沒心情。

過了戌時，穆凌寒才回來。

張元打算先去鞏昌府找鍾濤商量籌備王府護衛營的事情，而蓮娘暫時還留在京師。太子多疑，京師的動向尤為重要。

皇上如今已經陷入半昏迷狀態，根據皇宮傳來的可靠消息，兩個月內，太子就會登基。

穆凌寒決定，等何原、宋池查出護衛隊中可疑之人，便提速趕往封地。

明秋意躺在床上，雖然閉著眼，卻根本睡不著。

她聽到穆凌寒走近的聲音。

穆凌寒在床邊坐下，忽然俯身吻上她的唇。

這下，明秋意無法再裝睡，她掙扎起來，伸手想要推開穆凌寒。她就是沒法坦然，接受閒王心中愛的是另一個人。

結果下一瞬，穆凌寒雙手握住她的兩隻手腕，壓在身子兩旁，他的力氣驚人，明秋意被他壓住，完全不能動。

穆凌寒的吻越發霸道起來，她甚至覺得，他是故意折磨她，親得十分粗魯，讓她難受得不能呼吸。

明秋意本就心中迷茫絕望，此時委屈之下，忍不住低泣出聲。

穆凌寒似乎嘆了口氣，又胡亂的親了她的臉，這才停下，人卻還壓在她身上。

「妳總是這般不信任我，這也讓我難過。」

她只是哭，心想她還能信任什麼？閒王看李雪兒的眼神已經說明了一切。何況他們上一世本就是夫妻，是她介入了他們。

「那個女人叫李雪兒是吧，我看到她確實驚訝了一會兒。」

他說著停頓了一下，果然，懷裡的女人似乎哭得更大聲了一些。

果然是個大醋罈子！

難怪她不肯當太子妃，這性子去當太子妃，只怕太子還沒登基，她就活活被自己給醋死了。

「那是因為，她長得像我的母妃。」

明秋意一愣。

李雪兒長得像柔妃？

原來閒王震驚竟是這個原因？

那……原來那一世呢？閒王為何娶李雪兒？因為她像柔妃就娶她？這不可能，必然還有旁的原因。

明秋意有些糊塗了。

「我要說的說完了，該妳了。」穆凌寒繼續壓在明秋意身上，又低頭親了親她的鼻子。「妳今日不分青紅皂白就走了，怎麼說？」

原來那一世的事情，對閒王來說根本不存在。就現在而言，她確實是誤會了他。只是當時的情況，她怎麼可能不在意？

「算了，叫妳道歉也是不可能了。不過……」穆凌寒低頭親了親她的唇。「我的傷也好了，現在這酒樓環境也不至於委屈妳，我們……」

「……」明秋意臉上發熱，雖然有些羞澀害怕，但她已經是閒王的妻子，不該再抗拒他。

她有些忐忑。

不過，她知道怎麼應付，只要躺著不動，配合他就沒問題了。

於是穆凌寒很快發現他的王妃像是要受刑一樣躺著一動不動，任由他親吻撫摸，雖然有些害怕顫抖，卻萬分柔順。

他有些心疼，甚至產生了放棄的念頭，只是如此良辰美景，他又是正常男人，面對自己喜歡的女人，又有什麼理由去放棄？他又不是不行。

所以穆淩寒只能努力克制自己，小心翼翼的。他只希望她不要那麼害怕、抗拒這件事。畢竟，這是很快樂的事情。

次日一大早，穆淩寒神采奕奕地起床了，還特意叮囑十一不要去打擾王妃。

關於昨晚發生了什麼，其實十一等人都知道。雖然十一不經人事，可身為明秋意的陪嫁丫頭，明秋意出嫁前，她也是受過嬤嬤指點的。

昨晚王爺回來後，一直和王妃待在屋裡，今早王爺又叮囑不許打擾王妃休息，十一就懂了。

至於石頭、袍子等人，見王爺紅光滿面、喜氣洋洋，還有什麼不懂呢？

「早膳晚點吃，不過先準備著。十一，妳去吩咐廚房做王妃喜歡吃的。」穆淩寒親自安排早膳。

這些日子宋池一直護衛在穆淩寒身邊，雖然早知道閒王十分在意王妃，聽到這話，也有些驚訝。

閒王雖然不是草包，但是這般對一個女人，未免也太沒志氣了。

穆淩寒興致勃勃的要等明秋意起床，誰知一會兒有人來報，說是李小姐想要見他。

「李小姐？」穆凌寒此時心情愉快，壓根兒沒聯想到昨天見過的李雪兒。石頭昨天一直陪在明秋意身邊，親眼見到事情的經過，便提醒閒王。「王爺，就是那個昨天惹王妃生氣的李雪兒。」

「哦，那我可不能見了，讓她回吧。」

穆凌寒雖然生氣李雪兒惹事，可李雪兒畢竟長得像柔妃，自己對她倒是說不出太重的話。

他又道：「還有，我也不會再見李知縣了，你們也別在王妃面前提起這件事，省得王妃衝我發脾氣。」

十一、石頭等人見怪不怪，都應下了。

「……」宋池沒聽過怕媳婦的男人能頂天立地的。

明秋意的身子比穆凌寒想像的還嬌弱，他不許人去打擾她休息，也不喊她起床，結果她直接睡到了快中午才醒來。

這樣一來，石頭、宋池等人看穆凌寒的神色充滿敬佩，大概是覺得王爺不是一般的行，是吾輩男人的楷模。

但是只有唐清雲知道閒王幾斤幾兩，實際上是明秋意身體虛，晚上被閒王折騰了一下，睡不好覺，便起得晚了。

而穆凌寒本人則是又心疼又苦惱，他昨晚那麼溫柔、克制，他的王妃都這般受不住，若是以後他放開了些，第二天豈不是要昏迷了？

於是，早飯直接變成了中飯。

「秋意，妳得多吃點，妳真是太瘦了。」穆凌寒覺得明秋意得好好養身子，這不但是她自己身體健康的問題，也是他快樂的問題。

明秋意紅著臉，總覺得這話似乎話中有話，是說她太瘦了，不合他口味，讓他不滿意嗎？

「我覺得妳光吃宮寒的藥還不夠，等一下讓唐清雲來給妳看看，妳也太能睡了，是不是身體太虛？或許還得從別的方面補一補。」穆凌寒又說。

明秋意倒是覺得，虛弱是一方面，另一方面只是她貪睡習慣了。

看明秋意這般嬌氣的樣子，穆凌寒也不敢太放肆，於是這天晚上也不敢折騰她，只是抱抱親親過了癮。

他們又在五台縣住了三天，原本明秋意的計劃是這兩天有時間去城裡逛逛，見識一下民俗風情，誰知穆凌寒對她格外膩歪。即便晚上沒對她做什麼，也會抱著她又親又啃，讓她睡不好，結果第二天便特別疲憊。

她又有睡午覺的習慣，穆凌寒也會趁她睡午覺時來與她親暱，讓她的午覺時間直接延長。

這天晚上，穆凌寒又在和明秋意膩歪。他倒是安排得妥當，顧忌她身體，克制自己隔一天才和她親熱一次，但是這親親抱抱卻總是少不了。總是親得她一臉口水，讓明秋意又好笑又無奈。

這時，外面傳來十一的聲音。

「王爺，何大人求見。」

大家都知道王爺這幾天格外黏著王妃，不會沒事找事輕易來打擾。何原這個時候來，想必是有重要的事情。

穆凌寒只好穿好衣服去見他。

「王爺，這幾天經過盤查，已經從護衛隊中揪出三名奸細。雖然屬下不敢保證整支護衛隊已經徹底清白，但是日後我會嚴加監視，不會讓上次走漏行蹤的事情再次發生。」

穆凌寒點頭。「好，那今晚收拾一下，明日一早離開。另外，從明天開始，行程加快，爭取兩個月內抵達封地。」

這也是何原的想法。「是，王爺。」

王爺終於開竅了，再不趕緊上路，太子的殺手又會追來。

穆凌寒吩咐了一些事，又讓石頭、十一等人去悄悄收拾，才回到房間。

第二天一早，因為十一、阿來她們要來收拾房間的東西，明秋意很早就起來了，穆凌寒便帶著她去馬車上，繼續補眠。

明秋意靠在穆凌寒的懷裡，剛閉上眼睛，便聽到外面傳來哭聲。

「王爺，您不能這樣就走了，雪兒見不到你，活不下去了！」

明秋意知道，這是李夫人的聲音。

原來這幾天，李雪兒、李知縣幾次求見，閒王不理睬，他們沒法子，聽說王爺今早要離開五台縣，李夫人也顧不得面子了。

那日，眼見王爺對李雪兒的神色，李家人認為王爺是很喜歡李雪兒的，否則也不會看見李雪兒後那般震撼。

只是奈何王妃是個母老虎，不讓王爺要了李雪兒。

但是，只要王爺有心，李雪兒總是有機會的。

馬車外面的袍子可氣壞了。「李夫人，您再不走，別怪我不客氣了。」這般厚顏無恥的女人，還想到王爺身邊，袍子都要吐了。

「王爺，雪兒都要為您自盡了，您真的這麼狠心撇下她走嗎？」李夫人的聲音尖銳刺耳。

穆凌寒在馬車內顯然怒了，他抱著明秋意，想到明秋意一早沒睡好，便滿臉怒氣，握緊拳頭，眼看著就要出去罵人，卻被明秋意拉住。

「王爺，您打算做什麼？」

「自然是罵走這厚臉皮之人，她要自盡，關我何事？居然想賴上我了！」

「王爺，這件事你有錯，你那樣看李雪兒一眼，難怪別人會誤會。況且，她長得像你母妃，也不好太苛責她。」

想想好像自己有一點錯，穆凌寒有點心虛。「我不是故意看她的。那我怎麼辦？讓她像個潑婦一樣繼續鬧下去？」

他火冒三丈，若不是因為李雪兒那張臉，他真的不會客氣。

「我去吧。我也不忍李小姐這般對待自己。」

明秋意知道穆凌寒是不忍的，他那麼敬愛自己的母妃，為了母妃甚至去頂撞皇上，又如何捨得對李雪兒過分苛待。想必原來那一世，穆凌寒娶了李雪兒，便是這般情景。無非愛，而是不忍。

明秋意起身，叫來了李夫人。「李夫人，妳讓李小姐過來一趟，我有幾句話要同她說。」

李夫人以為有了指望，十分欣喜，便趕緊讓人去把李雪兒接過來。

明秋意在酒樓單獨見了李雪兒。幾日不見，李雪兒竟然瘦脫了相。

李雪兒見到明秋意就跪下，眼淚直掉。

「王妃，我知道自己這般很沒臉，也很對不起您，可我是真的喜歡王爺，我不奢求什麼，我只希望能夠待在王爺身邊。」

明秋意看出來了，這李雪兒還真是喜歡上了閒王。
但是，那也不行。
閒王是她的，明秋意不會讓給任何人。

第二十九章 有孕

「李小姐，妳才見了王爺一面便如此，妳對王爺的感情，又有幾分呢？」

「我、我對王爺一見鍾情！那日見了王爺後，我心裡就再也容不下別人了。王妃，我知道自己很過分，但是求王妃成全我吧，我發誓以後絕不會跟您爭什麼的。」

「妳對王爺一見鍾情，但是王爺卻並不想見妳。妳這般輕賤自己，對自己又有什麼好處？」

「您說謊，王爺是喜歡我的！那、那天他看我的眼神，騙不了人！」李雪兒十分肯定，她也相信王爺對她有情，但是王妃阻止了這一切。

「王爺那般看妳，只是因為妳像他的母妃。王爺幼年失母，對母妃十分敬愛懷念，那日他看到妳，才會如此震驚和懷念。他對妳，並非妳想的那般。」

李雪兒目瞪口呆，面紅耳赤，知道自己是自作多情了。她像王爺的母妃，那王爺自然是不可能喜歡她的。

「李姑娘，妳既然長得像王爺的母妃，更不該這般輕賤自己。」

李雪兒像是洩了氣，她也不是那般無賴沒臉的人，只是因為對王爺生了癡念，又以為王爺喜歡她，這幾日才這般瘋狂，也任由父母為了攀上權貴，肆意妄為。

如今冷靜下來，才發覺自己做了蠢事，她簡直無地自容。

李雪兒淚流滿面。「是我自作多情了，給王爺添了煩惱。」

「也怪王爺沒同妳說清楚，但是這件事涉及柔妃，不可對外說，妳明白嗎？」

李雪兒點頭。皇家的私密很多，都是不能亂傳的。

「妳長得像柔妃，原本和我們有緣分，可王爺多看了妳一眼，也害得了妳，這是我們的錯。眼下我和王爺要急著趕路，也沒什麼準備，我給妳準備了一箱嫁妝，日後等我們去封地穩定下來，我們也可書信往來，就像是朋友一樣。」

李雪兒呆呆的，驚喜後有點期盼。「這是王爺的意思嗎？」

明秋意搖頭。「是我的意思。」她可不想讓李雪兒又有想法。

李雪兒這才死了心，又萬分感激明秋意，行了大禮才離開。

隊伍啟程，明秋意跟穆凌寒說了她對李雪兒的安排。

「妳前幾天還那麼討厭她，現在卻對她這般好。」穆凌寒有點不解。

「她長得像柔妃，她既然有這張臉，我也不希望她過得不好。」穆凌寒想必也是如此。

穆凌寒沈默許久。「謝謝，她若是真自盡死了，我還真不知道怎麼辦了。」

想來，原來那一世，李雪兒便是如此死纏爛打，而王爺那時身邊也沒王妃，乾脆留她照顧。這麼一想，明秋意安心了許多。

「母妃在世時對我很好，她和別的妃嬪都不一樣。父皇的那些妃嬪，對皇子、公主要求格外嚴格，要他們處處拔尖，時時努力，但凡一點沒做好，便是呵斥指責。可母妃從不會這樣對我，她總是讓我做自己想做的事情，我書讀得不好，她也只會鼓勵我，從不會指責我。」

這番話讓明秋意想起，她不也是那樣的母親嗎？為了讓香和成為端莊、有才藝的公主，她時刻逼迫香和上進努力，卻很少關心香和真正喜歡什麼、想要什麼。

柔妃是真心把穆凌寒當成孩子養育，而她呢，卻是把香和當做棋子一般。如同明太傅對她。

「我喜歡養小動物，母妃便找來小貓小狗給我養。妳知道嗎？其他皇子和公主從來沒有這些，因此他們都非常羨慕我。」

回憶起那段時光，穆凌寒忍不住笑了。

「我不愛讀四書五經，她也不強迫我。知道我喜歡習武，便去求父皇給我找習武師傅。母妃告訴我，我以後不需要成為太子或皇帝，所以不需要學那些東西，只要自己過得快樂就好了。」

柔妃的心胸讓明秋意震驚，她當時是皇帝最寵愛的妃子，卻並不希望自己的兒子當太子。可見，她並不稀罕權勢，也看透了皇家的無情和陰暗。

「柔妃的言行真讓人佩服。這世間能有幾人像她這樣，不在意權勢地位呢？」明秋意是真心敬佩。

穆凌寒一笑，抱緊明秋意。「妳就是一個。秋意，妳為什麼不想嫁給太子？」

明秋意一愣。「這可不是我想不想的事情，皇后不喜歡我，我的身體又不好，太子選了張明珠，我能怎麼辦？」

穆凌寒哈哈大笑。「妳這個小騙子，妳是故意斷琴的，妳生病也是裝的，妳就是不想當太子妃，對嗎？」

明秋意驚呆了，她沒想到閒王竟然會知道這些。

可仔細一想，也明白了。

「唐清雲早就知道之前去找他求藥的是我？」

「妳不會以為自己戴上面巾就沒人認識了吧？」穆凌寒笑得更大聲了。「妳還真是傻得可愛。」

明秋意忽然想明白了。「那……那次我去見唐清雲後，路邊遇到你……」

穆凌寒點頭。「是，我一眼就知道是妳了。後來我見了唐清雲，他說妳來求裝病的藥，我就覺得很奇怪。不過很快我就明白了，妳做這一切，只是為了不嫁給太子。」

「嫁給太子太累了，且不說他多疑，就說他身邊那麼多女人，這些女子天天跟烏眼雞似的，比如，張明珠和我妹妹就不對盤，然後張歡歡也進了東宮，她們兩姊妹必然是明爭暗鬥的。再說蘇錦，也是個有野心的。」

穆凌寒點頭。「妳是聰明人，進了這樣的後宮，骨頭都不剩了。」

他的母妃柔妃就是這樣，全心全意愛一個人，不像其他妃嬪一樣只為了爭名奪利。

可最後呢？母妃卻慘死。

後宮，容不得癡心人。

「秋意，妳和我的母妃真的很像。」都是不適合待在後宮的人。

「我不如她。不過我會像她這樣努力的，我以後也會這般對我的孩子。」再也不像原來那一世一樣，那般苛待香和了。

「孩子？秋意，妳竟然想得這麼遠了！」穆凌寒忍不住激動起來。

他的孩子什麼時候才會有呢？唐清雲說明秋意傷了身體，怕是不容易受孕。

不過他不急，他和秋意的時間還很長呢。

孩子來得太快了。

到了六月底，明秋意還沒來月信，別說穆凌寒，就連她自己也納悶。

雖然她月信紊亂，但也不至於推遲那麼多天。本應該六月初來月信，結果眼下都六月底了，還沒動靜。

這天，他們在官道附近的村中落腳，借住在一戶農家裡。

穆凌寒讓唐清雲仔細給明秋意看看，到底是月信紊亂還是什麼？

唐清雲也覺得不對勁，但是畢竟時間還短，他也診斷不出什麼。

「雖然脈象還診斷不出來，但是王妃遲遲不來月信，有孕的機率很大。」這下，唐清雲看穆凌寒的神色都有些佩服了。「王爺果然勇猛。」

那肯定是在五台縣那幾日懷上的。那幾日，王爺跟癩皮狗一樣黏著王妃，這是人人都知道的事情。

穆凌寒又得意、又高興、又苦惱。

眼下他們還在趕路，明秋意本就身體不好，如今懷孕卻還在趕路，豈不是要遭大罪？

「庸醫，你可真是個江湖騙子啊，你不是說王妃不易受孕嗎？現在怎麼辦，讓王妃一路受罪？」穆凌寒忍不住罵唐清雲。

唐清雲委屈啊，他只是個大夫，又不是神仙，哪裡知道怎麼回事？女子受孕，有時候就得看天意嘛！

「王爺，這不是您太威猛嗎？絕不是我的醫術問題。像您這般英雄男子，讓王妃受孕還不容易？」唐清雲把閒王一頓吹噓，讓閒王心裡美滋滋。

而明秋意在裡間聽到這兩人的對話，真是羞憤不已。

他們怎麼就這麼說出來，這讓她以後怎麼見人？

不過，明秋意卻沒太糾結，她現在非常激動，沒想到香和這麼快就來了。這可比原來那一世要早上一年呢。

她下定決心，這一世要當一個好母親。就像柔妃那樣，真正的去愛孩子，去考慮孩子的內心想法，而非把孩子當一個棋子。

以她和閒王現在的身分，即便以後孩子無能，也能保證他們不愁吃穿，安穩度日，這樣便夠了。

穆凌寒很快打發了拍馬屁的唐清雲，跑回裡間。

雖說是村中農戶的家，但這戶人家有院子，說不上多麼精緻講究，但對村中農戶來說，已經很不錯了。

房間佈置得舒適乾淨，明秋意就躺在靠牆的炕上，看著臉色發白，氣色不好。

這可把穆凌寒心疼壞了，想到還有一個多月的路程，他就擔心不已。

又想到自己要當父親，穆凌寒忍不住興奮。

「秋意，妳真是太好了，這麼快就讓我有了兒子！」穆凌寒激動得都有些語無倫次了。

明秋意心裡也高興，但是聽到穆凌寒提起兒子，便皺眉糾正他。「是女兒。」

「嗯？怎麼是女兒呢？應該是兒子吧。」穆凌寒心想，若是明秋意生了一個和她一樣的嬌氣包，他還真有點苦惱。

這下可惹得明秋意惱火了。

「為什麼不能是女兒？你不喜歡女兒嗎？我就要生女兒！」

她的香和一定是最好的孩子。

穆凌寒趕緊點頭。「是是是，一定是女兒。」他現在可一點都捨不得讓明秋意不高興。

本來，這種境地已經是委屈她了。

想到明日還要趕路，穆凌寒也是苦惱。「現在妳的身體可不能受累，不如我們在這裡多休息幾天？」

明秋意搖頭。「太子那邊還不知道有什麼動作，早一天趕到封地，我也安心。」

明秋意的考慮也是對的，若是再遇危險，明秋意的情況會更加糟糕。

「王爺也不必太焦慮，唐大夫也不能肯定我是有孕了，也許只是個誤會。」

「一定是的。我那麼厲害，怎麼會是誤會呢？」穆凌寒肯定道。

「……」

不過，既然明秋意有孕，穆凌寒連親親抱抱都越發小心，晚上只好貼著明秋意睡，也不敢毛手毛腳影響她休息。

第二天，穆凌寒決定午後再出發，原來他要改造一下馬車。

他們長途跋涉，若是一整天都坐在馬車上，自然很累，他便讓袍子把馬車內部改裝成可以躺在裡面休息。

他的馬車是親王規制，裡面也足夠寬敞，倒是不需要太大的改動。

袍子明白王爺的意思，就是要讓王妃能舒適一點。

今日的午飯，阿霜是花了心思的。

之前在路上，他們只能吃一些易保存的食物，如蘿蔔、肉乾，先不說口感如何，吃久了自然會膩。平時他們經過的地方都荒無人煙，鮮少能路過城鎮、村莊補給。

這次來這個小村落腳，阿霜便趕緊去找村民買一些新鮮的食物，然後親自下廚做了幾道菜。

有雞湯、時令的莧菜、白菜、芹菜、紅燒魚等等，總之，雖然不比以前在王府，但路程中能吃到這些，也讓明秋意胃口大開，足足比之前多吃了一倍。

這讓穆凌寒很高興，誇讚了阿霜，讓阿霜以後盡心照料明秋意的飲食。

明秋意這才再次注意到這個小丫頭，原來她擅長的是「美食」這部分啊！

阿霜這次大秀廚藝，又多做了幾份，讓人端去給何原、宋池等人吃。

這些日子相處下來，何原、宋池等人早就對穆凌寒改觀了，這個閒王雖然說話跳脫，做事不拘禮法，但是武藝高強，對人溫厚，平易近人，實在是少見的王孫貴族，讓人忍不住想要親近結交。

宋池甚至生了念頭，等到了封地，不如辭去京師的職務，在閒王身邊效力，跟在閒王這樣的主子身邊，樂得逍遙自在。

不過他這個想法只跟何原說，還不好意思跟閒王開口，怕閒王不要他。

何原便答應宋池，等有機會會幫他和閒王說說這事。

中午大家吃過飯，休息了一會兒，便拔營出發了。

穆凌寒陪明秋意在馬車中小睡了一會兒，才悄悄出了馬車。

他身體好，不像明秋意那般嗜睡，也不喜歡一直待在馬車裡。

如今路程已經過了快一半，接下來要到陝西境內，穆凌寒心裡越來越高興，心想他終於要遠離讓人窒息的京師了。

他讓石頭把大黑牽來，打算騎馬。

「對了，小紅呢？你訓練得如何了？」

小紅是一匹母馬，體型小卻溫順，穆凌寒有意訓練小紅再給明秋意，打算以後教她騎馬。

「小紅溫和得很，很聽話，王妃隨時能騎。但是……」

王妃現在這樣，這小紅只怕暫時用不上了。

「不急，你多看著點，等王妃生下孩子，我再教她騎馬，她一定會喜歡的。」

穆凌寒了解他的王妃，雖然前面十幾年活成了一個規矩的大家閨秀，但是她本心並非如此。否則怎麼會去爬牆偷葡萄，又悄悄看不入流的話本呢？

第三十章 新帝

何原看穆凌寒跑到隊伍前頭，便追過去，提起宋池的事。

「宋千戶父母已經去世，他也沒有娶妻，倒是沒什麼牽掛。這些日子，宋千戶在王爺身邊護衛，被王爺品德折服，想要為王爺效力……」

何原絮絮叨叨說了這麼多，就怕閒王不同意，結果穆凌寒聽了直接點頭。「好啊，正好我缺一個護衛。那麼今天開始，他就是我的護衛了。」

石頭在一旁有些鬱悶，心想那我呢？

接著他就聽到閒王對他說：「石頭，從今天開始，你跟袍子一樣，去效忠王妃吧。」

「……」石頭終於能體會到袍子無奈的心情了。

不過他也不難過，王妃個性那麼好，跟在她身邊不虧，反正王爺那麼黏王妃，他跟著誰都一樣。

石頭便道：「是，王爺，那我現在就去王妃身邊了。」說完便直接走了。

穆凌寒有些哭笑不得，這是不是太絕情了一點？

何原趕緊把宋池喊來，日後宋池就是閒王近衛，只聽命閒王。

何原忽然有點嫉妒。

又過了十數日，隊伍到了山西平陽府永和縣。過了永和縣，便進入陝西境內，而閒王的封地就在陝西西境，和韃靼交界。從永和縣到封地鞏昌府，按照目前速度，還需要一、兩個月。

如今，唐清雲確定明秋意確實有孕，已經一個多月了，正如此前的推測，是在五台縣懷上的。

眼下明秋意已經有了不適的症狀，吃什麼都容易吐。

穆凌寒看明秋意吃不下，身體越發虛弱，便不顧明秋意反對，在永和縣休息幾日。

從上次杏林刺殺到如今已經一個多月，太子也沒再有行動，眼看他們就要進入陝西境內，穆凌寒也沒那麼擔心了。

蓮娘從京師傳來消息，皇帝的身體是真的不行了，相信太子忙著籌備登基，也沒功夫理睬他這個廢材了。

京師。

七月初，皇帝已經進入了彌留之際。

雖然不少妃嬪、皇子、大臣想要拜見皇帝，卻被他拒絕了。在生命的最後一刻，他不想見任何人。

皇帝想起了柔妃，她已經走了十幾年，他已經快忘記她的樣子，但卻牢牢記住了她這個人。

那般張揚的個性，那般與眾不同……

老三和她一個性情，也是不適合宮中，於是皇帝便讓他去了封地。

「金子，去把太子叫來。」皇帝想到這兒，忽然出聲，聲音氣若游絲。

金公公點頭，派人去傳太子。

寢殿外，皇后、太子和大臣都跪在那裡。

「父皇。」

太子進來，跪倒在皇帝床前，雙眼含淚。

眼前的皇帝，面色乾枯，雙眼渾濁無神，顯然已經油盡燈枯，只等升天了。

「老大，老五真的造反了嗎？」皇帝問。

「……是，五弟讓他的小舅子在封地偷偷招兵買馬，打造兵器，兒臣已經找到確切的證據。」

「唉！朕還沒死呢。」皇帝嘆氣，但也並不惱火，皇家本就是如此，為了皇位，什麼事做不出來呢？

「父皇保重。」

「老大，留你五弟一條命吧。讓他好吃好喝，過一輩子就行了。」

「父皇放心，五弟與兒臣情同手足，兒臣一定會好好對待五弟的。」太子趕緊道。

皇帝心裡冷笑，但他也不多說了，因為他都要死了，說什麼太子也不會聽了。

「還有你三弟，到封地了嗎？」

「兒臣不知，不過三弟貪玩，可能還沒到。」

「這樣啊……等朕走了，也不必讓老三回來奔喪了，他剛到封地，便又讓他回來，他煩朕也煩。朕死了，也不想見他了。」皇帝又說。

太子一愣。

若是不讓閒王回來奔喪，那他還怎麼對付閒王呢？

閒王狡詐，他派出去的殺手音訊全無。再加上那次在京師刺殺失敗，讓太子越發對閒王不放心了。

「對了，之前我讓金子給老三一道旨意，讓老三不必回來奔喪，朕不缺他那點孝心。金子，去告訴外面的大臣，省得到時你們兄弟鬧起來。」

「是，皇上，老臣這便去告訴外頭的大臣們。」金公公說完，走到寢殿外，告訴大臣們皇帝的旨意。

皇帝這麼說，是讓所有人都知道，是他允許閒王不用回京師奔國喪。

日後，太子也沒有道理強行讓閒王回來。

太子冷冷看著皇帝，心中明白了。

皇帝最愛的皇子，果然是三弟！這般為三弟打算與安排，煞費苦心啊！

「兒臣知道了。父皇，您果然還是最愛三弟啊。」

已經到了這個地步，太子也懶得裝了，他裝了二十幾年，也累了。

皇帝一點也不氣惱，太子不裝了，他還覺得有些愉快。「朕不愛你嗎？這皇位不是你的嗎？」

太子苦笑。「可父皇給了三弟想要的生活。」

「難道九五之尊不是你想要的？老大，求仁得仁，你啊，太計較並非好事。」

太子的心胸終究太狹隘了。皇帝甚至有些後悔，是不是選錯了人，可現在說什麼都沒用了。

當天晚上，皇帝駕崩，他走的時候，身邊只有金公公一人。

閒王帶著王妃剛在永和縣最奢華的酒樓住下，皇帝駕崩的消息就傳來了。

皇帝駕崩，舉國哀痛，閒王不必前往京師奔喪，便披麻戴孝，在永和縣遙祭大行皇帝。

皇帝不在了，穆凌寒的心情有些複雜。

他曾經以為父皇死了，他不會難過，但是……

穆凌寒想起兩個月前，他啟程前，金公公帶著父皇的旨意來看他。不但讓他按時啟程，還留下密旨，允許他不用回京奔喪。

這樣想來，父皇對他還算不錯吧。

晚上明秋意只喝了一點青菜粥，便再也吃不下，她說吃不下，穆凌寒也不敢勉強，此前他還不了解孕婦情況，逼著明秋意多吃一點，結果她便直接吐了。

這可把穆凌寒嚇壞了，再也不敢勸明秋意多吃。

這時，明秋意在吃桃子。阿霜把桃子切成小塊，蘸著糖吃，味道還不錯。

穆凌寒也喜歡吃甜食，這次卻似乎並無興趣。

「你在想先帝？」

「我想他？我才不會。」穆凌寒連連否認，欲蓋彌彰。

「先帝對你很好啊。其實我挺羨慕你的。」

「他對我哪裡好了……」

「他知道太子容不下你，便讓你去封地，還允許你不回京奔喪。即便他以前對你不好，但是最後還是為你打算頗多。他身為皇上，也許有很多無奈，但是也盡力了。對比之下，你的父親不比我的父親強多了嗎？」

這麼一說，也是。

「明太傅……他對妳不好嗎？」

「他對我很好，從小吃穿用度不會委屈我，也請了很多大師來教導我。但是……他不是為我打算，而是為家族打算。之前因為皇上把我賜婚給你，父親氣壞了。」

聽到這裡，穆凌寒笑了。

「這是我對不起岳父大人，白白拐走他一個女兒，卻一點好處都不給他。希望來日有機會補償他吧。」

「我們這輩子若是不回京師，只怕我再也見不到父親了。」原來那一世，明秋意雖然恨父親，但是單看這一世，父親在她身上付出頗多，確實沒有得到什麼，自己也是有些覺得對不起父親的。

「那也只能這樣了，以後只好我們一家三口……哦，四、五口抱團取暖了。」穆凌寒不再去想先帝，心情好了起來。

先帝駕崩，國不可一日無君，半個月後，新皇登基。

隨後，新皇便冊封張明珠為皇后，明春如為貴妃，張歡歡為靜妃，蘇錦為貴人。

張歡歡已經懷孕兩個多月，她是皇帝後宮第一個有喜之人，將來也會生出皇帝的第一個孩子，母憑子貴，因此被封為妃。

而這幾個月來，穆凌澈最寵愛的也是她。

張明珠自恃父親是大將軍，有靠山，個性囂張跋扈，不但對其他妃嬪、宮女十分嚴苛，也經常惹得皇帝惱火。

明春如也是如此，她雖然不敢在明面上囂張，卻暗地裡和張明珠妳來我往、爭強鬥勝，惹得皇帝對兩人十分厭惡。

再說蘇錦，她原先是明秋意的貼身侍女，得了明秋意幾分才氣，原本皇帝還是喜歡她的，不過這女人還是不夠聰明，和明春如一樣，喜歡使些小伎倆，皇帝本就是心思透澈之人，一眼看穿，便覺得她更是無趣。

原先覺得她像明秋意，如今只覺得可笑。

而張歡歡卻不同。

她是張明珠的庶妹，原先在家中受盡欺辱，性子乖巧柔順，也十分老實。雖然有些沈靜，但是反而得到皇帝的喜歡。

張歡歡懷孕後便更受寵了，皇帝剛剛登基，要處理的事情格外多，忙得腳不沾地，稍微得了空，便來看張歡歡。

此時張歡歡已經有些顯懷，她扶著肚子，柔柔弱弱的，皇帝更是喜歡，又想到自己即將有孩子，心情好了不少。

「在這宮裡，朕也就能和妳說說話，知道為什麼賜封號為靜妃嗎？」

張歡歡乖巧的坐在皇帝身邊，搖頭道：「臣妾不知。」

「因為妳安靜，讓朕覺得舒服。妳這樣很好，可別學了其他妃子，天天鬥來鬥去，讓朕頭疼。」

「臣妾不會，臣妾只要皇上喜歡，其他的都不要。」張歡歡謹記當初閒王的教導，只有在皇帝面前聽話、乖巧、忠誠，才能得到皇帝的喜歡。

她不是個聰明人，也不是美人，更不如閒王妃那般才華洋溢。如今她能走到今天這步，成為靜妃，全靠閒王的指點。

只是……不知道閒王現在如何，他躲過了皇帝的追殺嗎？

這時，總管太監艾公公在外求見。「皇上，西境有消息來了。」

「進來。」

皇帝也並不避諱張歡歡，自從張歡歡和張融幫他辦了那件事後，皇帝便把張歡歡當作了自己人。

艾公公跪下。「皇上，西境傳來消息，八日前，閒王路過永和縣，暫住城中休整，閒王妃也有一個月的身孕了。」

皇帝神色一緊，心頭冒出無名怒火。「什麼？秋意她……」

老三的動作還挺快的！

明秋意嫁給老三，有孕是遲早的事情，可這讓皇帝很不爽。明秋意應該是他的，若是當初老三不娶明秋意，那麼現在他就可以光明正大地讓秋意做貴妃！

僅僅差了這短短時間，他失去了明秋意！

雖然暫時不能讓明秋意當皇后，但是她所享受的尊榮，絕不比皇后差！

是老三壞了他的好事！

算來算去，沒想到老三才是最狡詐的那一個！

張歡歡臉色發白，低著頭，有些擔憂。

果然，她聽到皇帝冷笑一聲。

「看來是閒王太閒了，朕得給他找點事做才行。對了，既然閒王妃有孕，朕也不能不關心弟媳，去選一些上好的補品，快馬加鞭送過去。」

「是。」

十數日前，閒王隊伍從山西永和縣啟程，目前已經進入陝西境內，此後再往西南方向，經過慶陽府，便到了封地平涼府和鞏昌府。

這速度自然是慢的。

但是何原已經不在乎了，如果按照正常的行軍速度，從京師到鞏昌府應該兩個月便能到。但是如今距離出發已經在路上走了兩個多月，卻才剛剛進入陝西。

可那又怎麼樣呢？王妃身體虛弱，又有了身孕，總是要休息、要採買新鮮食物，那只能慢慢拖著走唄！

如今何原帶來的五千護衛軍，哪個不知道閒王愛妻？

原先對閒王這種行為嗤之以鼻的宋池，目前也大大改觀，宋池甚至下定決心，若是日後娶了媳婦，也要如閒王一般。這樣夫妻恩愛和美，是人生一大樂事！

何原已經無言以對了。

閻王身上似乎有種仙法，不了解的人說他是草包，接近後會發現他不簡單。真正了解他的人，會臣服在他腳下。

這真是太可怕了。

何原在前面騎馬帶隊，他回頭巡視，便看到宋池騎馬過來了。

何原腦袋疼。

又來了。

果然，宋池跑到何原身邊。「何大人，王爺讓您停下隊伍，原地休息。」

「又怎麼了？剛剛不是中午用飯休息了半個時辰嗎？」

宋池嘿嘿笑。「剛才王妃的狗在路邊的荒地裡發現了一窩兔子，那狗和貂配合，把一窩兔子都咬死了，王爺說天氣熱，這兔肉放著就爛了，不如現烤了吃。」

「……」這又是什麼亂七八糟的理由？

「你也別黑著臉，王妃身體不適，這閻王還不是找理由心疼媳婦，咱們配合配合就得了。」

「……行吧，我讓隊伍停下，不過最多一個時辰，不可再耽誤了。」何原無奈道。

宋池美滋滋。「謝了，七、八隻兔子呢，等一下我給你送一隻來。哎，那王妃身邊的阿霜，你知道的，手藝好著呢。」

「……宋池，你跟隨王爺也沒幾天，怎麼變成了這樣？」何原納悶，真的是近墨者黑。

宋池更懵。「哪樣？」

「閒王樣。」

閒王樣是哪樣？

管他呢，快活就對了！

——未完，待續，請看文創風1164《富貴閒中求》下

家有醫妻，春好月圓／六月梧桐

2023年5月出版

娘子有醫手

就算沒了頂梁柱，誰也別想欺負她家的人。
她的一手好醫術，定能替他們撐起一片天來！

文創風 1159 1

莊蕾傻了，她堂堂學貫中西的名醫居然穿書變成被爹娘賤賣的童養媳，
疼愛她的公爹與準未婚夫橫死，而婆婆養大的假小叔原是安南侯之子，
換回來的真小叔陳熹卻是藥罐，加上和離的小姑，說起來都是淚啊……
幸虧她的醫手好本領跟著穿來，還開廚藝外掛，治好陳熹和縣令夫人。
可娘家人再度將她賣入遂縣首富黃府當妾，對方竟是下不了蛋的弱雞，
當家老夫人亦頑疾纏身，若醫好他倆，豈不保住清白又得首富當靠山？

文創風 1160 2

成為遂縣首富和縣令夫人的救命恩人後，莊蕾的小腰桿終於可以挺直，
坐穩藥堂郎中的位置不說，還幫婆婆和小姑開了間主打藥膳的小鋪子，
獨門的瓦罐煨湯可是美味兼養生，路過看過絕不能沒嚐過呀～～
又有小叔陳熹在開店前畫圖監工，開店後跑堂打下手，堪稱得力隊友！
孰料新的難關又至，名將淮南王因兒子罹患腸癰命在旦夕，上門求醫，
剛製出的抗生素青橘飲派上用場，西醫前進古代的創舉就交給她吧——

文創風 1161 3

研發成藥的藥廠開業在即，莊蕾卻遇襲險些沒命，這才恍然大悟——
僅倚仗遂縣人脈無法護得全家平安，便和陳熹赴淮州向淮南王求庇護。
陳熹亦得淮南王青眼，連世子伴讀的位置都替他留好，又有王妃力挺，
讓她替豪門女眷治療婦科隱疾，未來建綜合醫院的第一桶金便有著落！
醫世大計漸上軌道，莊蕾為淮南王訓練軍醫，須生產更多藥品救人，
這對缺乏科學儀器的古代來說可是大難題，她該怎麼突破這道關卡呢？

文創風 1162 4 完

莊蕾前往杭城醫治受子宮病症所苦的布政使夫人，居然惹來一身腥，
幸虧淮南王的暗衛救下她免於受辱，可隨之而來的軍報令她錯愕——
淮南王遭敵軍射傷命危，她都還來不及喘口氣，便提著藥箱趕赴急救，
總算從閻王手裡搶回人命，而她也因禍得福，被淮南王夫妻收為義女。
陳熹高中案首，陳家歡喜喬遷，他還為她設計了秋千，讓她暖到心裡。
她本已為家人絕了再嫁的心思，若對象是陳熹，會不會是個好選擇呢？

約會首選推薦Part 1

週年慶 2023

六月梧桐 著

家有醫妻，春好月圓

就算沒了頂梁柱，誰也別想欺負她家的人。
她的一手好醫術，定能替他們撐起一片天來！

5/2、9 出版

文創風 1159-1162《娘子有醫手》全四冊

穿書的莊蕾很崩潰，她堂堂一個學貫中西的名醫，居然成了被爹娘賤賣的童養媳，
更無言的是，疼愛她的夫家也依劇情一夕之間遭禍，公爹與未來夫婿意外橫死，
又捲入抱錯兒子的鬧劇，婆婆養了十幾年的假小叔原來是京城安南侯的親生子，
換回來的真小叔陳熹卻是藥罐一枚，染上肺疾病重危矣，隨時可以準備後事？
加上不堪丈夫施暴和離回家的小姑，一家老弱婦孺的眼淚簡直要淹沒小溝村了。
幸虧她的醫手好本領跟著穿來，還開了廚藝外掛，村裡沒有活路就往縣城走吧，
先拜師以便坐堂行醫，靠妙方和針灸治癒陳熹，再救下難產的縣令夫人打響名氣。
郎中招牌越擦越亮，可貪財的娘家人竟設計再度將她賣入遂縣首富黃府當妾，
她被綁進黃府，卻發現那紈袴是隻下不了蛋的弱雞，當家的老夫人亦頑疾纏身，
若能順勢治好這對祖孫，豈不是既保住清白，又得了首富當靠山？

【限量20組】79元加價購

文創風 763-764《廚神童養媳》全二冊

王秀巧是他朱蕤的童養媳，他倆成親多年，心繫彼此，
無奈在他赴京趕考之時，家鄉遭逢天災，父親傷重，
為了籌錢替父親醫病，媳婦兒把她自己給賣了，
分離五年，總算皇天不負苦心人，他找著了她，
然而，他漂亮的小媳婦身邊卻有了個三歲大的兒子！
這時，她忐忑不安地告訴他，孩子是撿來的，問他信嗎？
他當然信啊，可為何孩子長得跟她簡直是一個模子刻出來的呢？

約會首選推薦Part 2

週年慶 2023

清圓 著

夫妻機智在線，

強強聯手除惡

5/16
出版

重生後的明秋意，只想甩開那些後宮爭鬥，
她躲到鄉下的莊子，圖個耳根清淨，
可那些貴女不放過她，連同父異母的妹妹都要踩她一腳，
唉！怎麼往上爬難，當個平凡人更難！

文創風 1163-1164

《富貴閒中求》

全二冊

上輩子明秋意汲汲營營，機關算盡，坐穩皇后之位，
可到頭來皇帝不愛，女兒不親，最終含恨而死。
重生後，明秋意覺醒了，宮中愛恨如浮雲，
人生苦短，她何不及時享樂，躺平當鹹魚？
首先，她得先砸壞自己的名聲，才不會被選入皇宮！
上輩子她是人人誇的才女，這輩子她就當個人人嫌的剩女，
扮蠢、扮醜、裝病樣樣來，太子會看上她才怪呢！
太子不愛甜食，她偏要送去一份栗子糕惹他厭棄，
誰知她打好各種如意算盤，反倒被最不著調的三皇子穆凌寒惦記上，
這位三皇子說來也怪，每天吊兒郎當，卻能寫出一手好字，
眾人都說他是廢柴，可他的行事作風又似有一番條理，
更讓她摸不透的是，明明罵她醜還嫌她眼睛小，卻偏偏說要娶她，
莫不是三皇子跟她一樣，有什麼深藏不露的秘密？

週年慶 2023

啾甘心須知

親愛的貴賓們您好：

感謝您長期的支持與愛護，即日起推出好康活動回饋給您！

參加辦法

活動期間內，只要在官網購書並成功付款，系統會發e-mail給您，並附上抽獎專用之流水編號，買一本就送一組，買十本就能抽十次，不須拆單，買越多中獎機率越大。

獎項

金圓意 紅利金 **200元 x 10名**

金速配 文創風 1165-1166 《香氛巧廚娘》全二冊 x **3名**

♥ 活動結束後，**6/7(三)**於狗屋官網公佈得獎名單

敬祝各位愛意久久、相伴久久

doghouse

週年慶 購書注意事項：

(1) 請於訂購後**三日內**完成付款，最後訂購於**2023/5/19**前完成付款才算有效訂單喔！
(2) 購書滿千元(含)以上免郵資。未滿千元部分：
郵資65元(2本以下郵資50元)／超商取貨70元(限7本以內)／宅配100元。
(3) 特賣書籍因出書時間較久，雖經擦拭、整理，仍有褪色或整飾痕跡，故難免不如新書亮麗。
除缺頁、倒裝外無法換書，因實在無書可換，但一定會優先提供書況較良好的書給大家。
若有個人原因需要換書，需自付來回郵資。
(4) 各書籍庫存不一，若遇缺書情形可選擇換書或退款。
(5) 歡迎海外讀者參與(郵資另計)，請上網訂購或是mail至love小姐信箱
(love@doghouse.com.tw)詢問相關訊息。

狗屋有權修改優惠活動的實施權益及辦法。

Check-in!

為流浪貓狗加油 和貓寶貝 狗寶貝 廝守終生(一定要終生喔！)的幸福機會

對人來說，貓寶貝狗寶貝只是生活的一部分，
但妳（你）對牠們來說，卻是生活的全部，領養前請一定要考慮清楚——

▲ 我家也有姊妹拍檔——妮妮和娜娜

性　　別：女生
品　　種：米克斯
年　　紀：約1歲半
個　　性：妮妮活潑好動、娜娜文靜害羞
健康狀況：已結紮，已施打三合一疫苗，體內外驅蟲，貓瘟皆陰性
目前住所：新北市中和區

本期資料來源：李小姐

『妮妮和娜娜』的故事：

先前協助一位住院愛媽餵食浪浪，並順便把幾隻貓咪抓起來結紮，準備要原放的過程中，發現有兩隻貓對人類比較親近，就在中途愛媽的協助下，決定留在中途親訓找家，並取名為妮妮和娜娜。

姊姊妮妮，很活潑愛玩，最近很愛邊喝水邊玩水，打算夏天時買一個充氣游泳池給牠盡情玩水；妹妹娜娜，有條特別的麒麟尾，個性呆萌，相對容易緊張、膽小。姊妹倆的個性不太一樣，不過感情非常好。

妮妮和娜娜在中途已待了一段時間，平時乖巧好照顧，生活作息很規律，玩耍、吃飯和休息，簡單並樂在其中。但因曾受貓媽媽「愛的教育」影響，儘管有心親近人類，要能摸能抱還需要一點時間，目前正在上相關課程並持續進步中。

兩姊妹想要共同有個溫暖的新家，不過不勉強，若是希望單獨認養，都可以聊聊！請先向李小姐預約看貓，Line ID：dianelee0817，相信您第一眼看見妮妮和娜娜，絕對會愛上這兩個寶貝！

認養資格：

1. 認養人須年滿23歲，有穩定的經濟基礎，並先提供住家照片，後續以視訊或家訪的方式評估。
2. 不關籠、不放養，不可餵食人類的食物。
3. 須同意簽認養寵物切結書。
4. 須同意送養人日後之追蹤探訪，希望彼此能加Line，不定時主動提供貓咪近況照片或影片，對待妮妮和娜娜不離不棄。

來信請說明：

a. 個人基本資料：姓名、性別、年齡、家庭狀況、職業與經濟來源等。
b. 想認養妮妮和娜娜的理由。
c. 過去養寵物的經驗，及簡介一下您的飼養環境。
d. 若未來有結婚、懷孕、出國或搬家等計劃，將如何安置妮妮和娜娜？

文創風
1163

富貴閒中求 上

國家圖書館出版品預行編目資料

富貴閒中求 / 清圓著. --
初版. -- 臺北市 : 狗屋出版社有限公司, 2023.05
冊 ; 公分. --（文創風 ; 1163-1164）
ISBN 978-986-509-426-3（上冊 : 平裝）. --

857.7 112004931

著作者 清圓
編輯 王冠之
校對 陳依伶
發行所 狗屋出版社有限公司
地址 台北市104中山區龍江路71巷15號1樓
電話 02-2776-5889～0
發行字號 局版台業字845號
法律顧問 蕭雄淋律師
總經銷 知遠文化事業有限公司
電話 02-2664-8800
初版 2023年5月
國際書碼 ISBN-13 978-986-509-426-3

定價280元
狗屋劃撥帳號：19001626
網址：love.doghouse.com.tw E-mail：love@doghouse.com.tw